小小说名家精品文库

杨晓敏 主编

都市沙漠

DUSHI SHAMO

范子平 著

沈阳出版发行集团
沈阳出版社

图书在版编目（CIP）数据

都市沙漠 / 范子平著 . -- 沈阳 : 沈阳出版社，2022.12

（小小说名家精品文库 / 杨晓敏主编）

ISBN 978-7-5716-2884-0

Ⅰ. ①都… Ⅱ. ①范… Ⅲ. ①小小说 – 小说集 – 中国 – 当代 Ⅳ. ① I247.82

中国版本图书馆 CIP 数据核字（2022）第 214590 号

出版发行：沈阳出版发行集团|沈阳出版社

（地址：沈阳市沈河区南翰林路10号 邮编：110011）

网　　址：http://www.sycbs.com

印　　刷：辽宁泰阳广告彩色印刷有限公司

幅面尺寸：145mm × 210mm

印　　张：9.625

字　　数：192千字

出版时间：2022年12月第1版

印刷时间：2022年12月第1次印刷

责任编辑：沈晓辉　郑　丽

装帧设计：杨　雪

责任校对：张　晶

责任监印：杨　旭

书　　号：ISBN 978-7-5716-2884-0

定　　价：58.00 元

联系电话：024-24112447　024-62564922

E - mail：sy24112447@163.com

《小小说名家精品文库》

序

杨晓敏

当代小小说于20世纪80年代兴盛至今，从参与读写人数、生存时间长度和独具的艺术魅力上，已成为当代文学读写的重要组成部分。小小说简约通脱，雅俗共赏，注重思想内涵的深刻和艺术品质的锻造，小中见大、纸短情长，自有其相对规范的字数限定、审美态势、结构特征以及艺术规律上的界定，在写作和阅读上从者甚众。平民艺术的质朴与单纯，简洁与明朗，加上理性思维与艺术趣味的有机融合，极其本色和看得见、摸得着的亲和力，无不加速全民阅读、书香社会的形成。小小说文体成熟的标志是，有琳琅满目的经典作品，有数以百计的代表作家，有从创作实践中不断完善的文体理论体系以及两代以上读者的阅读认可。小小说作为一种时代文体，与源远流长的《诗经》、《楚辞》、汉赋、唐诗、宋词、元曲、明清小说文脉相承，是与时代进步合拍的文化建设成果。

在当下的文学大家族里，小小说作为一种新的文学样式，从多方面调动了大众对文学的参与、理解和认同，为提升全民族的审美鉴赏能力，为传播文化、传承文明提供了一种行之有效的“另一种可能”。小小说成功地在精英文化和通俗文化之间打开了大众文化的通道，对于文化市场的介入与渗透，悄然构建了多元的文学读写格局，对于潜移默化地提升国民综合素质，全面提高全民族的文化水平和健康的审美情趣，树立正确的价值观念，应属一项首推的系统工程。小小说让文学回归民间，大众参与阅读，大众参与创作，本身就形成了自觉的文化选择。参与读写的过程，亦是致力于进步的文化行动。让普通人在读写中增长智慧或者得以心灵愉悦，为时代进步提供大面积的“大众智力资本”的支持，无论如何都是文学和社会的幸事。

《小小说名家精品文库》的编选与出版，旨在为广大读者提供有较高艺术水准、值得珍藏与阅读鉴赏的优质读本。以作家为经，以作品为纬，遴选精品佳构，推介名家新秀，致力于为文化市场提供大众的读写需求。入选作家的六部小小说作品集互为观照，组合出一处千姿百态的文化景区，在遵循文学艺术创作规律的前提下，兼容和尊重作家在选材、形式、立意上进行的探索和创新性劳动，从中可以窥见作家们对于题材选择、创作个性和艺术趣味的审美追求以及反映生活、观察世界的认知能力。

津子围以写中长篇小说为主，获誉甚多，这部小小说集《星星之城》的创作显得驾轻就熟，得心应手，既秉承了《左氏春秋》《阅微草堂笔记》《聊斋志异》深厚传统，又充分借鉴了欧亨利、博尔赫斯、鲁尔福、科塔萨尔的叙述技巧，所选小说集中刻画了现实生活中的小人物，选材自由，写法多变，人物个性鲜明，文气充沛通达，全方位呈现了小小说世界的丰富性与各种文学品质抵达的可能性。作品富有想象力，情节诡异，立意深远，结局常常出人意料而发人深思。作品能够在小小说“螺蛳壳中的道场”里营造出场景、色彩、气味和温度，追求大境界，对人性有深入的探索和挖掘。作品的内在逻辑连贯无隙，语言有弹性有节奏，自然流畅，妙趣横生，阅读起来读者的参与感强。

赵新是年逾八秩的老作家，毕生致力于乡土文学创作，已形成鲜明的艺术风格，《乡里乡亲》所描述的农村生活丰富多彩，生动新鲜。作者关注社会现实，尤其是关注农村变迁中农民的切身感受，在有限的篇幅里，通过活生生的人和事，像一位乡村歌者吟唱他们的喜怒哀欢，所思所想，他们的生存状态、处世态度、心灵渴望以及爱憎。他的小说人物是从村子里那些茅屋瓦舍中走出来的，是从阡陌纵横的田间走出来的，那些人物的身上散发着泥土的味道，散发着小麦或高粱的清香。他们一个个鲜活真实，栩栩如生，参差错落地生活在那片大平原上，把那块土地装点得生机勃勃。身边的故事，熟悉的场景，加上深邃的思考，写活了各色人物，成为一种简洁明了、呈现动态状的叙述艺术，令人赏心悦目。

在聂鑫森的《小人儿书店》里，可以感受到作家深厚的国学素养，在塑造人物时所倾注的人类尊严、达观自信以及对国家民族、传统文化的忧患意识，表现出地道的中国传统小说的艺术功力，散发着浓郁的民族气派和古典主义的人文情怀。另有一种专业的、新鲜的、流畅的相关物事的常识性描写，愈发引人入胜。作品切入当下的现实生活，塑造了长街小巷、工厂、农村、学校的能工巧匠、高人雅士、普通劳动者，他们各有各的精彩故事，各有各的胸襟气度。在“故事”之外，作者努力营造浓郁的文化氛围，透现人物的文化品格，擅长描写那些被传统文化深度浸染的人物。讲究小说的谋篇布局、语言的精致隽永，在艺术表达中通过高雅审美，折射出理性的光芒。让读者品啜之中，余味愈浓。

刘建超的《老街故事》在对“古城老街”民俗风情的系列描写中，以当代人的视角呈现豫西百年的民间传说、人物故事。作者用充盈的笔墨渲染展现丰富的历史文化积淀，在对人情世故的体察中，揭示民族的文化心态和处世态度。通过对市井生活的体贴感知和深沉濡染，勾画出一幅富有生命力的老街风情图，各色人物在画卷演绎着生活的悲欢离合、喜怒哀乐，形成众声喧哗之势。在繁杂喧闹的世俗图景背后，隐藏了作者对平凡人物人事命运的关注和体察。作品具有英雄主义精神和理想主义底色，塑造的人物对社会、家庭和责任勇于担当，即使是市井人物，也多是嫉恶如仇、有侠肝义胆的角色，形象饱满生动，故事构思巧妙，素材剪裁自如。这种挟带着人性、尊严、道义的永恒题材所营造出来的艺术氛围，本身就契合读者的阅读期待。

范子平的《都市沙漠》是对历史的回顾和当下生活的再现，反映了广阔的社会背景和时代的变迁。这些小小说把焦点对准人物的心理层面加以透视，以反映生命与生存，通过对底层生活的入微观察与体验感悟，尤其对大众生存状态的复杂性进行形而上的探索思考，引发对某些现存价值观的反思，把对人性拷问的探索，对故事深层的文化思考渗入小小说情节之中，呈现出独特的艺术张力。在构思上机智善辩，从形式到内容，从生活现象到生活本质上展现矛盾，集中体现在抓住生活中内容与形式的反差、现象与本质的矛盾来提炼故事情节，使这些小小说拥有了幽默、讽刺、隐喻以及抒情的力量。作品注重思想内涵、艺术品位和智慧含量的综合考量，让人读起来能粘住眼球，读后津津乐道。

佟继萍生长在蒲河岸边，把蒲河视为灵魂栖息地和精神家园，《蒲河之约》以细腻的叙事和独具民俗风情的描写，在熟悉的蒲河两岸构筑着自己的小小说王国。尤其对小镇人物的关切及艺术性还原，摇曳着古典美的情感，散发着泥土芬芳和迷人的幽香。作者洞悉普通人的兴衰际遇，深层次揭示了职场人物的复杂环境和微妙心理，扎实灵动的文字，展现了作者艺术表现力、心理描写和气氛营造相得益彰，产生出良好的艺术效果，作品耐人寻味。笔下的人物刻画细腻，形象生动饱满，性格鲜明，语言清丽脱俗，舒缓有致，浓郁的地域风情迎面扑来，给人一种美的享受。

好的小小说应是思想内涵、艺术品位和智慧含量的综合体现。

所谓思想内涵，是指作者赋予作品的“立意”，它反映着作者提出（观察）问题的角度、视野、深度以及批判意识、质疑姿态等，深刻或者平庸，一眼可判高下。艺术品位，是指作品在塑造人物性格、设置故事情节、营造特定环境中所折射出来的创意、情怀和境界等。而智慧含量，则属于精密判断后的“临门一脚”，是简洁明晰的“临床一刀”，解决问题的方法、手段和质量，见此一斑。

《诗经》作为文学之源，来自民间，应属“平民艺术”，自楚辞之后文学进入了士大夫即精英阶层，一直以“主流”的生存姿态渐成少数人的事，至20世纪80年代经济崛起带动文化教育普及，加上网络等现代媒介的便利，当代文学读写开始在民间复苏并勃兴，文体流变数千年后，小小说作为一种新兴的大众读写文体，终于又与民间的《诗经》在艺术精神上悄然接续，营造出一种由大多数人参与读写的文学生态。

一茬茬优秀的小小说作家浮出水面，一批批堪称佳构的小小说作品炫人眼目，在赢得作家的文学地位的同时，也为社会大众提供了量、质兼具的优秀精神食粮。因为这些创作精短作品的作家们知道，在同样具有思想内涵、艺术品位和智慧含量的前提下，节省阅读时间就是对读者的最大尊重，给自己和别人带来一次哪怕是简单的快乐，也令读写者们乐此不疲，而一次次的快乐叠加，会为我们的伟大时代和人生旅途平添缤纷的色彩。

目　录
contents

摆书摊的老人

德化街摆地摊的多，熙熙攘攘，人群绊腿。我不得不下了自行车推着走，刚推几步，一眼瞟见一个老人也在摆摊，摊位上却是摆放的书，还有好几摞旧杂志。老人一转脸，我认出是市一中的退休教师李正。他可是全省的名师，还上过电视台，当过人大代表呢。

我上前打了招呼。李老师转身道：“周林老师呀，你怎么来这里，买菜？”我说：“您可别在周林后加‘老师’二字。我教书时，您没少辅导，就是您的学生。”他说：“那时你教书的悟性挺高呀，在青年教师中很拔尖，我给市教研室推荐过，可惜你又不教学了，要不然——”他的话戛然而止。

我顿时无语。是呀，我调市直机关来十几年，成天也是忙忙碌碌，就弄了个“副科级科员”，可以说是一事无成。我找话道：“您怎么不让孩子跟着您？”李老师苦笑着说：“我自己出版的书，想送他们一套，儿子闺女和孙子都赶紧摆手说不要不要，能让他们来跟我干这个？”

好一会儿了，李老师的书摊位无人问津。虽不时有人过来，但都是利用他书摊前的空位跟相邻的杂货摊主交流。这个杂货摊倒是顾客盈门，是卖手机包、手机护屏、手机链之类的东西。

我随手翻翻摊上的书刊，说：“这些杂志上还有您的批注啊？”李老师说：“咱就是教教学，读读书，看着书有想法了就随手记点，别的也不会。”

我说：“我记得您家里的几个书柜满满的。”李老师说：“是呀，孩儿们也笑我不会置产业。这辈子就是爱逛书店订杂志，攒下不少，原想捐给学校，毕竟在那里几十年——约好时间到时候了却不见人影，催促好几次，咱自己都觉没意思了，估计不会要了。后来联系区里图书馆，才捐出一大部分。还剩下些杂志，还有些史学书。也是，人都忙着扣手机，有几个想翻看咱这古董？”

终于有两个穿蓝色校服的少年过来了，一高一矮。高个子把自行车支好，到这里弯下腰翻着杂志看目录；矮个子一脚点地说：“走吧，练习册还做不完呢。”

高个子说：“你先走，我再看看。”矮个子学生就骑车走了。高个子又细细地翻阅一阵，最后拿起一本《大众史学》，估重似的在手里掂量几下，问：“老爷爷，多少钱一本？”

李老师说：“原书定价都是十块，旧书，三块钱。”

学生说：“那好，这里边讨论洋务运动的有四篇，我最喜欢不同意见互相辩驳的文章。”

李老师说："好啊，我注意到你已经拿着那本《史学月刊》看了好一会儿，上边也有你相中的文章吗？"

学生不好意思地挠挠头说："是的，我相中的多了，好几本杂志，可我没带多少钱。"

李老师说："这样，你先把这本《大众史学》的钱给我。"

学生先摸出两块硬币，手又在衣兜里掏呀掏，捏出一张一块钱的纸币，皱巴巴的，一起合放在手心里递给李老师。

李老师把钱认真地装进自己的衣袋里说："那本《史学月刊》你也拿走，还有，你再挑选一下，看看如果有你喜欢的文章，你就把杂志也带走——这些都不再要钱了。"

学生开始有点吃惊，后来欢喜地说："真的？那咋好意思？"

李老师说："没有啥，我就喜欢爱读书爱思考的学生。"学生又挑选了五六本，递给李老师看。李老师接过来，一本本认真审视一遍，然后掏出一条小毛巾将书擦拭一遍，连侧面也细细擦拭了，又将杂志里几张折了角的页码板正过来，恐怕反弹，使劲儿按了又按，然后才用一张牛皮纸认真包装好，递给学生。

学生忙不迭地谢谢爷爷，跨上自行车飞似的跑了。

我开玩笑说："你这书刊大降价，一本连一块钱都不到啊？"李老师说，咱有退休金，不图这几个钱，但得要个钱。你不要个钱，这年头儿，会有人抱走去卖废纸，那还不如我自己喊收破烂的到家里去呢。肯出这几块钱，他就舍不得糟蹋它，能下功夫来翻看。

“我知道许多人都是换新房才处理旧器具，就问：“您老是要搬新家？要不，这么急着处理干啥？”

他长叹一声道：“我这个年纪还搬什么新家！就是搬新家也舍不得处理书刊啊！别看这些书刊有的都陈旧发黄了，有的带着尘埃，可都是我手指头拨捏过多少遍的，说到底是心肝宝贝啊！一辈子了就落下这些，就像那个啥一样，真离开他们，心里就像缺一块儿似的。”

我奇怪了，看着他说：“那你——”

他轻轻地拍一下自己的胸脯，压低声音说：“我这里不行了——”

我说：“你是患病了？”他说：“是呀，一查出来就是肺癌晚期。这病吃麦不吃秋的……”

我这才注意到他脸色发灰，还透着红点儿，赶忙说：“不要盲目信那个体检，再复查一下。”

他说：“去省城大医院了，我同学在那里当主任，确诊，不会有错的。”

他说：“老伴儿走那年我就想了，早晚有这一回，人生一世草木一秋。儿子闺女家过得都还中，也没啥可留恋的，就是忧心自己这些书刊，带不走，得给他们一个着落。”

我默默地站那里许久，才跟他握手告别说：“李老师，您保重。”

他又笑了，说：“今天到底还有个学生来，这一趟没白来！”

自尊者

他来找我时，我一时愣住，随即想起是高中的同班同学，名字叫卢勇，和我都参加过“青叶”文学社，曾一起去听文学讲座，也交流过写作体会什么的。不过，毕竟是男生女生之间，交往不多。后来我考上一所重点大学，他没考上大学，高中毕业后各奔东西。

他说他们夫妻都在市里打工，收入尚可。我跟他聊同学们的消息，他没兴趣，有一句没一句的。后来掏出一沓子打印稿，要我给看看，“指正”一下。我十分不情愿，说：“都这把年纪了你还搞写作啊？我早就不写了。”他说：“我也是近两年生活稳定了才又拾起来，你在文化部门干，比我懂行吧！听说你在这里，我是专门来请教的。”毕竟同学过，我也不好意思不看，就把几篇认真看完，觉得距发表还差很远。

他很真诚地问：“你给我说说怎样修改？”我说：“就这几篇来说，没有修改的价值。”

过些天他又来了，掏出一沓子打印稿让我看。我都觉得是负担了，但还是给他看看，特意挑出几条优点说：“语言流利，有生活气息，就是立意陈旧，情节也乱。”

他苦恼地说：“那我下功夫修改修改中不？”我觉得不能虚与委蛇，那样会害了他，还会给我背上包袱，就实话实说：“真的没有修改的价值了。”

过些天他又来了。是一个星期五的下午，我们刚散会，我正跟两个同事闲聊。他又掏出稿子，这次没几页纸。但我有点烦了，说这写作是悟性的事，不是我改改就能怎么样的。他说，这次跟以前不一样，是他自己的亲身经历。我瞥一眼标题，让同事先看，说给我老同学指导指导。同事们都说：“哎呀，谢娜副局长的老同学，我们哪敢说指导，学习学习、欣赏欣赏吧。”说是学习欣赏，谁也没认真看，都是拿着稿子有一眼没一眼地胡乱瞟几眼。

老同学可能觉得不对劲儿，又说：“这篇散文跟以前不一样，是下了大功夫的。”凭我对他的创作实力的了解，再下“大功夫”又会如何？我只好佯装认真地说：“你丢下我再看看吧。”

他又来过两次电话，我都是应付应付说点虚话，实在没兴致再看一眼。后来我调到宣传部报刊管理处当副处长，要跟一些报刊社长总编打交道，忽然就想起这个从未发表过一个字的迂执板卢勇，就将他的稿给了《南江报》总编。我特意打了电话告诉卢勇。他惊喜地提高声调说：“《南江报》看好我的散文？”我对这个老迂执哭笑不得，说：“啥看好不看好的，就是让他们发表一篇呗。”他很纳闷地说：“这，这是什么意思？”我只好说：“我现在在报刊管理处工作，管着他们。”他在那边沉默了好一会儿才说：“那，那不好吧！”我有点儿生气，说：“要不是我干这个，没准儿你一辈子发表不了一篇呢！”

几天后我又想到卢勇，甚至想象他抚着发有他散文的《南江报》喜极而泣的情景。那天《南江报》总编来，却将卢勇的散文稿又拿来了。我十分吃惊，说：“这稿有问题？”总编苦笑着连连摇头，说：“你这位老同学名叫卢勇吧？真是的，我已给副刊了，定下周发表。这位卢勇打电话到报社总编室，不知又从哪里打听到我的电话，打给我说，一定要将他这个稿子撤下来，说质量不够格，他不能光靠关系发。谢处你说，这算关系稿吗？”我听了，怒道：“以后再不管他的事！”但静下来想想，在这个纷纷攘攘的社会里，这位老同学自尊得也真不简单。

以后卢勇再没跟我联系。那次同学王宏来，他说跟卢勇一直有来往，卢勇还是一得空就写作，不过至今仍没发表一篇。卢勇跟他说了我托人给他发表稿子的事，说老同学的情意心领了，但自己没有写好，单靠老同学开后门，发表出来也高兴不起来。王宏说一直发不出来咋办。卢勇说，他订了好几份文学杂志不断苦读思索，不一定什么时候也许会突然悟出道道儿来。如果还是都发表不出来，交代孩子到自己死的时候，把那些打印稿都烧了当纸钱就成，也算圆了文学梦。

看戏的将军

一九七三年的仲春，天气很暖和，省剧团要来靠山屯村演出湘剧《园丁之歌》，这可真叫村里人兴奋，早早就在村南的打麦场上搭建了戏台，撑了帆布当屋顶，挂了厚厚的幕布和幕帘。那时候村里还没有通电，天一擦黑就在戏台上燃起了汽灯。周围村子的人也都三五成群往这里聚。庄稼汉高声大气地开着玩笑，大闺女小媳妇带着没有纳完的鞋底，刺刺啦啦甩着胳膊，小孩子打呀闹呀哭呀笑呀，还有卖冰糖葫芦的老汉也来赶热闹。为了避免看戏前边的影挡后边的视线，靠山屯村历来定的规矩都是人不能带凳子，看戏都是席地而坐，坐得挤挤擦擦。但人累了会想巧办法，往屁股下垫东西，找个啥是啥，散戏后一地的砖头瓦块。今天引人注目的是，戏台前不远的正中间，搁了一块儿长长的厚松木板，也没棚架，就这样也有不少人打听是给谁准备的。

戏剧快要开始了。那块儿松木板上仍然没有一个人。来回招呼的老王一趟趟往村老支书跟前跑。老王原是县图书馆馆长，退休了回到老家颐养天年，村里有事了常叫他出面。这个时候眼见他急得不轻。原来这个松木板是给来县里蹲点儿的何主任准备的。何主任大块头儿，虽说接触不大多，但老王觉得他说话办事钢刀利水的，更令老王敬佩的是，何主任是我军二十世纪六十年代评出的少将，是一位将军。何主任有过许多传奇故事，譬如福州战役中，他趁风高月黑带一个团穿插，一下子突入马尾敌驻军司令部，截断闽江，断了敌军主力从海上逃跑之路。老王听何主任的秘书说，何主任特别爱看湘剧。李秘书也是四个兜的军装，究竟是不是秘书职位大家也不知道，见何主任总是喊他小李，而何主任作指示时小李就拿出小笔记本写写画画搞记录，大家就喊他李秘书。前天老王在县里见到他，李秘书说后天省剧团去你村唱戏，何主任会过去看戏的。

原来跟大家说的是戏剧晚八点半开始。眼看八点半到了，演员在幕后各就各位，可何主任一行不见踪影。到大队部给公社打电话，他们说也不知道。老王就跟老支书商量推迟半个钟头。因为是省里剧团，协调也得说好话。到了九点，仍不见何主任身影。再催公社，他们说听县武装部说，何主任带人进山了，不一定来了。老王跟老支书说了，老支书就说："领导不来了咱就开始吧。"一听说空着的松木板没人坐了，周围的孩子争先恐后抢占了。于是大幕拉开，开场锣鼓响起来，布景上满眼的桃花像朝霞一样灿烂耀眼。

老王忧着何主任来看戏的事，他心没有在戏上。他一会儿看看路上，一会儿看看戏台，在四周逡巡再三，忽听远处车响，几个军人过来就坐在了外圈的最后边。他急急地走过去，尊重地询问是不是何主任的人。他越问越清楚，越问越激动。

当老王正想迈腿踩着人群间的缝隙去给老支书说些什么时，有人拍他的肩膀，一扭脸正是李秘书。李秘书说："何主任过来了，留的座位在哪里？"老王说："一直等你们来着，以为不来了呢。"

李秘书又问："首长的座位呢？我看你从后边过来了。"

何主任迈着稳健的军人步子走过来。他没有听到关于座位的谈话，只是喊小李。

老王说："我去后边给将军汇报了。"

李秘书有点奇怪地说："将军？我一直跟将军在一起，何主任刚从深山区回来。"

老王说："不是说何主任。"李秘书说："不是何主任，这里还有将军？"

老王说："有，他是第一将军，他麾下就有无数将军。新中国的开国将军一千多个，论军事指挥才能，论水平论战功，他都铁定排第一位。"

李秘书一下子没悟过来。可是何主任却立马听懂了。他吃惊地说："粟司令？你是说老首长在这里？"

此时台上女教师俞英高昂的戏腔正唱得如林籁泉韵。忽听一声"立正——"声音低沉浑厚，但有千钧之力。何主任听得出老首长的声音。他和李秘书还有随后跟来的两位军人，一起垂手肃立，不敢稍动。何主任忽然想到，济南战役之后，华野集中了师以上干部集训，老首长讲话前，起头就是一句“立正——”那些战功卓著的师长、政委、纵队司令都“唰”地一下子站得笔挺，整个大院像是一个方阵。

“向后——转！向前三步走！向后——转！”老首长的声音依然不高，但却是那样威严，好像穿透了时空。何主任忽然想到，一九四一年在苏中抗日时，他还是老首长的警卫员，借了老百姓一个案板，首长就是这样命令自己立即归还的。

何主任明白了，天这么晚了，戏正唱得热闹，老首长是怕扰民啊。“坐下！”何主任与李秘书等一起，像普通士兵一样，左小腿在右小腿后交叉，“唰”地坐在地上。李秘书这才感觉到，下命令的大首长就坐在他们身后不远的地方。

戏演完了。何主任连忙起立，再来一个标准的向后转。可老首长一行已经悄然离开了。何主任、李秘书他们，还有从未当过一天兵的老王，都向着老首长离开的方向久久地致敬军礼。

赵老套

赵老套刚被领进炮楼，鬼子队长松井鼓着眼珠就盯住了他。赵老套眯缝着眼不动声色。松井“唰”地一下拔出日本刀，猛然劈向赵老套。赵老套惊恐万分，扑通一声倒在地上。松井将刀竖停在空中，喝问：“你是八路的暗探，来给皇军下毒？”

赵老套连连摇头。翻译官也吓得头上冒汗。松井对他说：“赵的，是吉野行长的厨子，吉野君，我的朋友，回国了。”

赵老套做的第一顿饭就使鬼子兵胃口大开。第二天，赵老套向翻译官请假，翻译官向岗哨说明了一下。赵老套就从吊桥上出了据点，找到一条小河，到里边捞了一大包河蚌，做了一顿清蒸河蚌，鬼子兵顿时发出一阵欢呼声。松井吃过饭，突然瞪圆眼睛，通知岗哨，任何人不准再放赵老套出据点。

这里是进山通道的瓶颈。在进山大路两侧相距不到十里，修了两个炮楼。东炮楼松井带鬼子一个小队驻守。西炮楼由伪军“警备队”驻守，归松井统一指挥。鬼子和警备队经常下乡征粮和扫荡，有时候也抓捕抗日分子来炮楼审讯，打得鲜血淋漓。

夜半，炮楼的探照灯光正缓缓移动，吊桥边换岗的鬼子忽觉脖子上有东西袭来，他乒地开了一枪。炮楼内鬼子抓住枪跑出来，纷纷就地卧倒。松井认真查看了四周，发现并无异常，根据换岗鬼子的报告，推断是一只大老鼠从吊桥架上落到鬼子肩膀上。松井狠狠地扇了鬼子兵两巴掌。

这里老鼠确实猖狂，晃着绿莹莹的小眼珠子，大摇大摆来回流窜。灶台上时不时就有老鼠屎。松井去吃饭，一只大老鼠扑腾地猛撞上他的马靴，给他也吓了一跳。他瞪着赵老套说："老鼠再这么猖獗，我一刀劈死你！"

赵老套也大睁着双眼，很惊惧的样子。他让翻译官向松井请求，才由人押着出了炮楼，到壕沟外野地里拔了一捆草。那草枝叶挺拔，开着紫色的五瓣花儿，很娇艳的样子，散发着馨香。回来在大锅里熬了汁液，在厨房角落里洒，又在锅灶上熏蒸。治理之后，果然老鼠少了许多。

松井和翻译官盘问过赵老套，赵老套回答说："祖传经验，有花草香的地方，老鼠不爱来。"

传闻八路军要攻县城，也有人说八路军要趁机拔掉这两个炮楼，进出据点盘查更紧了。松井突然盯住翻译官问："你说，赵老套会防治老鼠，那他会不会给皇军下毒？"翻译官一愣说："你朋友推荐的，应该不会吧？"松井又鼓起眼珠子道："你的，能完全保证？"翻译官连忙说："我跟他没有挂扯，我咋保证？

我派人抓紧再打探打探他的出身来历。”

松井让人暗中监视赵老套，没有发现异常举动，还是觉得不放心，就打发他到西炮楼去做饭。

趁我太行军区独立团威逼县城之机，我县大队插到两个炮楼之间，接着将东炮楼团团包围起来。松井命令，早晨七点向这股八路攻击，他电话命令西炮楼的警备队，七点从八路军侧后方全力进攻。里应外合把这股八路军打个落花流水。

早晨七点，松井带领鬼子冲出了炮楼，但遭到八路军猛烈还击。打了一个时辰，鬼子兵死伤惨重，连松井也被打伤了左臂。他望眼欲穿的警备队那边却没有一丝动静。八路军有恃无恐地一直打到他炮楼跟前，他不得不狼狈缩回炮楼。

松井一进炮楼就猛摇电话。好一晌，才听到警备队队长有气无力的回话：“太君，完了，赵老套在饭菜里下毒，我们都是上吐下泻发高烧，缩在床上连坐都坐不起来……”

松井摔了电话。翻译官放回话筒。电话又响。松井听了一句递给翻译官。翻译官听后报告说：“我派出的人调查清楚了，这个赵老套号称‘毒王’，祖传的下毒打猎技术。上次他拔的那草叫麦叶草，内含剧毒，能把野猪、狗熊等立马毒翻，让它们动弹不得。他也能让毒药一天、两天、三天后再发作，这是他家祖传的独门技术，叫啥时候发作就啥时候发作，就跟有神仙暗助一样。”

松井听了，忽然觉得肚子里一丝疼痛正在蔓延开来，迅速传遍全身，他骂了一句就跌坐在地上了。他挣扎着想爬起来，但没有办到。他看到翻译官步履轻松地走出去。他明白了，咬牙切齿地又骂了一声“八格”。他听到八路军打过来的激烈枪声，但听不到一声还击的枪响。他好像看到他忠勇的部下，都歪扶着枪，痛苦地张着嘴在簌簌打战。八路军平端着枪冲进来，冲在前边的赵老套眯缝着细眼露出讥讽的笑。

县编《抗战史》记载：“一九四一年九月，我军侦察员赵老套以厨师身份进入敌据点，与地下党马犇（翻译官）配合，跟我县大队里应外合，一举拔除扼我进山通道咽喉的日伪东西两座炮楼。”

田有才先生

田有才是山阳县塔村人，白净面皮，薄嘴唇，右眼下并排长两个黄豆大的肉瘤。村里人背后提起他都戏谑地称其“田二疙瘩”，有时简称“田二”，几乎忘了他的本名。

田二靠做布匹服装生意为生，常年来往于省城县城，在村里虽不是数一数二的富户，但米饭、鸡蛋、面条、油盐酱醋一应俱全，小日子过得很是瓷实。

日本兵打着膏药旗过来了，不知听谁说田二常跑江湖，就找他来当“维持会长”，田二哭丧着脸连连摆手拒绝，嘴里嘟囔出许多理由。日本兵把刺刀“唰”地往前一挺，刺穿了田二的棉袄袖，田二的胳膊上被划出一道口子，咕嘟咕嘟冒血。田二当下顺裤子流尿，瘫软在地上，上下牙直打战，从此就成了塔村的田会长。

田二给日本兵做事，见日本兵低头哈腰，日本兵说啥他都“是是是”，一抬头必是谄媚的笑容，脸上两个黄豆大的疙瘩来回滚动。日本兵夸他是大大的良民。他立即唱歌似的喊："为皇军办事理应尽心！"

日本兵让田二牵头"征集"军粮，收20万斤小麦。正好国军27师驰援台儿庄路过山阳县，田二抓住时机找国军报告，将一库粮食全让国军拉走，然后去日本兵那里报警，说军粮被国军劫走了。日本兵扇了他两个嘴巴。他连连哈腰说保证补回来，连夜东奔西跑给日本兵收小麦，虽说没收上来多少，但态度虔诚，经历千难万险才应付过去。八路独立团卫生队黄队长是田二的外甥，暗中找他买药。田二到县城联系王家药铺王掌柜，按外甥开出的品种买到一批，趁着给日本兵送军粮的时机偷偷带出城交给八路。

这天鬼子突然包围塔村，挨家挨户搜查八路军负伤军官。一时间全村鸡飞狗跳，鬼子当下没搜出来，但抓走了小学教师贾立。贾立当夜死在了刑讯室。贾立的弟弟贾淮是抗日锄奸队副队长，想为哥哥报仇雪恨，只身去刺杀日本宪兵队队长清水，但刚入县城就被鬼子抓获。他实在受不了酷刑逼供，交代出县城的王家药铺。日本兵立即包围王家药铺，进行搜捕。王掌柜从后院跳墙逃跑时被乱枪打死，药铺伙计大贵负伤被抓。他也受不住酷刑，交代出了田二疙瘩。

田二刚被抓进去时大喊冤枉，但一夜的皮鞭抽打加上老虎凳子、辣椒水，使得他的脸都脱了形，天明后就一点儿一点儿往外说，从王掌柜到贾立、贾淮。鬼子又给他一鞭子，追问负伤的八路军营长的藏匿地点。田二开始撑着不说，但鬼子拿着烧红的烙铁往他胸口那么一按，他就大喊起来："我招，我全招！"他说，那营长就藏在后山的小杂岗上。

后山方圆百里人迹罕至，树密林深，沟壑纵横，大小杂岗几十个，不是当地猎人，都弄不准方向。日本兵就让田二带路。田二踏着野草丛跌跌撞撞往前走，后边紧跟着一队日本兵。他们七拐八绕到了一个岗地，那里果然有个隐蔽的木棚。田二耷拉着头说："就是这里。"日本兵迅速包围两边，让田二喊话。田二喑哑着喉咙大声喊："袁营长，皇军来了，投降吧！太君说投降有赏！"不听回音，只有风呼啸着滚过山林。日本兵冲进去，看到棚子里有锅盆碗筷，还有换下来的纱布绷带，上面有发黑的血迹，一摸干草上的被子里还有温度，日本兵立即在四周搜查，又往前追击，但最终没有追到。

贾淮两个月后死在了自己家里，被刀割走了头颅。大贵死在一个酒摊儿，被一枪打穿胸膛。腊月里一个月黑风高的夜晚，锄奸队上了田二家的四合院房顶，乒乒乓乓一阵枪响。但后来听说田二头天晚上领着全家偷偷逃往汉口，走时没带任何财物。锄奸队谋划追杀他，到汉口颇费周折才打听到田二已经病死，他的家人下落不明。

一九四九年春，四野的一支部队南下路过山阳，从一辆吉普车上跳下袁师长，向率队支前的山阳县县长打听田有才先生。县长说："你说的就是田二疙瘩，鬼子在时，有过这么个维持会长，已经死了。他原先为我们做过事，后被捕叛变，向鬼子供出我们八路军伤员的隐藏地点。”袁师长说：“没有没有！那伤员就是我！我负伤后经黄队长联系，田先生安排我在后山鹅岗隐蔽疗伤。他跟我约好，每天黎明时，只要在鹅岗见不到他或他派来的送饭人，就是出事了，要赶紧转移，路线是沿着小溪蹚水先到虎头岗，那儿有条山洞通向山外，隐蔽得很。这条路是他事先精细安排的，他要是叛变，我是逃不脱的。”

县长恍然大悟，说：“原来是这样！”他让人打听田有才家的后人，却打听不到，田有才的遗骨也找不到，就让人修了座空坟，刻了墓碑，上书：田有才先生之墓。

我们都是神枪手

那次在湖畔打靶，刘柱最后上场，却连打三个十环。首长说："好！不知你打活靶怎么样？"刘柱就问："啥活靶？"首长弯腰捡起一块瓦片，用力朝水中一扔，那瓦片便在湖面的碧水中欢快地钻进钻出。首长手一指，说："就是这个。"说时迟，那时快，刘柱迅即举起步枪，"啪"地一声响，瓦片在水面上粉碎，红色的粉末随着水纹扩散。在周围的一片欢呼声中，刘柱已经退回原位，神态自若地吹起了口哨。欢呼声落下后，那悠扬的口哨声便格外动听地回响在旷野，有时像琴弦，有时像洞箫，妙曼的声响像清澈的溪流在大家心头潺潺地流淌。人们一声不吭。一直到刘柱停住口，大家都还一动不动，好像沉醉在不绝如缕的口哨音响中了。侧旁的文工团团长兴奋地要求道："首长，让他到我们文工团来吧。"首长竖起大拇指说："好样的，双绝。"他沉吟片刻道："大战在即，现在不好说调整，战后到文工团吧，文艺的人才更难得。"

这是一九四八年的冬天，刘柱所在的华野部队很快就集结到了淮海战役前线。歼灭黄百韬集团后，华东野战军于十二月上旬将从徐州仓皇南逃的杜聿明集团二十多万人马包围在陈官庄一带，然后步步缩紧包围圈。前委部署，到一九四九年元月五日开始发起总攻。总攻前的这一段时间，我军主要是挖掘战壕，尽量接近对方阵地，为总攻做好准备。我们称之为对壕战术。对方也意识到对壕战术的厉害，拼命地阻挡和破坏我们的行动。双方都靠狙击手来袭扰对方。刘柱自然而然成了一名狙击手。

刘柱所在的旅受命接替十六旅主攻夏庄。夏庄阵地敌人的狙击手也非常了得。刘柱他们旅来这里之前，十六旅的战士仅因为冷枪受伤和牺牲的已经有七八个人了。我们的对壕战术受到了严重影响。首长对刘柱寄予很大希望。刘柱上阵先花了两天时间，拿起望远镜一点点地观测，认真研究对方阵地的构成，研究圩墙、战壕和鹿寨暗堡的位置和特点。从第三天起他开始射击，当天就击中了敌人的一名狙击手。

敌人的狙击活动仍很猖狂，通讯员要送上级命令过来，也被对方发现踪迹，被冷枪打到了肩上。首长命令我们的狙击手加大打击力度。刘柱跑到阵地的东侧，把枪支好，用一根棍子挑起一顶军帽，慢慢地伸出堑壕。乒乒两声响，军帽被打穿了两个窟窿。趁着这个间隙，刘柱霍地伸出头，瞄着枪响的地方狠狠地扣动扳机，对方跌伏在壕沿儿上再也没有动。

我们挖掘战壕，仍然受到对方的冷枪干扰。我们据此判断对方还有一个极为狡猾的狙击手，出手机敏，给我们造成很大的威胁。刘柱想从我们的交通壕绕到侧面解决他。但是敌人的狙击手似早有觉察，在圩墙的拐角处挖了枪孔，声声冷枪封锁着我们。刘柱故伎重演，又用棍子挑起一顶军帽，慢慢地伸出堑壕，但对方没有丝毫动静。刘柱感觉到了潜在的危险。他把军帽在堑壕沿儿左右缓缓移动，仍听不见动静。刘柱把头猛一下露出堑壕，又迅速缩回去。敌人的狙击手即刻击发，一声枪响，子弹准确地射向刘柱露头处的堑壕沿儿，贴着堑壕沿儿一溜白烟儿飞向后方。好危险！好狡猾的对手！

旅部文工团来前线开展宣传战，首长要求战斗部队搞好配合。文工团的战友们在前线又是敲锣，又是打鼓，高声齐唱："我军歼灭黄百韬，杜聿明插翅也难逃，早些投降把枪缴，还能把饭来吃饱。"指导员让刘柱也来一曲口哨。因为没有完成狙击任务，刘柱没心思娱乐。但是既然指导员说了，刘柱还是吹了一曲，吹的是《蟒河滩的马兰花》。这是家乡的民歌，曲调很优美，歌词大意是：蟒河滩的青草铺满了银白色的月光，波涛在轻轻地歌唱，河滩上的马兰花，放着幽幽的清香，劳累了一天的小伙子来到河滩，等待心中的姑娘……一时间剑拔弩张的敌对双方都沉寂下来，大地静悄悄的。

忽然，指导员推推刘柱的肩膀。刘柱抬头一看，可不是，敌人的战壕里有人伸出头来朝这边张望，但还没有等刘柱捕捉到目标，那条人影倏忽而逝。

刘柱说："让我去干掉这个家伙。"他掂了长枪，弯腰沿着战壕，走到最前沿俯伏下来。朔风凛冽，乌云漫卷，天上不见了星月，米粒似的小雪花密密地迎面袭来。刘柱紧握着冰冷的长枪，盯住瞄准镜耐心地等待着机会。突然从那边传来了刘柱熟悉的口哨声《蟒河滩的马兰花》，也是那样响亮，也是那样优美动听。刘柱脸色煞白，一下子跌靠在战壕的后坡上。

刘柱向首长做了保证，要活捉这个顽敌。后半夜，刘柱抱着长枪，又来到战壕的最前沿。刘柱已经无数次研究了这里的地形，在已被炮火犁松了的坟堆后，是一块不大的凹地，原来还存有浅浅的水，结了一层薄冰，经炮火覆盖，已经成了一片泥泞的软地。刘柱匍匐到坟堆跟前，一个突然的跳跃就进了这块凹地。他刚刚抬起头来，就见黑洞洞的枪口正顶着自己的额头。刘柱大吃一惊，但他紧接着就轻轻地吹起了《蟒河滩的马兰花》，于是对方的枪口一点点地垂了下去。刘柱吹着吹着泪眼蒙眬，他喊了一声："狗剩！"对方扔下枪扑上来，紧紧地拥抱住刘柱，嘶哑着声音喊："哥——"于是，涩涩的、咸咸的泪水，就涌流到一起了。

这一天是一九四八年十二月二十五日。我们的队伍里，增添了一名新的神枪手，同样是擅长吹口哨的神枪手。

三 哺 洼

我于一九三九年在晋北参军，进的是 115 师 344 旅。后来我们东进山东，成了八路军五纵队，又南下江苏，被改编为新四军三师，全军换了蓝灰色军装。我在八团一营三连当班长。我们八团是井冈山 28 团的底子，很有名气，人称“老八团”，驻扎在盐城建湖一带，时不时跟鬼子和伪军干上一仗。

那时我们班上来了一个新兵宋城，中等个子，圆脸小眼——说是新兵不假，加入我军才一周，但要说当兵的资历，也不浅。国军 135 师从他家乡路过时他当了兵，打过不少仗，豫南会战中受重伤，被救下来，伤好后在家乡当民兵，听说老八团在此驻防，就不顾一切地投奔过来了。

宋城能说会道，有点大大咧咧。那次连里吃饺子，他端起碗潸然泪下，说：“娘，离家远了，要不我给您老人家送去！”我问他家在哪里。他说三哺洼，还蹲下用小树枝在地上画这几个字。他说：“爹早死了，没别的亲人，娘一个人拉扯我长大。”

没两天他就受到我的批评。我厉声道："宋城，军帽要戴端正！"他"啪"地一个立正，高声回答："是！"但紧接着他又嬉皮笑脸，说："不过你派我去营部领东西，在山路上跑个来回，出了一头汗！"我说："出汗也得戴正军帽！"宋城又大声道："是！"然后他又说："这顶旧军帽大了，一低头它就歪。"因为连续作战，服装供应不及时，宋城的这身军装偏大，还是副班长到敌占区执行秘密任务时留下的旧军装。

一九四三年秋，我们团每班分到一套新军装。我看有的班是班长穿，就跟大家说："弟兄们，这次新军装只有一套，我就先穿上，以后还会往下分，咱们都会穿上新军装的。"弟兄们都没说啥，因为我不仅是班长，更主要的是从山西到山东，从山东到江苏，枪林弹雨一路，我身上三处受伤，资历深。我正要将折叠好的新军装打开时，新兵宋城说话了。他说："班长，这不合理，咱新四军不是官兵一致、人人平等吗？"我说："是呀，但跟分军装没关系呀。"宋城说："咋没关系？你是班长就能先穿？"他这么一说把大家的目光都吸引过来了。我说："我也不是非要先穿，就是不想动那个脑筋，咱班十二个人该谁穿？我班长不穿更不好办！"他说："那也不能你穿！"我说："你说咋办？该你穿？"宋城说："我没说该我穿，我是说该捏蛋儿！"我一愣："抓阄儿？"宋城说："是呀，谁抓住是谁的。"我看大家的目光好像都表示赞成，想想也是这个道理，就说："抓就抓！来，装我口袋里十一粒黄豆、一粒黑豆，谁捏住黑豆新军装就是谁的！”

谁知道天意如此，宋城最后抓，但就他捏出的是黑豆！他看看我又看看大伙儿。我将新军装扔给他说：“穿！”他说：“真的给我穿？”我说：“定好的规矩，你不穿谁穿！”大家都拍着巴掌哄笑说：“你小子有福气！”他不再客气，当即换上新军装，正合身，还真像那么回事。我说：“你这小子，把军容军纪给我弄好，弄不好小心我整你！”

不久就是鬼子的大扫荡，连长下令分散突围。我们班一路冲杀，突围到一条大河边，环顾四周就剩六个人了。夜色中宋城从河湾港汊中找到一艘小船，我们在船头架起机枪，躲过鬼子的巡逻艇，划过大河到了对岸。我观察一下，正要下令上岸。宋城小声说：“班长，这地方我熟，上岸就是疙瘩坡。”我说：“往下说！”宋城说：“疙瘩坡树林茂密，小心有埋伏。”我说：“大李，跟我走，上去摸摸情况。”宋城说：“你是一班之长，还要带弟兄们突围呢！我去探探，一个人就行。”我就挥手让他去了。可是宋城没走几步就返回来说：“班长，我要是那个了，你代我到三喃洼看看俺娘。”我怒道：“净说晦气话！你给我好去好回！”

宋城蹑手蹑脚地上去了。我们都紧张地仰视着岸上黑黝黝的那道坡。只听宋城大喊：“有埋伏！”接着就是手榴弹的爆炸声——大概是宋城扔出的，几乎同时响起了爆豆般的枪声。我立即命令大李去接应。但宋城的身影已在弹雨追击中疾奔过来了。他刚跨到岸边，“哎哟”一声栽翻——我心想不好——他栽倒的声音很沉重，顺着岸坡咕噜噜滚下来。大李他们将宋城架上船。鬼子已经冲过来。我们的机枪响了。大家一边还击一边急急地划船驶离。我赶紧看宋城，他后背中弹穿到前胸，脖子上也中了弹，身上满是鲜血，已经没有了呼吸……

讲故事的是我父亲邵健，他说他这条命是宋城换给他的。父亲还把自己户口本上的名字改成邵三哺。反扫荡结束后他专门去寻找三哺洼，但费了很大劲儿也没找到，也打听不到宋城的娘。据说那一带叫什么洼的小村庄很多，但鬼子大扫荡都将其烧光了，一片片废墟也不好辨认。解放后父亲又去找了几次，还联络了大李——六十年代大李已经是省军区司令员了——借助他的力量反复查询。父亲成天念叨着，但始终没有结果。父亲二〇〇四年去世时交代，要在墓碑上刻上“三哺洼宋城的战友邵三哺”。

我们每次去祭奠，看到墓碑就想起宋城和他的娘亲。这天中午，我的儿子小亮一溜小跑过来，喊：“爸，表哥去盐城了，刚回来。”我说：“他去盐城干什么？”小亮说：“他跟市领导去江苏出差，发现有个‘三哺洼苗木园艺基地’，规模还不小。”我忙说：“他问了吗？”小亮说：“他跟着领导不方便拐弯细究，但发现基地就在盐城建湖高速路边。”我愣住了：那个地方就是三哺洼村吗？于是，我们父子踏上了南下建湖的路。这是充满神圣感的探亲之路。

林子的婚事

林子正往家里挑水，八爷过来说：“小子，咱早点儿走，你麻利点儿。”娘赶忙从屋里掂出个马扎让八爷坐下。

林子仄着肩膀将水倒进缸里。他家离水井有点远，连续几个来回挑得身上出汗，想舀口凉水喝。八爷吆喝道：“别磨蹭！”

看八爷已经一脚踩到院门外，林子没顾上喝，把瓢扔进缸里急急跟上。娘追出来扯着喉咙喊他，说还没有换衣裳哩。林子又急忙跑回来换了衣裤，上身是借大贵的大布衫，穿上飘飘的，白中泛黄，前边隐隐显出“株式会社”，后边隐隐印着“尿素”二字。

八爷是要带林子去牛店相亲。牛店那边的闺女叫菊子，是八奶的娘家本家侄孙女。八爷不知道，林子更不知道，那边的菊子已偷偷往村口跑了一趟，听说未来的女婿模样儿俊，菊子一想就脸红。

到牛店不过十多里地，但路过张村后不远，那条灌溉大渠决了口，一片汪洋。要搁平时，他们一挽裤腿就蹚过去了，可今天衣裤都是借来的，形象更是影响不得，只好绕路。八爷骂一句："妈的，好事多磨，绕道吧。"这是一九七一年七月，他们在亮闪闪的太阳下多走了四五里地，脊梁都汗津津的。

八爷边走边交代说："人家端出鸡蛋荷包，要是相中人，你也要让到，你给我记牢，得拨出一半，剩下的才吃了。要相不中，千万别吃，一个鸡蛋都不能动，一点儿水都不能沾嘴。这是规矩。人家闺女是好闺女，纳的鞋底针脚密扎扎的，干地里的活儿也不落人后。你不会相不中，小子，你又吃鸡蛋又得人，美着哩。"林子嘴上"嗯嗯"应着，心不知跑到哪里去了，丢下八爷老远。八爷只好紧走两步呼哧呼哧喘着气。

进了菊子家的院门，林子手脚都不知道往哪里搁。院里的几个大姑娘小媳妇哧哧笑着又叽叽喳喳，林子不敢抬头看，可鼻子灵着呢，一下子就嗅到了鸡蛋荷包的腥味，那么亲切的腥味。他们村里查得紧，一家只能喂俩母鸡。油盐酱醋加看病的钱都出在那几个鸡蛋上呢！他至少三年没有尝过鸡蛋的味道了。还是那年他爹发高烧，娘狠狠心煮了一个，他和弟弟都凑上去，爹跟他们分着吃了点渣渣。

八爷说："要是都顺眼，叫菊子跟林子到里间去私下再说几句？"

菊子娘瞟一眼林子说："俺菊子没意见，林子说咋办吧？"

林子茫然摇头说："不用吧。"女方的几个人在议论他，他觉得那议论如飞蝗袭来却都被他挡在身外，只有鸡蛋荷包的味道直扑进他心里。他不由自主地盯过去：几个荷包都是糖心儿的，软软的嫩白轻裹着软软的金黄，软软的金黄从软软的嫩白中透出来，旁边还带点儿浮沫。荷包蛋递过来了。是谁递过来的他没顾得上看，他应该说“我哪能吃这么多”，在对方的推让声里拨出去四五个。但是应原谅林子，来前干了活儿，又绕路多流了汗，紧走慢走一二十里路，肚子早就咕噜噜叫了，更主要的是，他多年来对鸡蛋的盼望猛烈地膨胀着食欲，新鲜荷包诱人的腥味汹涌澎湃地袭击着他，叫他不能自已。他神圣地端起碗，凑到嘴边，几乎是往里倒一样，连水带鸡蛋荷包，八九个呢，瀑布一般冲进喉咙。他的牙齿发出刚劲有力的嚼声，但实际上什么也没嚼到，东西早就到了肚子里。八爷伸手要说什么，都没顾得上说出来，胳膊一时尴尬地停在半空中。菊子一家也很吃惊。菊子娘叹了一口气说：“这孩子太饿太渴了。”

回来的路上林子脚步比较轻快，八爷气喘吁吁地说：“你小子等等，就你吃饱了鸡蛋！”林子有些不好意思，就话归正题：“八爷，哪一个是菊子，就是高个儿穿蓝方格衬衫那个吧？”

八爷不由得哈哈大笑：“你小子，就吃荷包蛋带才！人都没弄准！那是菊子过门才半年的嫂子，低个儿穿黄方格衣裳的才是菊子！”林子猛地站住说：“低个子？是那个？我不要！”

八爷生气了，说：“我交代你的啥？吃过荷包蛋就铁定了！吃足荷包蛋你退亲？不用我动手，大家不打折你的腿！”

林子一路灰着脸。到家后，八爷说了原委。林子先挨娘的数落，又挨爹的数落，最后是八爷的儿子——当支书的四叔狠狠地数落，就差巴掌扇脸上了。林子没办法只好投降。秋天刚过林子就赶着马车把亲娶过来。

八爷没骗他，过门的菊子果然懂事能干，家里是家里，地里是地里，街坊邻居都夸。喝过初中墨水的林子也满足，夜里抱着菊子光滑的身子说：“咱这就是爱情吧？”贤惠的菊子就迎合着他喃喃道：“俺就觉得这爱情好舒坦哩！”

景老师小传

一九七五年的教学秩序还有点乱，麦假后开学，班主任又换了人。新来的老师姓景，听说是哪个村的老知青，来俺学校代课的。他中等个头，白净面皮，看上去有点文弱。

景老师语文课讲得好，改作业很细心，哪一点错了，他都要用红笔在下边画一道，同一个字词第二次再错，他画两道，要是错第三次，那就对不起——他眼睛一瞪，说："连这个都记不住！你给我站起来！"你要是保证下次不再错，景老师才让你坐下来。我作文写得好，景老师常当范文在课堂上读，但我也因为错别字被罚过几次站。说来也怪，自从景老师教我们，我的错别字基本上消失了。

一周一次的作文，景老师阅改得更认真了。他钢笔字写得很好看，文后批语工整秀丽，蝇头小字总是密密麻麻地写上五六行，还常有眉批。全乡的小学生作文比赛，我拿了第一名，我们班有三名同学进入前十名。

我们小学条件差，夏天教室里特别热，一进门人人身上都是汗。景老师找我们谈话，就到挂着大钟的老榆树下。景老师改作文，那就必须在他的办公室了。景老师的办公室兼宿舍是一间老式小平房，因为漏雨，上边铺了油毛毡又浇了柏油，所以大热天的毒太阳，他屋里比教室又热得多了。我去送作文本，门一开简直是揭开了蒸笼，一股子热气直扑过来，扑得我撂下作文本转身就跑。景老师来教室上课，总是将办公室门打开，放跑里边的热气，可他改作文，却把门严严实实关上，还从里边插上门闩。这一关就是几个钟头。我们也起疑心。那时候可没有电扇这一说，顶多能摇几下芭蕉扇。景老师在屋里能受得了？光起疑心也就算了，但新来我们班的钉子就是要探个究竟。

钉子是个留级生。我们班同学都说他是个“捣货”，就是调皮捣蛋的意思。他说景老师办公室的那道门下边有道缝，趴在那里能看见屋里边。我们都一笑置之。但钉子真就蹑手蹑脚过去，全身俯伏在地上往屋里偷看，小褂和头脸都弄了一层灰土。他看了好一会儿，忍不住咯咯笑出了声。

景老师在里边大喝一声：“谁？”

大家估计钉子要连滚带爬起身狼狈地蹿了。但钉子不慌不忙地爬起来，大摇大摆地离开了。

这就奇怪了。我们去问钉子，钉子说：“歇肚不捻儿！景老师歇肚不捻儿改作文，就两只脚蹬在水盆里泡着。”

“歇肚不捻儿”是我们这儿的土话，就是赤身裸体的意思。

钉子又强调说：“连裤头都不穿，光着屁股的！”

钉子等着我们大笑，可我们都不想笑。景老师课讲得好，对我们也好。虽然不笑，但我们都信了，因为他屋里确实是太热了。

上语文课钉子是不敢捣乱的，但这天上算术课，李芸老师穿着新买的花衬衫从他跟前过,他朝着花衬衫甩上一溜儿蓝墨水。李芸老师哭着来找景老师。景老师就把钉子喊到教室外厉声批评他，还说让他写检查。钉子倔着头转身就要离开，景老师一伸胳膊，横拦住他。钉子恼了，头一低猛地一撞，但没有撞开景老师的胳膊，却一个趔趄把自己反弹回来。

第二天中午刚放学，钉子他爸来学校闹事了。传说钉子他爸练过武功，是当地一霸，去年就因为钉子的事来学校闹过。

钉子他爸直奔李芸老师办公室，半路被景老师截住了。景老师上穿白汗衫，下穿西式短裤，说：“我是钉子的班主任。”钉子他爸挥舞着拳头吼道：“你给我让开！我找李芸！”

景老师说：“别嚷嚷，钉子的事归我管。走，咱俩去学校后边说说。”

学校后边是一片荒草地，下雨的时候还常积水。两个人在荒草窝站定。景老师说：“你不是会武功吗？就你，就我，咱们比试两下，谁赢了听谁的。”

打量着身子骨单薄的景老师，钉子他爸愣了，说：“就你？”

景老师说：“怎么？不中我饶你个后腰摔一跤？”钉子他

爸一听很生气，一把抱起景老师的后腰就往地上按。景老师反手搂住他，脚一点地，钉子他爸扑通摔倒了。钉子他爸大怒，爬起来就扑过来，抱住景老师后腰举起老高，猛地往外一扔，但景老师反手抓得牢，钉子他爸根本扔不出来。钉子他爸举起景老师好一会儿，累了就往地上按。景老师的脚抓住地面，猛地发力，钉子他爸就旋转着飞了出去，扑腾一声摔到地上，又打了一个滚儿，半天爬不起来。

景老师慢慢走到他跟前说："该听我的话了吧？其实钉子脑袋瓜儿挺管用的，就是家教太差，胡捣乱！我打算好好调教他，你配合，明年我有把握让他考上乡里初中。"

钉子他爸想站起来说话，但浑身都痛，使劲儿撑了几下爬不起来，就那样半趴着，对着景老师渐去渐远的身影大声喊："景老师，您说话可得算数呀！考上了我请您喝酒！"

都市沙漠

老家村子的旁边就是沙漠，周边的沙丘一年年逼近村庄。儿子早就说让父母过来，但老两口不愿进城。老母亲去世后，儿子好说歹说，才把老爹接过来。初来乍到大城市，老汉看啥都新鲜，看啥都陌生。他坐到沙发上，怔怔地看着门问：“铁门多少钱？”儿子说：“这叫防盗门。”老人发现门上边正中间还有一个小圆洞，他没问，端起碗吃饭。

儿媳在国外读书，儿子打理一家颇有实力的企业，一个小孙子全托在实验小学。老汉在家成天没事儿干，就是那台电视机他也鼓捣不好。说起来在老家他会用彩电，拿着遥控器来回换台。老伴在时，总嗔他：“美得你！”他得意地炫耀：“脑力劳动！”但这里脑力劳动太复杂，薄薄的大电视屏幕连着电脑连着DVD，白色遥控器上按键太多，一不小心按下去，电视节目没有了，出来一个身着三点的性感女郎，羞得他赶忙换台却换不掉。他一阵乱按，画面消失，一个个神秘的绿方块儿跳动着，他只好拔了电源。

儿子回家没规律，可回来常给他捎好东西吃。一次正吃饭，门铃声响。儿子就先趴在门上从那个小圆洞往外看看才放人进来。等来人走后老汉问儿子：“那个洞洞是啥？”儿子说：“猫眼儿，忘记和你说了。咱往外看用的，外边看不到咱。不管门铃响还是敲门，先看猫眼儿，是熟人再给开门，不认识的别理他。”老汉倔倔地说：“讲究恁多！”这时手机响了，儿子先看手机号，然后忙不迭地接电话，接过电话就忘了这个话题。但是老汉记住了，猫眼儿，这个词很刺耳，看着也真像个猫眼儿。

之后老汉没事就趴在门上看猫眼儿。老汉开始不习惯，觉得门外的东西有些变形，水纹一般晃动。看看觉得不对劲儿，就开门再看看。有人路过时，老汉是不好意思开门看的。慢慢看惯了，老汉就时不时趴在那里往外看。其实猫眼儿里没啥，无非就是门口对着的那一片地方，电梯口、走廊、走廊边的几个门、一小段墙，还有扶手。一直看也索然无味。老汉发现，这里各家各户的门都是防盗门，上边都有猫眼儿，就想可能人家也在从猫眼儿里往外看呢。想着想着老汉笑起来。不过有人路过就有些意思，人远了近了，近了又远了，很近时人脸就有放大变形的感觉，叫老汉有点儿不敢看，但还没来得及想又倏地消失了。

这次就看到有个年轻人背着老太太从电梯出来，正经过他家门口，一个皮包吧嗒一声掉在地上，年轻人就把老太太放在地上去捡皮包，捡起来后喘口气儿。老汉没咋想，忙拿一把折叠椅，打开门送出去：“老太太坐下歇会儿吧。”外边的老少都吓了一跳。年轻人连连摆手：“不用不用，我们就到家了。”老汉说：“孝顺好啊！老太太多大岁数？”老太太看着他，嘴角动了动想说些什么，分明是想坐会儿聊几句的，年轻人却弯腰硬背起老太太就走，到前边一个门，拿出钥匙打开进去了，连个谢字也没说。

这天老汉刚趴在猫眼儿上，看见隔壁邻居，那个年轻妇女领着她的孩子走过来。那女人头发挺厚实挺顺溜，不知何故却是一侧头发长一侧头发短。那孩子大约六七岁光景，哭叫着扯拉妇女的裤子，说要吃“傻气妈”。老汉听不大懂，看孩子哭得可怜，就端了儿子给自己买的一盘点心，开门出去哄孩子。母子二人也是吓了一跳。那孩子立即停住哭泣，抬起头呆呆地看他。那女人没好气地说：“谁叫你管？”她把头发一甩，打开那边的防盗门进去，把门嘭一声摔得很响。听见孩子进屋里又哇哇地哭，老汉在门口气愤不已：“这人，咋恁不要好？”

后来不知道咋回事，老汉爱从猫眼儿往外看人的事传了出去。人们经过他家门前时，都加快脚步。儿子可能是听谁说了，很委婉地劝道：“爸，没事你别老看这个猫眼儿，更别开门。”

老汉问：“咋了？犯着谁啥事了？”儿子说：“这儿跟咱老家不一样，不兴管谁家事的。你好心，人家还怀疑你神经有问题哩！”老汉跳起来：“谁神经有问题？我看他们才是神经有问题！”

这天儿子回来，发现他家防盗门外贴了一块绿色的广告纸，正遮住那个猫眼儿。儿子吃一惊，进屋说："看看出事了吧，邻居抗议了，把咱家猫眼儿封住了，我得去找他们。"

老汉说："不用找，我自己贴的，他们该放心了吧？我想回老家了。"儿子吃惊地说："好好的大都市不住，老家那沙漠地带……"老汉说："啥大都市？我看这儿比咱老家还沙漠哩！你赶紧送我回家！"

特效药

他是市卫生局局长，却患上了顽固性肠炎。

腹痛、低烧、大便不正常。一犯病，就坐皇冠车到市人民医院。顶头上司去看病，医院能不尽心？医院院长总是亲自组织力量检查和会诊，还从省城请来了肛肠病权威来帮助诊疗。确诊是慢性肠炎，却极难摆治。封闭，灌肠，吃药，打针，输液……十几元一支的瑞士产先锋霉素，几百元一支的德国产抗菌新药……法子想尽，好药用遍。那顽固的肠炎时轻时重，却总不见痊愈。他为此忧心忡忡，常暗自叹息。

病果然影响了他的仕途。组织部来考察班子，他的学历、文凭、业务能力都没的说，年龄也未到限，就因为身体不好这一条原因，就把他给“撸”了下来，成了正县级调研员。

他不是心眼儿狭小的人，何况国家对退下来的干部待遇不薄。可是，猛一下离开权力，离开了下级的簇拥和请示，他心里总有些不舒服，决定回老家住两天，调节调节郁闷的情绪。

老家很偏远，坐火车转汽车又靠侄儿的电动车，他才回到阔别几十年的小山村。大约是旅途劳累的原因，到老家的当天晚上，肠炎又骤然加剧了。腹痛如煮，下坠，他额上直冒虚汗。可他们村连个卫生员也没有。侄儿用电动车驮他到邻村一位人称“小李先儿”的乡村医生那里。

“小李先儿”不过是个二十多岁的毛头崽，却摆出一副手到病除的神医架势，听他申诉病情后，用手在他腹部随便按了几下，也不开药方，撕下一角旧报纸，裹了一包药片叫他回去服用。

他诧异地捏捏那药包：“就这一样药？什么药？”

“小李先儿”大大咧咧地向外摆摆手：“别问啥药。包好！不好我一倍二赔你钱。”

他半信半疑，不过也只好这样将就吃了。吃两片，没多久便觉得腹痛轻些，又吃一两次，腹痛竟消失了，大便也正常了。还真有特效，那些外国进口的高级药也没有这般立竿见影。

回城后他迫不及待地把这黄亮亮的糖衣药片送到医院去化验鉴定，原来是大小药店到处都有的、普普通通的土霉素片，才两分钱一片。听了他的叙说，化验的医师说：“看来你身上的肠炎病菌对土霉素特别敏感。”他顿时感到有些奇怪：过去他看病，那么多经验丰富的名医，那么多忠诚热情的下属，怎么就没有人想到这最常见的、几分钱一片的土霉素？

最后一课

李老师是路屯小学的“老民办”教师。

我舅家就是路屯的。路屯村子不大，小学也小，学生最多时有三四个老师，那时李老师被称作校长，但他带两个班，教书任务量仍是最大的。后来慢慢就剩他一个老师了，复式班，李老师教课照样出成绩，乡里统考成绩排序没有落后过。

小学就在村东边路口。我小时候，有一次随母亲来舅家走亲戚，跟同路来的姨家表哥追逐打闹，一直打闹到学校院子里边，忽然眼前就耸起一座山，仰脸望去是一脸严肃的高个子，后来才知道就是李老师。他不怒自威，压低声音道：“上课时间不得喧哗。”那声音像电视台播新闻似的，把我们“镇”得一下子老实了，绷住嘴赶紧一溜小跑回到舅家。

李老师被他妻子戏称为“两面派”：在家里穿着旧布衫，干农活一把好手，挽起裤腿下田地，锄草打药，收秋种麦，样样精通。一说去学校，他必定换上熨得服服帖帖的衬衫，打着折子的裤子，穿上擦得锃亮的皮鞋，戴好玳瑁眼镜，整好头发，全身上下规规矩矩干干净净，好像刚从城市大机关过来一样；在家里地里，满嘴怀庆府方言和俗言俚语，可一到学校，他言谈举止温文尔雅，讲课交谈，都是地道的普通话。对学生他也这样严格要求。全县的中小学普通话大赛，路屯小学每一届都拿名次。那年县教育局教研室有新分配来的大学生，深入乡村来这里调研，对李老师的普通话水平佩服得五体投地，盯着李老师疑疑惑惑地问："李老师您是——从小在北京长大的吧？"

李老师在路屯教书，一晃二十五六年了，模样慢慢变老了，头发稀了，眉毛淡了，脸皮糙了，唯有那一口标准的普通话，依旧洪亮动听，经常穿过学校教室的后窗传到大路上。

前年我在路屯办了个文具厂，这以后跟李老师碰头磕面的次数就多了，有空我也去学校找他聊，慢慢就很熟了。路屯跟周边村子一样，种地不弄个钱，都争着出来打工，学校学生越来越少。李老师提起来长吁短叹。这个我也有感觉，有的庄稼地荒了，从村子穿过，感觉大街小巷都越来越冷清了。有的家院长期关门闭户，开着门的也多是依门坐着的老头儿老太太。李老师也迂执，每次见面，不仅跟你说学生走掉几个，还要细细给你介绍走掉的学生情况，他们的名字，学习成绩，还有爱好和特点。比如说到张攀同学，李老师说："他小名叫有才，我给他爹叮嘱了，是真有才呀！一点就透！那课文你讲半截儿他就全会了，从一年级到五年级，全乡统考就没有下来过前十来名。要是能不耽搁，能一直上到高中，考大学肯定985，现在跟他爹娘去深圳了。我说过他的爹，你要是光说挣钱，不顾孩子上好学，那不是捡芝麻丢西瓜，是捡芝麻丢灵芝啊！”

这天从小学经过，正好闹钟铃响，下课了。我见李老师一手揽着一个学生从学校走出来。我打招呼说：“放学了李老师？”李老师点点头，把两个学生送出校门，回过头苦笑着说：“就剩他俩了。可两个也得有学上啊！”

以后每当从学校路过，都能听得见李老师讲课，声音高低错落地从教室后窗传出来，我心里都生出一股肃穆的感觉，站定不想移步。听着他清风扑面的讲课声，能叫你芜杂烦躁的心顿时静下来。

这次去南方谈生意好久才回来，我到厂办处理了一些杂事，又休息了一会儿，就信步出门，鬼使神差地来到路屯小学的校园。我脚步轻轻的，恐怕打扰了李老师的讲课。

也许跟我自己的心绪有关系，我觉得今天李老师的声音尤其激昂，后音还带有一种悲壮感，传入我的耳膜，重重地敲打在我的心房：

“谁来讲讲这几个词语的意思？好，讲得很好，谁来补充？‘居然’和‘竟然’意思相近，都是出乎意料的意思，可细细比较，用法也略有差别。谁来辨析一下？说得对，在许多语境里它们是可以换用的。‘竟然’使用范围更广，‘居然’更书面语。好，谁用‘居然’造一个句子？很好。”

“同学们，上次咱学的岁寒三友，指什么呀？对，松、竹、梅，其实是很普通很常见的植物，为什么被推崇呢？是因为拿来比喻和象征人的品格高尚、意志坚强……”

“在咱们课外阅读里，还有什么以物喻人的呢？对，莲花、菊花、牡丹、杨树、柳树、蜡炬、高山、大海……说得很好！我们今天学的课文，是以花生喻人的。”

“作者围绕花生写了几件事？对的——种花生、收花生、尝花生、谈花生……谈了哪几个方面？对！归纳起来，就是要做有用的人，不能做只讲体面而对别人没有好处的人。好了，同学们，这是最后一课，你们到家要自己学呀！”

最后一课？我被吸引着，不由自主地走进教室。李老师昂立在讲台上，背后黑板上是一行行漂亮的板书，粉笔末飘满他的肩膀，一只手还紧紧握住一个粉笔头儿。那方正寡瘦的脸上淌着汗水，一绺头发散落下来粘在额头上，眼镜已经从鼻梁上掉下半截，透过眼镜的目光，满怀希冀地望着讲台前边。

我顺着他的目光望去，教室里空空如也，一个学生也没有！我惊呆了，说：“李老师，您……”

李老师喃喃自语地说：“备好的课总要讲完吧……姜大明和吴小花也走了。”

我说：“咱小学没学生了？”

李老师转过头来向着我说：“他们的爹妈，打工都在大城市，他们的孩子去了，不会辍学吧？”

我犹豫了一下，还是说："不会的。"李老师说："你说得对！他们的爹娘都知道，不上学是不会有出息的！"

斗狗记

孩儿他舅来电话，说他儿小磊参加职业技术学院的培训班，要来我家借宿几个月。我说：“好啊，职院就在俺小区边，我这儿三室二厅二卫带小院，宽绰着呢。”孩儿他舅说：“小磊下课回去，你就当儿使唤，拖地什么的让他干。”我说：“这用不着，不过——”他舅就说：“不过什么？姐夫有啥难处趁早说。”我说：“有件事得打打预防针，我们这座楼的东头儿邻居，也是一楼带小院的，前些天弄条大花狗过来，老是不拴着，小磊不怕狗吧？”他舅哈哈笑了，说：“狗呀，小磊就爱养鸡斗狗的，昨天我还骂他一顿呢。”

其实我找东头儿邻居交涉过，不管用。那大花狗他家喊“花花”，身上皮毛灰白相间，但脾气捉摸不定，你从那里路过，有时也不叫，有时就很凶，汪汪叫着直扑过来。我进出小区，一般都是从他家门前过，否则就得绕道西头儿走很远。那对老夫妇，看上去六十多岁，都胖嘟嘟的，任凭狗叫狗咬，充耳不闻。有一次我大喊："管一下你的狗！"胖老头儿连头都不抬。

我老婆说："这家不好惹，你看他家篱笆墙，往外挪了几米宽，把公共绿地都圈自家院了，物业也不吭声，人说他儿是个人物。"我说："绿地咱管不着，可狗是天天的事。"我喊上几个同样苦恼的邻居，一起去找物业。物业回话说："他家说了，那花狗不咬人，关在院里有篱笆墙挡着。"

那大花狗并不爱在院内待着，胖老头儿一开院门，狗就窜出来撒欢儿，到人跟前乱嗅一气，挺吓人的。狗脖上有项圈，但项圈不系绳子，挂个绿色的葫芦形纸牌。那天亲戚带小孩儿过来，我出门迎，路过小区游乐园，那大花狗跟着胖老头儿又过来了，我连忙拦在小女孩儿前边说："您的狗出来咋不拴绳扣？"胖老头儿低头不看我也不回话。我又打电话给物业，物业说："知道了，我们再去跟他说说。"但从此没有了下文。

小磊一来，我就先跟他讲了大花狗的种种，小磊说："我看见那条花狗了。"我说："几次跟物业反映过，不顶事，这家人不讲理，那狗脖上有块绿色的葫芦牌。"小磊说："我看见了，那是斗犬协会发的珍贵名犬牌，上边就是印个登记号码，没啥稀罕的。"我说："你路过小心点儿，咬住咱就晚了。"小磊说："姑父你想错了，狗那东西是狗，在狗身上解决简单多了。"我说："打他的狗他会跟你拉倒？"小磊说："姑父你想多了，咋用打狗呢？"

谁知第二天，小磊就牵来只大黑狗，比花狗还高大得多，大宽嘴巴更是藏獒一般凶猛。我连连后退说："我害怕这东西，赶快牵走。"小磊说："黑虎，狗娃呀！别看个子高，才十一个月大。"我说："我不喜欢这东西。"小磊说："没说让你喜欢，对付一下花狗嘛！"花狗是母狗，黑虎可是公狗。小磊说着就把黑虎拽到我跟前，把狗头按到我腿边，说："来，认识认识主人。"黑虎果然温和地绕我转一圈，嗅了嗅我的腿，摇摇尾巴。我说："物业肯定不愿意。"小磊说："物业好办，咱给他讲道理。"物业其实办事效率挺高的，正说话间就过来了。小磊说："我们的狗保证上绳子，保证不出这个小院。"物业说："那也不行，这狗太大，人从这儿路过害怕。"小磊说："只要那条花狗弄走，俺当下就弄走。不能一座楼两个政策呀。"物业顿时无语，转身走了。

黑虎也许是年龄小，很知道依贴人，很快跟我们熟了，一见我们回家，眼里就放出欢喜的光，摇头摆尾过来撒娇。开始见生人从院外路过它也汪汪扑叫，小磊打它，我们也骂了几次，还真是改正了。只要生人不进院，它只是眼睛警惕地盯着。小磊说除了狗食，这狗还爱吃生白菜，一试果然如此。扔个白菜叶，不要命地抢过来，两爪按在地上吃，大口小口，一顿能吃半棵菜。我去拴绳套时，它咬住一段跌落在地上的绳头，竟借机跟我们玩起了拔河。小磊过来看到有趣，就也来参加游戏。黑虎却不跟小磊玩，吐出绳头起身就走开。小磊骂道："狗东西！"

花狗窜过来了，挤开我们家小院的门，直奔黑虎而来。我在屋里看到，还担心两条狗咬得血淋淋没法办。谁知它们玩得挺开心。黑虎大约将花狗当“蓝军”，猛地扑上去就咬——但那咬的力度掌握得好，并不伤花狗的皮肤。花狗兴奋地反击，与黑虎撕咬在一起。黑虎劲儿大，几个回合下来，总能将花狗死死地摁倒在地上。

这时我们进出安全。有黑虎在，花狗就是想咬我们，它也办不到。花狗因为亲近黑虎，对我们也连带产生了感情。以后我们再从它跟前过，它眼里透出亲切味儿摇尾巴。那次在楼东头儿，花狗正拦截快递员扑咬狂吠，我怒斥：“花花！”它竟然立马停住转身走开。

但好时光是短暂的。我们院内有一小片田地，老婆有时种点儿菠菜什么的。那天下了场中雨，花狗冒雨又挤进我家的门。两条狗从水泥地玩到菜地，你攻我守打得不可开交。胖老头儿过来了，一看他们家花花正被黑虎摁在地上，一头一身的泥，狼狈不堪，连那绿色的葫芦牌也沾满泥污，顿时大怒，但他惧怕黑虎，憋着一肚子气。等黑虎放开花花，老头儿将花花喊出去，抓住项圈就走。

第二天那花狗就不见了，大约是送走了。物业及时来我家通知。这次我没啥可说了，只好让小磊牵走黑虎，于是一切又平静如初了。

小城象棋赛

周六下午，机关内外的棋迷们纷纷赶往机关大院一侧的总工会俱乐部。大家比平常看棋赛更兴致勃勃，因为这次象棋对垒的一方是这个市执掌大权的“老一”姚军，另一方的名字叫丁磊，在小城象棋界也是响当当的人物。

姚军重点大学毕业分配到省建设厅，后来空降到这个县级市当“老一”，再后来又兼地级市常委，一路走来顺风顺水，被公认有魄力有能力，各项工作在省里地区里评比总是先进，明里暗里不由就滋生了几分傲气。他说话条理清晰，但容不得副职或下级提不同意见，一般都是刚指示完毕就赶你走。他的口头禅是“就这吧，回去认真落实”。市机关大院的人都夸张地说：“咱老一看人眼珠子都是斜的。”姚军除了工作先进，业余生活也丰富多彩，游泳和打乒乓球都上档次，下象棋更是小城一绝。上大学时他就是全校的象棋冠军，在建设厅下象棋更是厅里的骄傲，自从到这个县级市以来,下象棋他还没有遇到过水平相当的对手。

姚军说，下象棋是智商，是文化，是判断力和毅力的综合博弈，没有一定阅历的人，就是再研究再实践，也不可能下好象棋。其实，作为日理万机的全市“老一”，能忙里偷闲在众目睽睽之下来参加象棋比赛，这气魄和风度就很好地注解了他平日有关象棋的话语。

丁磊原在省城某国企大厂老干部处工作，在厂里下象棋号称“老丁不败”，今年退休后才回老家居住，以前他没有跟姚军对过阵。所以，姚军的秘书与总工会的人担心会让姚书记丢面子。秘书汇报过去后姚军哈哈大笑，说：“我早就知道丁老师的大名，可是，要不跟丁老师过过招，我这个小城棋手还有价值吗？”

姚军在秘书的陪同下过来了。他一眼看到俱乐部门口“象棋邀请赛”的滚动电子屏幕，就站住挥手道：“不要这个！”他指示，不要说“比赛”二字，改成“热烈欢迎象棋名家丁磊老师莅临家乡指导”。秘书恍然大悟，随即一个电话打给总工会安排了。

除了在赛台上摆局之外，棋局还电脑显示在大屏幕上供众人观赏。姚军是红方，丁磊是黑方。开头很平常，红方当门炮，黑方把马跳，红方也上马跟进，黑炮便平移士角，几步棋过来，形成五六炮进三兵对反宫马左象布局阵势。围观的人们开始还窃窃私语，后来就鸦雀无声。红兵勇猛过河，黑方移炮封杀。姚军眉头紧皱，丁磊双目圆睁，两人都紧盯着棋盘。红车长驱直入打通兵线，丁磊就去抓自己左侧的黑马。

忽听“哎呀”一声，大家抬头一看，是一个十三四岁的初中生，穿一身蓝红相间的学生服。大家一时也认不出这校服是本市哪个学校的。

中学生不知道啥时候挤到最里边，笑嘻嘻地把手伸出去，不知天高地厚地指点丁磊道：“车回河沿！千万不能跳马……”话未说完，有几个人将手指放在唇上嘘他：“别作声。”

丁磊是久经沙场的老将，当然不会随便听一个初中生的，他照样马八进七。中学生就挤出人群跑了。

双方继续激战。姚军神色凝重，丁磊腮帮子抖动。棋盘上可见红车压城，直扑将府。丁磊挪车邀对，化解红方攻势。红方车拉侧边，丁磊进炮威胁红相。初中生不知何时又挤进来，说丁磊：“你这一炮死定了。”大家又嘘他。再一阵激战，红方回马平炮，闷宫绝杀，丁磊惨遭败绩，有几个棋迷扼腕叹息。学生跺脚说：“哎呀，你呀，好好的棋势就这么葬送了！”

丁磊一时不知道接什么话好。姚军回忆起这个学生前边的插话，打量他一眼屈尊问道：“你是说丁老师不上那个马，我就赢不了？”学生说：“是呀，他不进炮，不一定谁输，可不上那个马，你输定了！”旁边就有人起哄：“来一盘试试！”

姚军是个好较真的人，又向来自信心十足，他不听秘书他们劝阻，马上吩咐道：“电脑里调出那个棋局，我跟中学生走几步！”那学生大言不惭地说：“不用调，我都记着呢。”他自己上去乒乒乓乓摆好。电脑上也调出来显示在大屏幕上，果然中学生摆的就是丁磊进马前的棋局。大家都颇有兴致，静心凝神看这残局棋赛。但看头儿不大，主要是少年下棋速度极快，总是这边姚军一落子，那边就“啪”地走出下一步，好像根本不用大脑思考似的，搞得姚军都不好意思仔细斟酌棋步。

忽然外边有几个学生在喊：“小涛，走呗——”正下棋的学生就站起来高声应道：“知道了——马上！”坐下来他更急了，乒乒乓乓把棋子拍得山响。还没等人们看清来龙去脉，他就将黑车“啪”地拍到红方底线说：“将军！结束了！嘿嘿。”说完站起身，忙不迭地挤出人群，到外边跨上自行车，跟几个少年一边谈笑一边飞一般地骑车跑了。姚军和丁磊一时都不顾抬头，还在棋盘上指指画画研究呢。

小海的盼望

小海很小的时候，妈妈就去世了，他跟爸爸、奶奶相依为命。

粮食卖不上价，种地顾不了家，村里的劳力都出去打工了。

小海四岁时，爸爸也跟人出去打工了，临走时将小海抱住亲了又亲。直到春节跟前，爸爸才回来，带回一大包好吃好玩儿的东西，那是全家人的节日。

第二年春节，爸爸没回来，他在电话里说春节看工地，有一倍半的工钱，他要多挣钱养家，还要攒钱回家盖房。

爸爸邮来了手机。爸爸想他们，要奶奶和小海每到星期天就跟他通话。

爸爸的话特温馨，他叮嘱奶奶和小海注意身体，说上山要小心，说现在车多了，出村上路也要小心，说一定要煮鸡蛋吃，奶奶要吃，小海也要吃，他在南方会挣更多的钱。确实，爸爸每个月都会打钱回来。

到了快开春的时候，爸爸说眼下没活儿了，很快就回来。

后来，他又说这个月二十六号就回来。

小海天天掰着指头算日子。到了二十六号，奶奶一早就在院门口等。小海呢，跑到村子西口，爬上那棵高高的大榆树，手搭凉棚往远处看。

好大一晌，前街的小伙伴杜小妮跑来喊："小海，我看见了，你爸爸从村东来，快到你家了。"

小海几乎从树上跌下来，他飞一般跑回了家。但奶奶说爸爸没有回来。

小海去找杜小妮，杜小妮低着头说她看错了，扛着大包从大巴下来的是前街姜小路的爹。

小海一次次给爸爸打电话，都是"不在服务区"。小海天天往村口跑。奶奶也急得生病了。

直到一个多月后，爸爸才又打来电话，说是前些天生病了，现在病好又上班了。爸爸说下一年回家多住两天，好好陪陪小海和奶奶。

小海的心吊在了喉咙眼儿，哽咽着说："爸爸，你的声音好哑好哑，听着都不像你了，你可要保养好身体呀！"

到了秋天，小海上小学了，他很想让爸爸回来一趟。可是电话里，爸爸说他实在抽不出空。爸爸从那次患病后一直声音哑哑的。

他给小海邮寄来了簇新的红书包，还有绘着卡通画的文具盒。文具盒里有铅笔、橡皮、铅笔刀。小海将这些拥在怀里，心里更想爸爸了。

爸爸在电话里仍用哑哑的声音说："小海，好好上学。爸爸就是没文化，才在这里干粗活，顾不上家。你长大了，可别学爸爸，要上大学，做大事！"小海嘴里嗯嗯着，鼻子酸酸的。

班上考试了，小海考了第一名，领回一张奖状。

通话时小海迫不及待地将好消息报告给爸爸。爸爸还是那些话，以前他感到亲切，但这次他打断爸爸的话说："爸，人家爸妈都来参加家长会，可咱家总没一个人，奶奶感冒了很久才好，跑不动小学了。我跟二蛋、铁头都没有家长去开家长会了！爸，你要再不来，我就不上学了，我不要奖状，我要你！我就是想拉拉你的手……"他哽咽着说不下去了。

爸爸在电话里顿住了，好一晌才说："小海，你等着，我会回家的。"

入冬天气很冷，这天又下起了大雪。夜里，小海做梦爸爸回来了，笑眯眯地摸他的头。

小海胡乱扒拉几口早饭就提前上学了，他一直跑到村口。这里有杜小妮家的新宅基地，新盖的两层小楼还是空空的毛坯房。楼梯也没有装栏杆，但小海还是踩住冰雪一步一滑地上去了，一直上到二楼楼顶。

飞舞的雪片打得他眼皮一眨一眨的。但他还是用力睁大眼睛往远方看。他想，没准儿哪一辆汽车会冒雪过来，到村口一停，从上边跳下爸爸来，那该多幸福啊！

心中只有你

这是个大公司，吸人眼球的女孩儿成堆，但倩倩站在公司舞蹈队靓丽的美女丛中，你搭眼一看就再也不会忘记她。她那种高贵优雅的气质，是一般女孩比不了的。

俗话说“窈窕淑女，君子好逑”，美丽的倩倩身后当然不缺追她的男孩儿。挂头牌的叫张立，公司财务总监，温文尔雅，外号“小朱时茂”；还有一位是公司最年轻的部门经理吴京，是从小县城一路打拼到这里来的。

为宣传开发的新产品，公司重金请来明星演出，公司舞蹈队当然是伴舞。晚会结束，第一个迎上去的就是张立，双手捧一个花篮。吴京也捧一束花上去，但落在后边了。

倩倩她们卸了妆，在公司食堂吃夜宵。几个崇拜者都围在身边，议论起今天的歌舞晚会来。张立最幽默风趣，他说：“舞蹈家丘倩双脚踮起时，忽然停顿一下——那是因为灯光错打到她前边了。”大家都注意到了，笑着纷纷称是。吴京却听得有点迷糊，忙问：“啥时候的事？我咋没注意到？”

张立又跟人们议论起著名歌星苏苏来。苏苏唱“我心中只有你”时，一边走一边跟台下的粉丝互动拉手。有一个粉丝太不像话了，使劲儿握住苏苏的手不放开，持续了好几秒钟，搞得苏苏的话筒差一点儿滑落。大家都注意到了，说就是那个穿咖啡色外套的瘦猴，太不像话！吴京气愤地说：“还有这种事？当场就应该把这种人赶出去！”倩倩抢白吴京说：“全场都轰动了，你还不知道？说啥你都是不知道！”吴京没啥话接，只好不好意思地挠头。

美女们吃过饭，男士们都想围着美女们再聊几句。吴京不知趣地说：“哎呀，天也不早了，美女们也累得不轻了，早点儿散了，让人家歇歇吧。咱也散了吧。”

倩倩家就在附近。她坚持不坐张立的宝马车，更不搭理吴京。吴京却一直护送着倩倩到她家门口。倩倩要上楼，吴京说：“你稍等一下啊。”倩倩觉得今晚的吴京尤其拙嘴笨舌，就不耐烦地说：“让我等啥？”吴京说：“我想跟你再说一句话。”

倩倩说：“有话明天上班时说。”吴京说：“真的，明天说就晚了。”倩倩说：“晚就叫它晚吧。”

吴京却不在乎倩倩的冷淡，变戏法似的掏出一个东西递过去说：“给你这个，电热水袋，今晚暖暖肩膀暖暖腰。得闲最好到中医院看一看。”

倩倩说：“我暖不暖腰关你啥事呀？”

吴京说："你今天伴舞有点不对。丘倩表演舞蹈《远方的小河》，到那个灯光小河跟前时，你的腰颤抖了一下，我想肯定是出了点儿毛病，估计是受凉了。到丘倩表演《想念家乡望星空》，你们伴舞者仰脸上望，又朝两边伸展胳膊时，你的肩膀又颤抖了一下。到苏苏唱《我心中只有你》时，我看到你的肩膀和腰颤抖了两次，第一次在'当我仰望星空的时候'，第二次是她唱'夜深人静的时候'，她拖那个'静'字长音时，你明显晃了一下腰，肯定是腰痛了……"

倩倩截住吴京的话说："公司让你们去看表演，你不听明星歌唱，不看明星跳舞，敢情是光顾看我肩颤腰抖了！怪不得他们说啥你都不知道。"说着，倩倩生起气来，一边伸出小拳头，扑扑腾腾朝吴京的胸口砸去，一边流出泪来，说："你就光会看我的笑话呀！"吴京连忙说："不敢，不敢。我是说你现在可不敢任性，你的腰眼和肩膀受凉了，可不敢乱使劲儿啊！"果然倩倩"哎哟"一声娇叫，差一点儿摔倒。吴京赶忙伸手托住了倩倩的腰，后来看倩倩不反对，就轻轻抱住了倩倩。要知道那可是吴京盼望了许久的事情，他没想到在这个平常的夜晚实现了。

抓周的困惑

今天是晶晶的周岁，全家人早已商议好，要在今天让他抓周，预测志向，预测命运。

客厅的正中间摆了一张矮圆桌，晶晶的姑姑往桌上铺了枣红色的绒布，然后开始往上摆玩具。

也许是知道这一切都是为他设计的吧，晶晶今天兴奋得很，晃动着嫩藕似的粗胳膊短腿，嘴里“呵呵”着，一次又一次地往矮圆桌上扑，爷爷奶奶忙着一次次将他抱回来。

圆桌上摆满了各种玩具：小手枪、听诊器、电子琴、老板包、火箭、计算器、小轿车……还有几张钞票和钢笔、老虎钳。

小手枪预示着要当警察，听诊器预示着要当医生，电子琴预示着当音乐家，老板包预示着当企业家，火箭预示着当科学家，计算器预示着当金融专家，小轿车预示着当大官，钞票预示着发大财，钢笔预示着当作家，老虎钳预示着当工人……晶晶会选择哪一样呢？

晶晶的爸爸刚坐在沙发上沉思几秒钟，晶晶已经从他的胳膊边旋过，直朝老虎钳的方向奔去。晶晶的爸爸吃了一惊，抓住晶晶的两只胳膊窝儿拎过来，朝着屁股蛋儿拍了一下。虽然很轻，可聪明的晶晶知道这就是惩罚，咧开嘴哭起来，孩子的奶奶忙接过去哄着。晶晶的爸爸就说晶晶的妈：“操些心中不中？不到时候别让他乱跑！”

“你自己操些心看好孩子也中！”晶晶的妈不服气地反驳。

晶晶的叔叔喊：“好了，好了，开始吧！”

晶晶又被放在地上，他开始蹒跚地往圆桌跟前走，刚走没几步，他的姑姑又上前一把将他抱回来，他便又“哇”地哭起来，晶晶的奶奶便又接过去哄着。

晶晶的姑姑说：“别急，一会儿得有个仪式呢。现在咱各人想让晶晶抓什么，先在心里许个愿。”

孩子的爷爷看过电视连续剧《红楼梦》，看着那盒胭脂，心里有点儿沉：小晶晶可不敢学贾宝玉抓胭脂啊，长大光会跟姑娘们厮混，一辈子可就完了。

晶晶的爸爸是一家做烟酒饮料批发生意的个体户，他想自己的独生子应该抓钞票，发大财，今后的日子才能过得宽松自在。

晶晶的妈妈在一家行政单位上班，她认准一个理，就是官大一级压死人。她想自己的独生子应该抓小轿车，做大官。

晶晶姑姑的理想就是让他报考音乐学院，她想让晶晶抓电子琴，长大当音乐家。

晶晶的叔叔干脆喊出来：“我看晶晶应该抓小手枪，这年头当警察最光荣！”

晶晶的爸爸把晶晶抱到圆桌跟前，晶晶望着一桌子东西发呆。晶晶的爸爸斥责道：“这孩子，抓呗！”晶晶突然伸出两只胳膊，将圆桌上的东西全都扒拉到地上。

晶晶的爸爸照着他的屁股拍上一巴掌，晶晶坐在地上蹬着腿，哇哇地大哭起来。

几个大人全都愣住了。你看看我，我看看你，脸上印满了困惑：这又预示着什么呢？

十八婶

十八叔是个相貌堂堂的男子汉，国字脸，浓眉大眼配上一头黑发，把黄河滩的姑娘封小花吸引得如痴如醉，不管不顾地跟着他跑来我村，成了我的十八婶。十八婶模样一般，但祖上是封氏拳的创立者，到她爷爷这辈还收过徒弟。于是俺村人对十八婶颇多敬畏，譬如娶媳妇“闹新娘”，因惧怕十八婶有武功，大家虽然嘻嘻哈哈，但实际上草草了事。

时间一年年过去，大家就没见过十八婶的武功。她跟姑娘媳妇们说说笑笑的，人家上地她上地，人家做饭她做饭，人家打工她打工，人家生孩儿她生孩儿，大家便都觉得她身上的光环一丝一丝地少了去。

俺村男人爱打自己的女人，这是有传统的，我爷爷就曾把我的祖母打得满地找牙。要说谁家女人没挨过男人的打，在俺村肯定是头号新闻。头几年，十八叔没打十八婶，估计是对她的出身有所顾忌，但后来看十八婶越来越稀松平常，骨头缝儿里打老婆的遗传基因就慢慢溜出来了。于是，十八婶像其他女人一样，脸上时而就有红红的巴掌印。

一转眼，孩子旺根上小学了。这天旺根走后，十八婶发现孩子的书本忘在了家里。十八婶就慌慌张张去学校送。她从学校回来，十八叔阴着脸站在当院问："你把孩子的书本送到哪儿去了？"十八婶不解地回答："交给他老师了呀。"十八叔拿起那本算术书拍打着说："这是啥？"他朝着十八婶的肩膀就是一拳。原来十八婶一溜小跑，算术书竟从一摞书本中溜出来，掉在了十字路口，幸好让十九叔捡了去。十九叔有文化，看到课本皮上有铅笔歪歪扭扭写的旺根的名字，就急急地给十八叔送来了。

街上的女人们听说了，都劝慰十八婶，说男人都不是东西，白天黄昏拿女人出气。十八婶却愧疚地说："我这人——真该打！孩子的课本多重要，我咋恁粗心哩！"叫劝她的人倒是没了话。

不是十八婶不自强，她确实是看旺根看得重。老师也说旺根特开窍，多难的问题都是一点就透，好好培养到高中，没准儿就是上清华的料。十八叔觉得老师说的分明是讨好的虚话，可十八婶听了，明着暗着都是喜欢的，为了给孩子加营养，每天早上都保证有煮鸡蛋。

十八叔种地加上做生意，日子过得很不错，但不幸又迷上了赌钱。许多庄稼人都赌钱，但十八叔动不动就把赌场搬到家里来叫人堵心。这两天，旺根的小学一年级要考试，但十八叔说今天打麻将轮到他家，还是得搬过来。一伙人在屋里抽烟喝茶嗑瓜子，烟熏火燎弄得人不停地咳嗽，这些十八婶还可以忍受，但搓麻将哗哗啦啦加上肆无忌惮的高声谈笑，令旺根简直要崩溃。十八婶去求情，求过情充其量只能好上三五分钟，每当一局到头，有的闹欢有的骂娘要把房顶掀掉。孩子哭着说："妈，我以后没法上学了。"

十八婶心里憋着火，过去说好话："天晚了，今儿个咱就到此吧。"但没人理她，甚至没人看她，一个普普通通的娘儿们家，有啥值得重视的呢？再说打败的鹌鹑斗败的鸡，十八叔又不是没降服过她！十八婶的火气终于爆发了。她上去猛地一掀，把麻将桌子一下子掀翻，麻将哗啦啦摔得满地乱跳。赌钱的人向来是只说自己的，赌到兴致正高处被人掀翻桌，大家的火气也都扑腾腾的，摩拳擦掌恨不得逮住十八婶刀剁斧劈，因此都盯着十八叔。十八叔上去就抓十八婶的头发，因为十八婶秀发飘逸，平时是村里一景，但打架时这头发应该是弱点。但这次十八叔没有抓得住，十八婶把腿抬起来挡在十八叔的拳头跟前。接着十八婶的腿上翘，那身架还是笔直的，长腿就像是从头上长出的刀剑。十八叔挥拳砸过去，十八婶的腿忽地踢下来，脚正砸在十八叔的脖子上，壮汉十八叔扑通就栽倒在地上了。几个麻将友目瞪口呆，有个黑胖就上前去——俺村拉架差不多都是拉偏架，就是帮助老公打老婆。十八婶这时特警惕，她的那条腿像扬起一面旗帜，突然脚朝黑胖胸口一点，黑胖顿时也扑倒在地了。

十八叔家的麻将桌再也没有支起来，而且十八婶一脚还踢出个家里地里都勤快的十八叔。十八叔这个人有意思，硬有硬样，软有软形，从此在十八婶面前低三下四，叫干啥干啥，搞得十八婶倒是不好意思。旺根跟同学说起来最兴奋：“俺妈只用一只脚，就顶得上俺爸他那麻将伙计一大堆！”

小菊的心事

小菊的丈夫顺德是乡里海水养殖办公室干事。新上任的县委书记下乡调研认识了他，对他很是赏识。前天县委办主任找他去谈话，接着就通知他到县里报到。顺德昨天下午从县委出来，半路被几个老同学截走，晚上聚会肚里灌了不少酒，到家时走路都有点踉跄。村委会头头儿们好像接到命令一样都来了，邀请他去村里小酒店再喝一场。世俗的喧嚣像涨潮的海水一样涌过来，他们的农家小院怕是第一次承载这么多纷乱的脚步。嫁过来十年，小菊忽然感到这环境是那样陌生。她想叮嘱丈夫几句，竟找不到机会。丈夫跟同学已喝得不少了，但公公和婆婆说无论如何都得给村里头头儿面子，这些人最得罪不起，于是丈夫又跟他们走了。夜半丈夫才烂醉如泥地回到家，出溜一下跌到床上，已经听不进任何话语。小菊将热毛巾给丈夫搭在额头上，看上去丈夫倒像是从战场下来的伤员。

一大早许多人又聚到她家门口，天空蓝莹莹的万里无云，太阳刺眼地照下来，像是提前到了夏天。村委会的“双排座”开来了，强子的面包车开来了，但顺德用不着——县委办的小汽车要来接呢。强子说：“以后咱村谁家娶媳妇就用顺德哥的好车。”村主任说：“顺德这是大好事，才起个头儿，以后步步高升，没准儿会当县长呢。”各种祝愿升迁的吉利话像春雨一样纷纷落下来，村里疯疯癫癫的老严头也来凑趣，说：“大好事啊，又一个故事开始了。”小菊听了心猛地一沉。

这么多年来，她家里家外忙碌，丈夫在海水养殖办做事，抽空也回家帮忙，夫妻俩安分守己心灵清净。可是，丈夫要去县里了。那里是什么地方？街头巷尾人们没断传言。一旦丈夫踏进那种地方，就像叮咚流淌的小溪汇入江河，那他还会是他吗？这会是什么样的好事呢？这个家庭能一直平安和谐吗？

丈夫满脸堆笑器宇轩昂，又是握手又是抱拳行礼，陷在人丛中，被满院的夸奖话奉承话淹没了，迷醉了，醉得比昨晚还厉害。丈夫常穿的那件深蓝色夹克衫，她跑了许多趟县城选购的夹克衫，今天一早被丈夫换掉了，换上了他到新马泰旅游时买的黄色夹克衫。小菊忽然觉得浑身冷飕飕的。她尽量放松自己——大家都说了，今天有大好事，是大喜日子，可自己身子轻飘飘的，好像要浮起来。她抬眼望去，村口倒是满眼的春光，老母鸡带着几只鸡雏悠闲地散步，那株老柳树枝丫鹅黄嫩绿，青春得叫人爱怜。小溪旁一溜儿桃花儿，一簇簇正葳蕤地开放，好像一片霞光，远处则是一地黄灿灿的油菜花。微风徐徐拂过来阵阵芳香。她想，官场里和咱村里一样，好人还是多。这样想着，她轻轻舒了一口气。

家在邵屯的舅舅也赶过来了。他是红白喜事的老主持，号称“办事手”，黄眼珠滴溜溜乱转，由于兴奋，更是抬高声调吆喝似的说：“俺村，俺村……”

小菊忽然惊觉，舅舅该不是要提他们村的邵泰吧？她恨不得上去堵舅舅的嘴，但这院里满当当都是人。舅舅村的邵泰，十几年前大学毕业分配到市海运处，吹气泡一般升上去，副科长、科长、副处长、处长，一直当到海滨县的县委书记，原先瘦削的前胸渐肥渐厚，凸起的肚子尤其显眼，家里高朋满座，小汽车来来往往好不风光。后来邵泰就变了，他贤惠的媳妇早就被迫离婚，含着眼泪离开了邵屯。小菊听丈夫说，邵泰前几天被市纪委立案审查，估计事儿不轻——这消息暂时还没传开。小菊心里祈祷：老天爷，千万不要让舅舅再说下去，千万别提那个不吉利的邵泰，老天爷保佑吧！她急急地从人群中挤过去。她要拉舅舅过来喝水，借机堵住他的话。可舅舅已高声吆喝出来：“俺村邵泰多荣光！咱家顺德升官，跟邵泰一条道，肯定一样的！”老严头偏又来凑热闹似的喊：“故事的开头跟结局都是一样的！”

这真是不祥之兆，小菊脚步一踉跄，几乎跌倒。她目光僵直，一时不知自己身在何处，回过神来喃喃自语：“俺家顺德不是那样的人，绝对不是。”但当年的邵泰媳妇是不是也这样愿祷过？天气也怪，好好的晴天，忽然起了大风，海浪的喧哗声隐隐传来了。远处的油菜花还是那样鲜艳耀眼，可近处的桃花飘落下来了，满眼的落英缤纷。

“好事篓”老姑父

我家所有的亲戚里边，老姑父家的房子是最好的，在农村可以算得上真正的高门楼头。高踞房顶两端黑黝黝的屋脊兽，雕刻着精美花纹的窗框，院里方砖铺就的甬道上斑斑驳驳的绿苔，都显出曾经富贵的痕迹来。

老姑父没患病的时候，笑声特别朗朗动听，渲染得你忍不住也要咧开嘴跟着笑。老姑父的笑差不多都是因为他自己讲的历史人物轶事。我很喜欢听老姑父滔滔不绝地给我讲春秋战国，讲怀庆府历史。老姑父的书多，他知道的也真多，能将这些地方的各种故事按朝代衔接起来，许多细节都像电影里一样生动感人，讲到好人受磨难处，我忍不住掉泪，讲到坏蛋被擒拿，我会高兴得跳起来。我想，那时候没有录音机，也不知道拿笔记下来，真是可惜了。老姑说：“别听他胡喷儿，吃饭吃饭！”老姑要给我做的炒鸡蛋、捞面条，已经是那个年代最高档的饭菜了，但老姑父非要把我领到饭店吃炒大米饭，说：“轻易不来一趟！”全公社只有一家饭店，就在公社管委会门口。那时我才十一二岁，老姑父骑自行车载我去，到饭店要了两份米饭，一份是三两粮票七分钱，还要了两份菜，那时候饭店就一种菜——大烩菜，里边有几块儿大肉皮，每份就要一块钱。那大米肉菜的香味能在我口里保留好多天，那可是一般人不敢想望的奢侈啊！

老姑父解放前就教书，解放后依然教书，一直教到他患重病不能工作。他的病是脑出血引起的瘫痪。那天他讲一节课下来，回到办公室突然头猛痛。同事李老师说："这一茬儿感冒的人多，我这里有安乃近，你先吃两片止止疼。"老姑父说："这次头疼不对头，要坏事，麻烦你赶紧去大队卫生室喊医生，用他那里的担架抬我到公社医院。"老姑父的一个叔伯侄子是村里的大队长，所以他说话也有底气。半路上老姑父说话舌头就不灵了。医生说："病人太机敏了，这么急的病，要不是往医院送得及时，很快就会要命的。"老姑父出院后，坐轮椅上说古谈今，竟然又支撑了二十多年，以八十岁高龄去世。

我父亲说老姑父家原先是这一带有名气的大户，家有土地上千亩，还做棉纱布匹生意，在开封和汉口都开有店铺。那句有名的"紧走慢走，三天走不出汉口"就是他传过来的。老姑父重义气好交朋友。有个昔日的同学连续几次赊他家的布匹倒卖做生意，成了富户也没有还钱，他也不去讨要。别人提到此事时他哈哈一笑。老姑父的爹娘死后，老姑父成了没王的蜂，成天进赌场，大把赌钱，没几年就把整个家业挑零散了。临解放时，他地无一垄房子也没几间，反过来还欠人家不少钱，只好靠教书为生。解放后搞土改，他家只划为中农。虽然也追查过他的历史问题，但他人缘好，最终大事化小小事化了。

老姑父的特点是胆大心细口才好。我老姑说他是“好事篓”和“能不够”。解放前这一带土匪如毛，绑票劫掠无恶不作，有名气的就有“廖狗头”“袁彦猴”“独眼龙”等。土匪之间的火并仇杀也非常频繁。每一次火并都殃及池鱼，使许多老百姓生灵涂炭。因了老姑父，他那庞大的家族才从没有被土匪祸害过。许多次箭在弦上的土匪火并都因为老姑父机智的奋力调解而化干戈为玉帛。

有一段时间，在开封一中刚毕业的我父亲成了土匪袁彦猴追捕的对象，据说为的不是绑票劫财，而是要抢一个能识文断字的“师爷”。我父亲和我爷爷惊慌失措，老姑父就将我父亲接到他家居住。

第二天晚饭后，暮色苍茫，老姑父想就此事再跟他当保长的本家哥商议一下，一出院门正好碰上袁彦猴。土匪头子袁彦猴眯缝着眼睛，拎着驳壳枪带着几十号人一律黑衣黑裤，夜游神一般疾行到距离老姑父家大门外不远的地方。老姑父随机应变上前拱手道：“前两天在老廖那里喝酒还提到你。贤弟路过怎么不打个招呼让准备下酒菜？把老哥当外人了？”袁彦猴就将手枪插到腰间，也拱手道：“哪里哪里，我是临时有点儿急事路过。对了，老兄，那个于炜是你的妻侄儿？有人说他现在在你家住啊！”老姑父说：“是呀，我刚才正跟他辩论战国史呢，信陵君窃符救赵那段。咋样？今儿个有空否？进去咱们跟我妻侄儿一起喝杯酒继续探讨探讨？”袁彦猴愣了一下，连忙拱手道：“谢老兄邀请，今儿个还有点儿事，就不叨扰了，改天吧，改天我做东！”恭送袁彦猴走远后我老姑父才回家，一进家门就换衣服。他外表镇静，实则脊梁上冷汗直流，衬衫和裤腰都湿淋淋的。老姑父长出一口气说：“今天算是有惊无险，不过这事儿没到底，我还得托人找他再说。”我父亲一直到出外工作，始终住在我老姑父家，安然无恙。

所以，我父亲一直到老年，每遇到一点儿烦心事就爱说：“要是你老姑父在世就好了！”

好逞能的小姨父

小姨父名叫姜明，姜村人，长得高大威猛，学过钳工，当过车工，修柴油机也有两下子，当时在农村算是个稀缺人才。他跟我小姨是经人介绍认识的，交往了一段时间，对彼此的印象都好。小姨父说相见恨晚，就准备办婚礼。按当时规矩，男方要给女方“撕衣裳”，就是现在的办彩礼的意思，拿了布票和钱到城里去买些花布和衣服。我小姨父买有一辆旧自行车，那时农村叫“洋车”，添了零件换了里外胎，正正辐条拧拧螺丝整治得好像大半新的样子，骑上去很神气。小姨很漂亮，黑亮的头发上别着红发卡，侧坐在车后座上，很是给小姨父增光。

从县城百货楼买了衣服往回赶，小姨父满是高兴。一出县城，车像离弦之箭飞驶。当时这一带最好的路是煤渣路，大路上难得有汽车，自行车也不多，偶尔会有一辆拖拉机拉着货厢，冒着黑烟突突地过来。

小姨父心情愉悦正想哼几句样板戏，有个穿红秋衣的，骑辆飞鸽车，从小姨父的车跟前越过，还回头瞥他们一眼。这要搁到平常就算了，但今天小姨父觉得让他在小姨跟前没面子。他弯起腰来加劲儿猛蹬，硬是赶上并超过了“红秋衣”。但“红秋衣”也不是瓤茬，马上又紧蹬几下“嗖”地蹿到他前边。小姨父使足吃奶的力气赶啊赶，但无论如何也赶不上了，后车座架上还坐着百把斤重的人呢。小姨父猛地一个刹闸停下，喝令小姨：“你下来！”小姨被猛刹闸的惯性甩倒在小姨父背上，她顿时瞠目结舌：“你说啥？”小姨父已经来不及，伸手将小姨拽下来，翻身跳上车就飞驰而去，走多远才丢下一句话：“在这儿等我！”谁想到“红秋衣”下了公路直朝着姜村骑去。小姨父一直骑到村口才赶上“红秋衣”，以视死如归的精神几乎擦着“红秋衣”飞驰而过，吓得那家伙赶紧刹住车。

小姨父骑到他前边，一只脚踏地停下，骄傲地扭过头看“红秋衣”。“红秋衣”却奇怪地问：“人呢？”小姨父一看后座，说：“坏了！”他骑上车就朝来路飞驰而去。

小姨在路边大步走，根本不看飞驰而来的小姨父。小姨父只好推着车跟在后边，又是讲这次飙车的意义，又是检讨认错，又是起誓保证，好话说尽，就差马路上下跪了。好大一晌小姨才又坐上小姨父的车。

送过小姨，小姨父刚到家，就听到村里大喇叭通知开大会。小姨父到会场，却见刚跟他飙车的“红秋衣”正坐在主席台上，原来他是新派来的包村工作组组长老张。“红秋衣”大讲特讲抓纲治国的意义，还点着小姨父的名字（小姨父并没有跟他说啊，大概是“红秋衣”问了谁），说：“这就是先进典型，政治思想强，跟未婚妻去撕衣裳这么个大事，都紧赶慢赶，不耽搁来开大会。”小姨父当下站起来说：“可不是啊，我可不敢当，我根本就不知道今天要开大会。”顶得老张一愣，他讲话被顶撞还是头一遭。但小姨父向来就敢，他家三代贫农，他爷爷又是“二七大罢工”的烈士。

小姨父成亲那天，老张来祝贺，还带了两瓶宝丰大曲，很使小姨父长面子。小姨父去敬酒，一屁股坐下跟老张拼起酒来，正春风得意地往肚里猛灌时，忽然肩膀上挨了一拳。脸蛋儿红扑扑的小姨说：“还想马路飙车呀？”老张哈哈大笑，四周一片起哄声。

后来两个人成了无话不谈的好友，隔些天就要在一起喝场酒。小姨父劝老张在姜村搞村办企业，就搞个机械厂。老张犹豫着说：“还没有听说哪个村搞。”小姨父说：“咱走到别人前头才能赚大钱！”

这天老张骑车去公社开会，刚出村，发现车胎跑了气，推着车回来找小姨父。小姨父备有木锉、胶水和旧胎皮，搁平时吸袋烟的工夫就能给补好了。但前天小姨父在他大哥家帮工盖房被檩条砸伤胳膊，打了石膏正在家休养。小姨父说：“老张，你骑我的车去吧。”小姨父那辆功勋旧洋车几经修理，换了两次里外胎，把一个打农药用的旧汽油机焊接在横梁上，改造成了一辆“摩托车”。老张说：“这个？靠得住吗？我也不会骑啊！”小姨父说：“我教你，大胆些，没问题！”

老张飙自行车是把好手，就是没有接触过动力车。他按照小姨父的指点，连续猛蹬了几十下油门才发动着，额头上的汗水亮晶晶的。车虽破旧不起眼儿，引擎的噪音却惊天动地。老张一挂挡位，车“呜”地一声猛蹿出去，离弦之箭一般冲出小姨父家的院子，一头撞向路边对面的麦秸垛。幸好麦秸垛松软，老张从麦秸垛的深处将脑袋退出来，狼狈不堪地扒拉着满头满身的麦秸麦糠，有惊无险。

小姨父哈哈笑着说：“跟你说了你咋不捏车闸呢？算了算了，让我侄子送你去开会吧！”说着就提高声音喊：“二蛋，二蛋，把你张伯送到公社！”二蛋一溜小跑过来了。老张却大吃一惊，原来是个十二三岁的孩子！老张说：“这不是开玩笑吗？老天，这哪里敢？”二蛋却一声不吭就把那辆土造摩托发动着，推到老张跟前，一骗腿跨上去，老司机一般往后歪歪头，说：“老张放心，坐吧。”老张愣怔了一小会儿，说：“你下来，我开，不信我三十多岁的人顶不上一个小孩子！”他细细地又问一遍小姨父操作要领，果然开着土摩托上了公社。到公社大院，连书记社长都围着看稀罕呢。老张一回到姜村就宣布：“咱村要办机械厂！”那就是后来颇有名气的“姜村机械厂”，是我们县的第一个村办企业。

舅舅的婚恋

姥爷临近解放时才“奋斗”到了一个小地主，但还没有到解放就去世了，土改并没有把姥姥划成地主分子，我舅舅就更不是了，解放时他才六岁。但既然家是地主成分，要想不受影响也是不可能的，最主要的就是处处低人一等，要找媳妇十分困难。那时候舅舅这样的青年很多，光棍一大片。大政策如此，他们也都没有怨言，舅舅就更没有了。

舅舅肤色偏黑，但挺拔的身材加上剑眉秀眼，十分耐看。他从小爱画画。刚上初中，美术老师就发现了他画画的天赋，很喜欢他，没少给他指点并和他讨论。但舅舅没能上高中，初中一毕业就回生产队劳动，除了低眉顺眼干农活，就是义务给人画像。他画得逼真生动。那时候照个相不容易。有时候舅舅昏天黑地才锄地回来，还没顾上吃饭，就被来画像的人围住了。

秋忙后舅舅跟生产队的人去做工。这次做工是修黄河堤。秋末冬初，刮着冰凉的西北风，雨声淅沥沥不断。当时很少有人买得起胶靴，就是挽起裤腿赤脚踩在泥泞里。挨边的工段是我小姨父村里的。他们村还来了几个闺女，刚来时还有咯咯的笑声，阴雨连绵中很快就沉闷了。

舅舅他们住在一个草棚里，那天有人喊他说有人找。舅舅有点好奇地出来，面前是一位很漂亮的闺女。好像被强亮光刺了眼，舅舅赶紧低头。闺女絮絮叨叨说着，舅舅一句也没听清，转身往回走。女孩儿说：“你回来！听我说完！”舅舅就听话地站住。原来是工地指挥部要从民工中选个宣传员，就是写标语还有画宣传画。她报了名，图的就是能躲几天重活儿，能少干一天都是过年！可写大标语、画宣传画她真不会，听说过舅舅画像的名声，冒昧地跑来求帮忙。会事的闺女，已托人偷偷找过了舅舅村里领工的干部。他们让女孩儿自己跟舅舅说。

舅舅白天繁重的劳动一点儿也没减少。晚饭后工伴们都是扑通倒下就睡，舅舅还要急急地赶到村里小学，帮女孩儿写标语、画画。女孩儿的目光热乎乎的。舅舅却像一个木头人，只知道机械地写和画。他不敢抬头看女孩儿的容貌。他感觉到美的诱惑，可眼前更像是大海的漩涡，一不小心就会被吸进去，进入万劫不复的境地，村里有过很悲剧的前例。

不好的风声还是传出去了。工地副指挥长握着手电筒到小学来了。灯光下舅舅正用铅笔画空格子，女孩儿往里刷墨写标语。两个人隔着两个学生的桌子。副指挥长眼里有刀子，盯住舅舅问：“你是谁？”女孩儿说：“我表哥，给我帮忙。”副指挥长问我舅舅：“这是你表妹？”舅舅有点儿惊慌，吭吭哧哧道：“表妹？”女孩儿伸出手指头，气愤地点到舅舅额头上：“你个傻瓜蛋！”

女孩儿第二天就被撤了宣传员，回去抬泥兜去。我舅舅也被大喇叭吆喝了几天，说他搞拉拢、腐蚀活动，但并没有抓到“现行”罪证，有惊无险，一回到村里此事就不提了。但没几天我小姨父来找舅舅：天上掉馅饼了！原来女孩儿到家就打听我舅舅，她要嫁给我舅舅。我小姨父当然乐得其成，自告奋勇就当媒人了。

女孩儿的家庭成分是贫农，她哥哥在新疆是解放军的连长。她的父母首先就不同意，还有她家的亲戚们、她的闺蜜们也不同意。有的苦苦相劝，有的冷嘲热讽，还有不怀好意的人去她家散布对舅舅的中伤。但我小姨和小姨父站出来了。他们到闺女家说：“要说就是成分不好，可论人品和能干，几个村都没有人能比得上他的。”女孩儿泪眼婆娑地告诉父母说：“不就是一个成分？前边是火坑陷阱我都认了，我一脚踩上就不会再回头。”她当军官的哥哥开始也劝阻过她，但往来几次信后，被她说服了，给父母来信说：“只要妹妹喜欢，只要她顺心，您二老就随她吧。”

一个贫农出身的闺女，去嫁给一个农村地富子弟，当时在全国也罕见，几乎是石破天惊的神话。结婚那天，怀着各种心思来看热闹的人山人海。女孩儿乌黑发亮的剪发头上别着一个红色的发卡，脸颊上满是幸福的红云。她从生产队派出的马车上轻捷地跳下来，从人群让出的夹道里步态轻盈地穿过，大大方方地跟舅舅并排而立，向农家小院土墙上的领袖像三鞠躬，走进了我舅家低矮逼仄的土坯墙老房子，成了我的妗妗。这一进门就是三十多年！这不是梦，世上总有出人意料的人生境界。我敬爱的妗妗从此就跟舅舅踏踏实实地相濡以沫一生。妗妗勤劳俭朴性格温和又真诚助人，赢得乡邻的交口称赞。

妗妗五十多岁就突发急病去世了。妗妗的葬礼上，高音喇叭反复放着高昂动听的男女声二重唱："妹妹你坐船头，哥哥在岸上走，恩恩爱爱，纤绳荡悠悠……"头戴孝帽身披孝衣的我在苦苦地想：这是葬礼啊，怎么能放这样的歌曲？但反过来一想，这歌还真是的，真是我舅舅和妗妗两人感情的写照。

带路的姑父

一九五〇年深秋的一个夜晚，冷雨正下得紧。剿匪的解放军趁着夜色包围了太行山口一座孤独的小草房。他们一脚踹开屋门，旋风般扑到床上，将一个人抓住胳膊拧了过来。

这人就是贫苦农民张套，那时他还没有同我的姑姑成亲，独自在这里给一家姓韩的地主管理和看守苗圃。他吓得浑身发抖，连声说："饶命饶命。"解放军搜查了屋里屋外，没发现啥可疑情况才过来审讯。带队的副营长刘京用手电筒在张套的脸上晃了几晃，连声说："不是不是。"后来才知道是有人举报土匪头子侯老三在这个草屋隐藏。刘京问张套："你知道不知道侯老三？"

张套好一会儿才缓过神来，期期艾艾地说："咋会不知道，那个大魔头！俺韩掌柜的宝贝儿子就是他绑票撕票的——可他从没有来过这地儿，你们一定是弄错了。"

刘京就着手电筒的光线铺开地图，跟几个人研究侯老三会藏在哪里。有人说他可能会重回青云洞。张套突然插话说："不会在青云洞。”刘京也估计侯老三不会再回青云洞，但他还是奇怪，说：“你咋知道他不在青云洞？”张套说：“侯老三的外甥说他舅舅从不走回头路。”刘京说：“他外甥？”张套说：“他外甥从前跟我一起扛过活儿，如今在磨盘顶包了四十亩地种。”刘京几个人铺开地图商量了一阵说：“很可能就藏在这个地方。”刘京说：“兄弟，麻烦你给我们带路。”张套拿一根草绳束了腰，毫不犹豫起身就走。

事后刘京才意识到，要不是张套带路，当夜没准儿难摸到磨盘顶。这里进山就是森林，根本没有路。他们在大树和灌木丛之间钻来钻去，还横涉两道小溪。夜色漆黑，再加上凄风冷雨，他们每走一步都要耗费很大气力。张套带路艰难跋涉半夜，雨住时到了一个一丈多高的陡坡前。张套领头儿抓住藤条上去。最后一名战士攀爬时抓的那根藤条断了。战士跌落下来。张套又下来让战士踩住他的肩膀，上边的人俯伏下身子才拽上去。张套吆喝说：“你们赶紧走，我能慢慢攀上去。”

刘京他们往前走一段又有些迷路。有人说可能张套怕死要滑逃走了。但话音未落，张套气喘吁吁又赶了过来，他的胳膊肘和膝盖都磨出了血。刘京他们终于攀上了磨盘顶，经过一阵激烈的枪战，击伤并活捉了侯老三。

张套后来成了我的姑父。他就一直在俺村里。成立人民公社后，他当上了俺二队的贫农代表。那时候生产队里仓库的大锁有四把，队长、会计、保管、代表各自掌管一把锁，得共同去开锁才能打开仓库大门。因此，这个代表也算是生产小队的干部，也算有点儿小权力。

队长较少干活，我姑父经常受队长委托领工上晌。我姑父是干农活的好把式，摇耧撒种、扬场放磙样样精通。我特别佩服他捆麦个子的技术，两束麦秆一拧连在一起，往一捆麦子上一围，一两秒工夫，一个捆得扎扎实实的麦个子“唰”地就立在地里，用桑叉拍打都不散。姑父领着社员干活干得狠，半晌歇息的时间也短，大家打四五盘扑克他就连声喊着起来干吧。他锄起地来一马当先，社员们只好更多地“汗滴禾下土”，大家嘴上不说啥但心里都恼他。我大伯说：“你姑父呀，脑筋要活络一点儿，说不定早吃上皇粮了呢。”我听着话里有话，就追问到底怎么回事。

大伯就跟我说了。一九五一年，这儿是四区。区政府要从青年贫雇农中选拔干部。区长刘京首先就想到我姑父。我姑父的缺点是认不得几个字。但认字少可以补文化课，毕竟苦大仇深在选拔时是占第一位的。本来我姑父吃皇粮就定了，但节骨眼儿上刘京又随大军南下了。新调来的区长叫吴放，他不认识我姑父，说拟招收的工作人员要逐个进行政治考验才能录用。

姑父那夜还是在看林园，看护的是自己分到的三亩多柿子林。夜半他睡得正香，突然被几个土匪模样的人从床上抓起来，想反抗已经晚了，被捆得像粽子一样。吴放用手电筒强光罩住他的脸说：“你想死还是想活？”

姑父非常恐惧，脸面扭曲着，结结巴巴地说："想活。"吴放就说："今天我们要抓你们村农会主席，你愿意不愿意给我们带路？不愿意就地枪毙！"那时解放军搞土改是先在村里选定农会主席，等于现在的村长。我村的农会主席是李大头。姑父一听说来人想抓李大头，就立即挣扎着说："你们松开我，我保证把你们带到他家！"吴放吩咐给我姑父松了绑。姑父穿上褂子带领他们进了村，抄近路一溜小跑把他们领到李大头家的院门外。吴放没有进院，踱到我姑父对面冷笑着说："抓农会主席你也很积极啊！一个敌我不分的糊涂盆！"他们丢下痴呆呆的我姑父扬长而去。

我问姑父："你那时咋恁糊涂？耽搁了一辈子前程！"姑父说："李大头是放牛娃出身不假，可打他当上农会主席，办了多少坏事？俺韩掌柜让他整死了，丢下一个孤苦伶仃的小闺女韩小花，李大头成天夜里去欺负她，韩小花怀孕后跳井死了。农会主席要都像他，那天下不乱了？后来他还不是被解放军枪毙了？"

我这才理解姑父欣然带队抓李大头的原因。姑父又唠唠叨叨说："咱也没多少文化，干上这个代表咱就知足了！比代表再大的官，估摸俺张家的坟上也没有那棵蒿。"

表婶儿

那时表婶儿还是邻村很俊的小闺女，娃娃媒说给了比她大八岁的表叔。一说给表叔，表婶儿就一颗心全在表叔身上。那年头村里穷，看见东边桑树林里的桑葚红了，表婶儿上树尝尝很酸甜，就采摘了一大包，不顾害羞，趁天擦黑给表叔送到家，不好意思进门，站在门口等表叔出来，等了吃顿饭的工夫，还是邻居来串门发现，才喊出了表叔。表叔让表婶儿进去，表婶儿将桑葚往他怀里一送，回转头飞也似的跑了。

表婶儿上初中时，表叔挑上了兵要走，我的老妗——表叔的寡母身体不好，呼天抢地不让走。表婶儿听说了，就过来劝，老妗就是不答应。表婶儿毅然辍了学，也不管别人口舌，搬来住到老妗屋里，挑水做饭加熬药捶背，像过门多年的孝顺媳妇，老妗感动得直淌眼泪，再也没法拖后腿。表婶儿就这样以未婚妻的身份支撑起表叔的家。后来村里分责任田，表婶儿更忙了，外边几亩地，院里猪羊鸡，表婶儿料理得井井有条，哪一样也不落在人后边。过了几年，表叔请假回来跟表婶儿完了婚。结了婚的表婶儿忙得更理直气壮，表叔也如愿提了干。后来表婶儿有了一对儿可爱的龙凤双胞胎，粉嘟嘟的很可爱。

孩子四岁时，表叔转业回来了，表婶儿心里那个喜欢，跑来跑去都哼上了小曲儿。表叔托关系安排到县里，后来村里人都知道表叔升官了，不断升官的表叔回村就少了，表婶儿脸上的愁云就多了。表叔是想离婚，但老妗骂得凶，表叔有顾虑。老妗一去世就裹不住了。孩子该上小学时，一纸离婚书捎回来。表婶儿含着眼泪签字离了婚。

离了婚表婶儿丧魂失魄了好几天，做事丢东落西，天大明了也不想起床。但不起来也不行，孩子还要吃饭上学呢。一看到孩子，表婶儿就又来了劲儿，她现在一颗心全在儿女身上了。孩子跟竹笋一样蓬蓬勃勃往上长，女孩儿比小时候的她还秀气，男孩儿更比表叔强。表婶儿想得很多，她太盼望他们长大成才，既不能让他们养成懒惰的习惯，又怕他们干多了累坏身子骨，更怕耽搁他们学习。她对他们的学习操心得很，家里地里活儿再累，家庭作业她都得亲自检查。在督促孩子学习的过程中，她找到了自己的位置，找到了乐趣，甚至在地里干活嘴上念念有词的也是孩子的作业题。孩子争气得很，在学校考试每次都是前几名，还是班上评比的三好学生。邻居总是把羡慕的眼光投向表婶儿的儿女，说你好日子在后边哩。表婶儿嘴上不说啥，脸上浮出笑意来。

但是有一样，一提到表叔，表婶儿就阴了脸连饭都不吃。

但孩子们在学校在街上没少听到人们议论表叔。还有人对他们说："你妈带你们过日子恁难，你爹为啥不管？早该到县城找你爹理论理论。"那天雨下得大，教室里直漏雨，老师就让学生们回家做作业。这俩四年级的学生就商量趁这时上县城去，让没良心的爹补偿妈妈。没走出几步浑身就淋了个透湿，但他们遗传了妈妈的坚强执着，手拉手继续往前走，没想到好好的大路那天让雨水冲出一个大沟，浊黄的水流汩汩滔滔在沟里流，他们就跳下沟蹚水过去，但一下去就身不由己了。等到被过路的人发现，两个孩子早没气儿了，临死哥哥还紧抓着妹妹的手……噩耗来得太突然，表婶儿一下子就昏了过去。醒过来她不停地自责，回忆起孩子小时候在外边受了气，哭着说要找爸爸，她出手一人一巴掌，怒气冲冲说找他就永远别回这个家！是不是这句话一语成谶？这成了表婶儿心里永远的痛……

埋葬了孩子，表婶儿许多天不吃不喝，大家都哀叹，表婶儿恐怕不行了。但表婶儿摇摇晃晃又出来了，背上一把铁锨，到淹死孩子的地方修路。雨冲的那个沟村里早修好了，表婶儿就一路修过去，遇见路边的小沟小坎她就修补铲平。以后她除了地里的活计就是修路，甚至收麦栽稻累得直不起腰，下晌还要到路上铲两锨。每逢天阴下雨，她抓住铁锨就往路上冲。她不要补助，不要奖励，日复一日年复一年不屈不挠地修下去。所以你如果来我们村，第一眼看到的肯定就是表婶儿，那个手脚不闲的劳动妇女的勤奋顽强的身影。

王二偷猪

王二已经好长时间没有偷过东西了，可今天想故伎重演，偷他曹老贵一家伙。

曹老贵是村里的养猪专业户，也是方圆几十里有名气的富户。他家喂的是杂交品种猪，瘦肉多，肉质好，一出栏就是上千头。驻村干部是科技局的老姜，他想让曹老贵技术扶贫。王二听说后很高兴，但盼了好多天没下文，后来听说曹老贵不想让这品种猪传出去。“富得流油，还不想给扶贫做贡献，偷你一头猪活该哩！”

这天后半夜，王二一溜小跑出了村，先攀上猪场外的老柳树，抓住横出的斜枝，三悠两悠就到了院墙上，抓住遮顶砖顺势滑下来，到了一溜儿克朗猪圈前。他想，既然偷要偷个好的，就掏出打火机吧嗒一声打着，朝着里边照照，见一头克朗猪黑油油的，脊梁骨有两朵白花——这正是品种猪的标志。王二心里喜欢，从身上掏出药饽饽，往里一扔。这头猪一口衔住进了肚里，不一会儿就跟喝醉了酒似的趔趄两下，一歪躺翻在地。王二抓住这头猪的后腿往肩上一甩，正要走，忽听身后有脚步声。王二吃一惊，连忙蹲下四下观察，没发现什么，就飞身上了墙。正要跳下，忽然被什么绊了一下，一摸是搭在墙上的大苫布。

王二一下子就想起自己借用过曹老贵的苫布，心想这曹老贵虽说品种猪不外传，但还是办过一点儿好事的。前年村里韭菜丰收，家家卖不出去，曹老贵帮村民联系到外地销售。王二那年韭菜种得少些，但也卖了几千块。这曹老贵时好时赖还真不好琢磨，只偷他这一次算了。这时天色微明，再晚背个猪就不好进村了。他正要从墙上越下，忽然看见下边发大水似的一片白，仔细看才辨认出是还未开捆的塑料薄膜。老姜有能耐，今年不光争取的扶贫资金多，还把资金统一买成塑料薄膜让大家伙儿种大棚韭菜。前天老姜还拍着他的肩头说："王二呀，人家曹老贵是个人，咱也是个人，不憨也不傻，他能发家，咱不能发家？一本正经去干事儿，那楼房等着你往农家小院里竖哩。"老姜说得在理呀！这头克朗猪，弄到家咱咋喂？咋有脸面对老姜？王二思来想去，背起麻醉劲儿不下的克朗猪，又跳了回去，扔到原先那个猪圈里，才松一口气，悄悄又爬上院墙，顺着老柳树爬下来，回到路上。

这时东方露出鱼肚白，小拖拉机的突突声，还有人们上工的谈笑声都传过来了。王二拍着脑瓜想想，自家东地的那块儿菜地该拔草了，就直接往东地走。

一般农村早上下工就九点了，这时王二也薅完了菜地里的草，嘴里哼着小曲儿，非常愉快地往家走。刚走到门口，被村里的治安员拦住了："王二，又偷了？"王二一愣怔，连忙否认："没有，没有。"他想想自己冤得慌，便又高声吼道："啥叫又，又偷了？你才又偷了！"治安员就说："你家喂有克朗品种猪？"王二说："没有呀。"治安员又说："曹老贵的新品种都是猪脊骨上一片白，你家不会也有这种克朗猪吧？"王二嘴很硬地说："你给我说这个干啥？"治安员哈哈一笑说："干啥？你偷了人家曹老贵的克朗猪。"王二这时也想到了自己偷猪时的黑影和脚步声，肯定是自己开打火机照明时被别人看到了，可能就是猪场的人，但又想猪反正送回去了，谁又能咋的？就大咧咧地说："抓贼抓赃，捉奸捉双。我家要是没有该咋办？"治安员说："没有我给你倒贴二百块。走，上你家走！"早有几个好事儿的村民嘻嘻哈哈跟在后边。

大家簇拥着一起涌进王二那个半截院墙的家，刚进门就听见猪哼哼的叫声，大家连忙奔到猪圈跟前，果然有一头克朗猪，那脊背上正好有两块儿巴掌大的白毛。治安员得意洋洋地盯住王二说："还有啥可说？"

王二顿时出了一脊梁的冷汗：难道这头猪有武功？自己飞到这里来？人们便叽叽喳喳议论起来。王二说到底是老实人，目瞪口呆竟说不出话来了。治安员大喊一声："走！到村委会说清楚！"

正在这时，忽听利利亮亮的一声喊："谁敢带走俺家王二？"

大家一看是王二的老婆。这是一个胖墩墩的年轻女人，虽说平时不断和王二吵架厮打，可是关键时刻还是自家人，短胳膊短腿跳过来。她后边跟的却是笑眯眯的村工作组老姜。

原来，曹老贵猪场值班保安小乔发现了王二偷猪，一害怕就躲到了屋里，因此不知道王二又送回了克朗猪。小乔早上到村委会向治安员报告，但治安员又不在，等治安员回来把这事报告清楚，却不知道事情又有了变化。那就是老姜的几次彻夜长谈，在曹老贵身上还真起了作用。今天早上曹老贵一起床就找老姜，说要拿出一批新品种克朗猪，无偿支援村里的贫困户。曹老贵言必信行必果，马上安排拉来了十几头，通知贫困户都来领猪娃。当时王二两口子都不在家，别人挑完就剩下这头因为吃了麻醉药一时很不欢实的克朗猪，村主任就让人直接送王二猪圈里了。

老姜说："王二呀，有人家曹老贵给你送上门，你恁急干啥？不是白搭一番功？说起来只当锻炼身体吧。"说得众人哄一声笑了。老姜又说："王二，种好你的韭菜，喂好你的克朗猪，明年这时候，你家的小楼房就起来了，我们等着到你新房里来喝酒哩！"

酒逢知己千杯少

吕文梁是个小秘书，虽然说小，得来也并非容易。他曾在《经济日报》和专业经济杂志上发表过大块头文章，但地方上提拔不论这个。他照样没命苦干，在县委办公室整整熬了四年，写出了不下百万字的领导讲话和工作总结之类，还干了无数的杂事，这才按部就班随大流提拔了办公室秘书。

最近办公室人对他态度有些不一样，为什么呢？就因为县里主要领导姜书记亲自点名，让他搞了几个大材料。其实姜领导就是听说他在《经济日报》发过文章才让他写大材料的，要不然凭他的性格，这个吃苦的差使还真是轮不到他，因为接触主要领导容易有前程呀。

这天刚上班，通讯员就喊他到姜领导办公室去一趟。能去姜领导办公室就是一种标识，一种未来受重用的显示，一种好前途的预兆。听到这个消息的办公室同事们都以一种既羡慕又嫉妒的眼神看他，看得他激情澎湃热血沸腾。姜领导交代他说："今天国家经济研究中心金副主任要到咱县调研。这位金副主任可是国家‘智囊’类人物，‘水儿’很深，今天你也全程参加听听，准备搞简报。”一时间他受宠若惊。

但上午的汇报并不顺利。主要是因为这个金副主任爱提问，提的许多问题颇有难度，好几次都让擅长背数字的姜领导很是尴尬。比方说，有一次金副主任问：“去年你县工业的速动比率是多少？”姜领导左顾右盼一时语塞。其实吕文梁发表过这方面内容的文章，而且他给姜领导写讲话稿多次写进自己的观点，但总是被审稿的办公室主任和姜领导自己删掉。此时他不敢接话。

中午的酒宴很热烈，吕文梁虽然也能喝酒，但一和县领导喝酒就有手脚没处放的感觉，何况有这么高层的大官在场。他内心很不想来，但姜领导叫来他不敢不来，别的秘书没准儿还嫉妒呢？

本来有服务员现场倒酒，但姜领导喊小吕倒酒，他连忙从服务员手里接过酒壶去倒酒，但倒得不内行，还洒一些在外边。金副主任说：“不要紧张嘛。”姜领导虽然不高兴，但还是解围说：“小吕是我们培养的秀才，发表过文章呢。”金副主任顿时来了兴趣，就问：“写哪方面内容的文章？你叫什么名字啊？”他说自己名叫吕文梁，发过几篇议论经济的文章。金副主任两眼一亮说：“是不是双口吕，文化的文，大梁的梁？”他说：“是的。”金副主任又问：“《经济日报》经济专版那篇《谈经济投资的规律》是不是你写的？”他说：“那篇是我写的。”金副主任非常高兴，说：“我看过的，有见解有思想，早就说想和作者探讨，原来作者在这里！好，为咱们年轻有为的经济学家干杯！”他非常惶恐，连忙说：“我可不敢我可不敢，我也经常学习您的文章，您才是真正的经济学家。”金副主任说：“那么好，咱们两个经济学家干一杯！”接着酒杯砰的一声响，把吕文梁带到了兴奋的顶点。接下来金副主任又谈起流动比率和速动比率，吕文梁回答了几句大约又答到了点子上，金副主任一边批讲一边说好，单独和吕文梁碰了好几杯，一时间姜领导还有陪同的市领导都插不进话了。

午饭后办公室安排金副主任和陪同的市领导到县委招待所午休。吕文梁回到办公室可是不敢休息，一边看报，一边看看墙上的挂钟。金副主任席间说 15 点就出发，他 14 点 30 分就赶到了招待所，在门厅里等到快 15 点。姜领导等人过来了，看也没看他就去上电梯。他一溜小跑跟过去。姜领导忽然吼一声：“你跟过来干啥？”他一看姜领导脸色铁青，不知道自己哪里做错了，嗫嚅地说：“不是说到 15 点来送金副主任吗？”姜领导冷冷地说：“送也轮不着你送！”他站住了，两眼看着姜领导走上电梯，电梯门慢慢地合上。

吕文梁估计，是金副主任碰杯把自己给碰坏了，但却想不出办法补救。办公室的人看他眼光可是全变了。两个月后的全县干部大调整他没能提拔，反而平调到县图书馆当副馆长，那里可是县委大院干部不屑的地方。他有很长一段时间想不开，甚至身体也瘦了十多斤。但慢慢地他想开了。图书馆里有的是时间，他就专心致志写经济论文，一篇接一篇发表。大约三年后有那么一天，省城一著名的大学来聘请他去教书。他从青少年时期就向往到大学教书，没想到无意插柳柳成荫，就独自高高兴兴地喝了一场酒。

不到黄河心不死

唐桦是个退休教师，原在江阳区直幼儿园工作，曾被评为全国教育系统劳模，在幼儿教育界颇有名气，但终究是一介平民。可就这样一个退休老人，竟然向区里和市里的权势挑战。

江阳区谁权势最大？当然是区里的“老一”鲁修。鲁修一跺脚，江阳区大街小巷都震颤。江阳区是江边市的四个区之一。江边市谁权势最大？当然是市里的“老一”褚天。褚天说一句话，江边市就下场蒙蒙雨。

可唐老师不怕这个，他到处说，褚天与鲁修，早晚都得垮台。

褚天和鲁修确实口碑不好。人们风传他们虚报经济发展数字和受贿的种种故事，但毕竟和唐老师风马牛不相及，他成天骂人家干啥？

其实唐老师对市里区里的头头儿们并不熟悉，何况又退休多年。以前听别人骂褚天和鲁修，他还很不以为然呢。

是一件小事改变了唐老师的看法。区直幼儿园开建园八十周年庆祝大会，请了当年幼儿园的劳模来参加，唐老师就应邀来了。因为曾在这里上过幼儿园的一位省领导来祝贺，褚天和鲁修就都过来了。那位省领导读过贺词就走了。褚天和鲁修又讲话又发奖到散会才走。

这时参加大会的幼儿园小朋友手拉着手，脚跟着脚，正排成四路纵队往外走，恰像一道宽阔的山溪往山外流。散会的干部群众走到这条“山溪”旁，都驻足等待小朋友通过。

这时褚天和鲁修过来了，一边走一边说悄悄话，你趴趴我的耳边，我趴趴你的耳边。人们看到他俩过来，都自觉让开，人群中形成一条“走廊”，一直横通到小朋友的“山溪”边。他俩眼望远方边走边说，似乎根本没有看见肩并肩手拉手的小朋友，像马队一样蹚进小朋友队列的“山溪”里。一个正向前行进的小朋友被鲁修的粗腿绊住摔倒了，又一个小朋友摔倒了，旁边的几个小朋友去拉他们。后边小朋友的队列还在往前移动，涌成了一堆。褚天和鲁修仍然不管不顾，横着“蹚”过小朋友的队伍，互相拽着胳膊走远了。

这当儿，唐老师在离他们不远的地方，看到他俩朝小朋友队列里闯，连忙大声喊：“请站一站，让小朋友先走！”但也许是人声嘈杂，他俩根本没有任何停下来的意思。看到两个小朋友都被绊住摔了跤，唐老师跺着脚高声吆喝：“真不像话！混账啊！”他气得咳嗽起来。

唐老师从此在心里深深烙下了这两个人。

他给上级写信反映了这件事，没见有回音。儿子笑他："不是什么实质性问题，谁顾得上这个事儿呢？"

和大院里的老人们一起看报的时候，唐老师手指头捣着报上登载的褚天、鲁修视察项目的图片，说："他们两个一定会垮台！"

全家老少来给他过生日，唐老师给子孙辈们讲："你们记住我的话，褚天、鲁修早晚垮台！"

孙女儿早听他讲过褚天和鲁修绊翻小朋友的故事，故意笑他："就凭您说的事儿，人家就垮台？"唐老师说："见微知著啊！人家讲他们贪污受贿那些事儿，以前我不信，一看他们这个样儿，才知道不会假！"

以前的学生来看他的时候，议论起全市和全区的大事，他说："别的我不知道，可我知道褚天和鲁修一定倒台。"

他一次又一次给上级纪委写信，反映褚天和鲁修的问题。

市交通局挖出贪官窝案。唐老师告诉家人说："看看，党和政府对腐败零容忍！这些人不是倒台了？褚天和鲁修还会有多长时间？"

果然褚天被揭发出来，查出受贿几千万，判了十五年徒刑。唐老师兴高采烈，买了北京烤鸭，打电话叫几个老朋友来，把存放多年的茅台也打开一瓶说："我就知道褚天要倒台。党和政府能容忍他搞腐败？"

但鲁修没倒台，还提拔到市开发区。孙女儿笑话他："你不是说鲁修也要垮台吗？”

唐老师理直气壮：“我说得不会错，不信咱走着瞧，抓交通局贪官的时候，褚天不是还耀武扬威着？这才几天就垮台了。你记住，伪装能欺骗一时，不能欺骗永远，是毒瘤，党和政府早晚得把它铲除掉。”

又一次过生日的时候，唐老师不让打开他那一瓶陈年茅台酒，说：“我等着庆祝党和政府清除腐败分子，鲁修倒台了再喝！”

唐老师没有等到他盼望的那一天。他患了一场大病，后来就恋恋不舍地和亲人永别了。在弥留之际，他断断续续地说：“共产党永远是共产党，党和政府会把毒瘤一个个清除掉，等鲁修倒台的那一天，请你们把那瓶茅台给我洒到骨灰盒前。”

罗曼先生的遗嘱

契尔斯特镇的罗曼先生患了中风症，行动不便，随着时光流逝，身体江河日下。这可苦了家里的佣人爱玛女士。爱玛忙前忙后买菜做饭打扫卫生，还要为罗曼先生喂药。有些事情，比如大小便，女士辅助和服务是不方便的。罗曼先生没有近亲，只有一个远房外甥，也来过几次，但他是一家微生物科研机构的负责人，重任在肩，长期来此照料也不现实。其实，罗曼先生完全雇得起一班子服务人员，虽然大家并不清楚他的家底，但至少知道罗得芬河湾对岸就有他的果林别墅和葡萄酒厂。但由于他的生活哲学是简朴自然，所以平时家里就由爱玛女士一人照料。

罗曼先生正要物色陪护人时，同在诺斯大街居住的伊登先生过来了。伊登先生身体健壮，一表人才，本在附近化工厂当化验员，但他辞了职，专职来照料罗曼先生。他说罗曼先生以前为契尔斯特镇做了不少好事，如捐款办幼儿园，办图书馆，自己也从中受益匪浅。他觉得即使仅出自有恩必报的信念，自己也应该为罗曼先生做些什么。要是考虑到罗曼先生对社会的贡献，自己更应该陪伴罗曼先生度过这生命中的艰难时光。他住到罗曼先生家里，搀扶罗曼先生散步，帮助喂饭，帮助大小便，就像亲人一样。

罗曼先生在小镇人缘颇好。街坊邻居捧着鲜花来看望罗曼先生的当然不在少数。不少人夸奖伊登先生，比如生意伙伴史密斯先生就对罗曼先生说："伊登先生顶得上您的儿子了。"罗曼先生咧嘴笑笑，没有说什么。由于病情不断加重，罗曼先生已经说话不利索了。

人总是多样的，来看望罗曼先生的人说什么的都有。同在诺斯大街居住的诺伊斯太太就向罗曼先生说："伊登在化工厂就为人不好，同事都厌烦他，他工作很一般，很难赚到大钱，因此他才辞职来服务您，他是盯着您的财产来的，就是想将来继承您的家产。"罗曼先生咧嘴笑笑，也没说什么。

罗曼先生越来越说不出什么了。虽然听到了人们的一些闲话，但伊登先生的陪伴和服务是始终如一的。不过，人到该走的时候总是要走的，四个月后罗曼先生安详地离开了这个世界。

根据罗曼先生的遗愿，殡葬仪式结束之后，他生前委托的遗嘱执行人阿尔瓦律师来了，当众宣读了罗曼先生的遗嘱。遗嘱交代，将罗曼先生生前居住的别墅交由外甥继承。其二，将罗得芬河湾对岸的果林，还有果林边的别墅赠送给爱玛女士。爱玛女士并未想到，说一声："天哪！"感动得热泪盈眶。

伊登先生脸上有点儿挂不住了，他紧盯着阿尔瓦律师说：“罗曼先生的遗嘱没有提到我吗？”

看到阿尔瓦律师没有回答，伊登先生高声又提问一遍。其实许多人都有这样的想法，毕竟罗曼生前这将近半年的时间，伊登先生鞍前马后在奔忙陪护，也应该有一分回报。

阿尔瓦律师说：“伊登先生，您确定您是在向我提问吗？提问关于罗曼先生遗嘱的事儿，有没有赠予您的财物？”

伊登先生说：“是的，我问罗曼先生的遗嘱有无对我的赠予。我觉得应该有，我要弄清事实真相。”

阿尔瓦律师高声宣读：“罗曼先生的遗嘱还有，如果伊登先生对遗嘱的事儿有所提问或质疑，那就将巴齐斯顿红酒厂旁边、温尼伯路 47 号的那套别墅赠送伊登先生，并向伊登先生半年来的陪伴与服务表示感谢。”

按照法律程序，罗曼的外甥、爱玛女士与伊登先生分别与阿尔瓦律师签订了合同。伊登先生突然起了好奇心，他问阿尔瓦律师：“您刚才让我再确定一遍我是否提问罗曼先生的赠予，这是什么意思？”

阿尔瓦律师说：“因为这关系到后边赠予的内容，是完全实现罗曼先生的遗嘱所必不可少的。罗曼先生的遗嘱还有如下内容：如果伊登先生闭口不问遗嘱与遗产的事情，那就将位于温尼伯路年产十万吨的葡萄酒厂，以及附带的万亩葡萄园及其他附着固定资产、账上的流动资金，还有位于温尼伯路 47 号的别墅，一并赠予伊登先生。如果伊登先生提问，那么就仅将别墅赠予，其他动产与不动产全部赠予办理罗曼先生后事的教堂。现在请教堂来办理赠予合同。”

伊登先生蒙了，他问阿尔瓦律师这是为什么。阿尔瓦律师说：“这些应该是私下的话题。罗曼先生的意思是，如果您提问您能得到的遗产赠予，是完全应当的。但是也证明您或许缺乏一种管理企业的冷静、沉稳与大气，而葡萄酒厂需要发展、需要杰出的管理，所以只有这样呀！”

蓝菊花

秋天是菊花的世界，然而，你见过蓝色的菊花吗？

那一片蓝菊花，像月亮湖一样湛蓝，在一望无际的黄灿灿的菊花田中间分外显眼。

今天星期一，小燕要早早上班，可一出门，却不由自主地又移步到蓝菊花田。一踩上这儿的田埂，她的眼中就汪满了泪水。

他说："小燕，这有一包蓝菊花苗，我本来要当面交给你的。这蓝菊花是菊花的最新品种，我高中时的同学文小杨研究生毕业后在菊花研究所工作，要不然还搞不到手呢。蓝菊花比一般的黄菊、白菊药效要高两倍，你在农业局可以研究推广呀，再说，蓝色也象征咱俩的爱情呀……"

他军校毕业生，是解放军的连长，是她的未婚夫。可是这话却是他站在滂沱大雨中，对着门缝向她喊的。

她生他的气，气得很厉害。她的舅舅现在县里当人事局局长，年龄快到退下来的线了。她要她的他赶快转业，趁舅舅还在位，给他安排一个合适的位置。要不然，营团级干部还不好安排呢。但他不听，反而一次次给她讲大道理，讲得她两手捂住耳朵。她真的生气了。这次他来家探亲，她就一直躲着他。

她确实没想到他这次探亲的时间这么短。她只是要和他怄怄气，要怄得他回心转意。在他回家的第一天，她有意赶往市农业局去查资料，尽管那活儿并不是那样当紧，晚上还是没回来，就住在了市局的招待所。第二天上午她仍没回县局而是到了县林场，听说她的他昨天来这里寻她，一种说不清的感觉涌上心头。下午，她又漫步到山漫坡的菊花新品种基地。乌云涌上来， 山风吹得田间的菊花波浪般起伏，一会儿大雨便哗哗铺天盖地扫下来。她刚躲进那间守护小屋，就看见她的他一边用手抹拉着额头上的雨水，一边正急匆匆朝这里跑来。她随手关上了小屋的门。

“小燕，你快开门，我有话跟你说。”

她背靠住门，一声不吭。

“小燕，部队有紧急任务，来了加急电报要我抓紧归队。我来家两天，一直找不到你。今天只好走了，已经过了白马河，听林场开车的小张说你又来这儿，我蹚着河赶过来的。我时间不多，你快开门。”

她心头一热，泪水顺着脸直往下流淌，转过身来要去开门，可是突然又想起妈的话：“他太不知道好歹，太不懂人情世故，铁打的营盘流水的兵，部队又不是他的祖佛世界。等你舅舅退了，再回来去哪里找到好活？你要硬起心肠晾晾他，冷落冷落他。要不然他咋会听进你的话？”当初全家就都不同意她选择他。她知道妈的话并不全对，可归根结底也是为他们今后的生活着想啊！

“小燕，你快开门，今天雨下得猛，一会儿山水冲下来，这间小房危险！”

她只是靠着门无声地啜泣。

大雨如注。他拿起门外边的铁锹，吭哧吭哧地在小房四周挖起了排水沟，不让山水冲到房屋的墙基上。

她开始不知他在干什么，后来从门缝看到这情景，她要冲出来拥抱他，但是又想起妈的话，她哭出了声音。

“小燕，这有一包蓝菊花苗，我本来要当面交给你的，这蓝菊花……”

她终于打开了门，然而他已经转身走了，一走就再也没有回头！只看到他那高大的身影，倏然间消失在茫茫的雨雾之中。

以后的情景，她听在白马河那边开小饭店的小林说了。他为了赶时间，在白马河正不断涨水的情况下，冒险蹚过了浊流滚滚的白马河。河水裹卷的树枝木块儿，擦烂了他的腿和腰。他到小林的饭店简单包扎了一下，就去路边拦了一辆“面的”，匆匆忙忙往火车站赶。他到底赶上了南下的列车，带着身心的伤痕，穿着一身湿透了的绿军装，义无反顾地踏上了归程！

心疼、后悔、难受，像怪兽一样吞噬着她的心。她的心转变了。她要支持他在绿色军营里干下去，只要他高兴。她想等他再次回来，向他好好解释。她知道，只要她靠在他那宽厚的胸膛，他总是会原谅她的。

但他，却再也不会回来了！

他是在抗洪斗争中牺牲的。那一夜，带着连队救了三百多名群众之后，他被卷入长江的浊流……听到消息，她昏了过去。许多个日日夜夜，她都流着泪在想：假如那一天预先知道这些，我…… 但是没有假如，只有那象征着他—— 一个军人的品行和爱情的蓝菊花，在田野里葳蕤地开放！

狼来了

他们是一对儿好父子。我说“好”的意思是，父亲很慈爱，儿子很孝顺。儿子打记事起就不记得父亲吵过他一次，更不要说打骂了。俗话说“血浓于水”，他对父亲的感情是真挚的、深厚的。母亲去世后，儿子虽然刚转到一个新单位上班，但仍请了假，陪伴父亲在家整整一个月。

但儿子毕竟有工作，要挣钱养家，不可能成天在父亲这儿陪着。儿子的房是刚买不久的，他想让父亲跟他住，父亲拒绝了，因为父亲知道儿子住房并不宽绰，才八十平方米，孩子又小，自己去了帮不上忙，净是添乱。儿子想将父亲送养老院，父亲也拒绝了。父亲才六十岁出头，耳朵听得见，眼睛看得着，行动很自如，习惯在自己家生活。再说好的养老院也住不起。看了几个差的，就像关囚徒一样，实在是没法去住。儿子说要给父亲找保姆，父亲也拒绝了，儿子也没勉强。找个保姆价钱不菲，老父亲那点儿退休工资全贴上去也请不到一个合适的保姆。儿子小两口手头儿也不宽裕，买房付了首付还要月供还要养孩子。

这天父亲打电话来，说心口难受，可能是心脏犯病了。儿子出差在机场正要安检进去，立即打电话给单位领导请假，退了飞机票回来，急急慌慌领父亲到市医院就诊。到市医院门诊大厅时，父亲却倏地觉得心口不痛了，一切正常了。他不好意思地说："我现在感觉病自己好了，咱回家去吧。"儿子着急道："你说的什么话？我连出差都放弃了，那本来是我争取在经理跟前表现的机会啊！"父亲愣怔一下，还是很倔强地说："我感觉现在没病了，没病了还看个啥？还是不看吧。"这次看病就这样结束了。

没过几天，父亲又打来电话，说他心口犯病，堵得慌。儿子正在开会，说："我一会儿散会就过去。"父亲说："你一会儿过来，还不知道人在不在呢？"儿子一听也心慌，就向领导请了假，赶紧赶回来，但到家送父亲去看病，又是一到市医院门口父亲就说心口又过来了，坚决不去了。儿子气得不知道说什么好。

儿媳妇李小花的公司组织体检，因为儿媳妇前一时生孩子刚刚做过全面体检，就想把这次体检放弃。儿子却想起老爹来，说："既然你不用，放弃了也怪可惜的，让我爸顶替去吧？"到家就动员老爹过去。父亲很不情愿，说："我这时又没病。"儿子说："体检体检，就是没病时全面检查，好做到心里有数。"父亲就顶替儿媳去医院体检，到那里才知道要先交钱的。父亲打电话给儿子。儿子说："她那个单位就这样，自己先交钱，回来单位再报销。"父亲就交了 318 元，心疼得直吸溜嘴儿。父亲进去得报儿媳的名字，医生护士喊着“李小花”，一看进来的是个老头儿，眼睛里都透着奇怪，弄得父亲心里特别不自在。不过还是做了，量体重、看口腔、量体温、抽血，还有 B 超、透视什么的，按照要求一大早就过来，连早饭也没吃，排队等候，折腾一上午。第二天去医院问结果，人家却说这是单位集体体检，体检结果集中送单位了。儿子让媳妇去找，单位却说没有见到。儿媳在的公司人多又乱，加上是冒名顶替，媳妇也不好大张旗鼓去声讨。但老爹的报销发票却找不到了，翻天覆地寻觅几天也没有影儿，到医院里问，人家说条子已经给你，就不会再补了。白折腾一晌，白赔里三百多块，弄得父亲连续两天都吃不下饭。

之后父亲的心脏又发过病，儿子回来接父亲去医院，父亲还是突然就痊愈了，好像每过一段时间就玩弄一番似的。父亲也不好意思，说：“我在家里心脏是紧缩难受痛得厉害呀，好像这病就怕医院，一到这里就立马好过来了。”儿子没好气地说：“你病好过来了，我可是又耽搁了一单生意。”

这天，总经理召开部门经理会，正挨着儿子汇报，手机又响，一看手机屏幕显示是“父亲”，儿子就有点儿心烦。他毫不犹豫就摁了“拒绝”键。但随即铃声又响，他摁了又响，不屈不挠的。儿子还是接了，果然还是父亲报心脏病又犯了，说：“儿子你要快些呀。”儿子说：“好了我知道了。”他将手机放在会议桌上继续汇报。散会后儿子按照总经理的布置在自己部门开会传达精神，一直忙到下班。下班后他才想起父亲的电话来，就直奔父亲的家，推开熟悉的老门，小小客厅里是熟悉的老沙发和老电视，老爹歪在沙发上。儿子赶紧去搀扶父亲，发现父亲已去世了，身子都有点儿凉了。儿子坚持又打了120，医生赶来说，估计去世有两个小时了，可以肯定是心肌梗死。

追悼会在殡仪馆举行，父亲躺在鲜花丛中，参会的亲戚和同事都劝儿子节哀。儿子却悲痛地想，小时候多次听父亲讲“狼来了”的故事，可这跟那个故事不一样，吞噬父亲心脏的狼出没无常，每次都是真的来呀，可是自己却把父亲当成喊“狼来了”的放羊孩子，失去警惕性，这匹狼就一下子吞噬了父亲的生命。老父亲才六十岁刚出头儿呀！儿子呜咽出了声，泪水在脸上纵横，悔恨莫及地捶打自己的胸。

田 狗

一九三九年二月的一天，族长侯四伯叼着旱烟袋迈进侯田狗家的屋门，看见侯田狗正躬着个腰，在忙着切萝卜条，扭过头来朝身后一声吼：“快点呗！您俩！”

侯十七、侯十八像逮小偷一样挟着一个人过来，到跟前看，是一个女人，披头散发、灰头土脸的，看不清眉眼，走路一跛一跛的，嘤嘤地哭泣着。

侯四伯指尖直指向田狗的额头：“给你了！媳妇！刘八带来四个外地女人，就这一个倒霉，半路上跌折了腿，高低没人要了……就给你了！村公所刘大头那里我给你打个招呼！”

田狗吃惊地一步步后退，嗫嚅着：“这，这，这……”

侯四伯一瞪眼：“这，这啥？这里还有你说的话？兵荒马乱的，穷棒子有几个能寻摸上媳妇的？更别说你这没爹没娘眼看就三十的人了！”

四川闺女李小倩就这样成了田狗的媳妇儿……

暑夏七月的一天，族长侯四伯摇着芭蕉扇踏进侯田狗的院门，眼珠子咕噜噜轮了一圈，一眼扫到田狗媳妇正在忙忙碌碌地垛青草，一咧南瓜嘴，露出几颗黄色的大板牙：“是出落得像个模样了，怪不得村东村西的人都夸。”

田狗媳妇脸一红，低着头拿一把桑叉，出了院门。她黑亮亮的粗辫子，白皙的修长脖颈，虽然那肚皮已经微微凸起，但是总体上仍不失身材的苗条，走起路来娉娉婷婷，颇有韵味。

侯四伯收回追踪田狗媳妇的目光，阴阳怪气地说：“田狗，你这土医生医术可以呀！是你爹的魂还在你身上附着吧？瘸胳膊瘸腿的女人，你硬是给她摆治成了好好人，不留一点点毛病。”

田狗不敢看侯四伯的脸，低下头小声道：“她其实没有大碍，主要，主要，主要就是跌断了腿，骨折错位，我就给别正，用点儿长药敷上……”

侯四伯威严地摆摆手，止住田狗的话头儿，瞪起鸭蛋眼睛：“你一个没脑袋瓜儿的货！大错特错了你！治好她就是你的错！咱土头土脑的农家百姓谁家能巴上这么漂亮的媳妇？更别说你还独门小户的！是福不是祸，是祸躲不过！我问你，她肚里的孩儿是你的？”

田狗面红耳赤，吭吭哧哧说不出话，低下了头。

侯四伯手托住田狗的下巴，强叫他抬起头，又“咚”地一跺脚：“小子，丢人贼！你丢了咱侯家祖宗的人了！”

田狗一下子坐在地上，满脸悲愤地仰望着侯四伯说：“四伯，四伯您老就说说刘大头，他，他，他不是人呀！”

侯四伯用扇把儿敲着田狗的头，说：“你不是说梦话吗？刘大头坐着咱村公所的位子，谁能奈何了他？母狗不翘尾巴，公狗不爬跨！得整治整治母狗！”

田狗喃喃道：“她一个女孩儿，也是被逼无奈呀！”

侯四伯突然稀眉毛一簇，厉声道：“我给你合计过了，喊来侯十七、侯十八他们，打她一顿再说，打掉她的胎，打掉他刘大头的种！”

田狗一下子抱住侯四伯的双腿跪下去，把头摁在地上磕得砰砰响：“不能呀，不能呀，千万不能呀，你可千万不能呀……”说着号啕大哭，泪如雨下。

侯四伯推开田狗，重重地哼了一声：“软骨头！”端起旱烟袋出了门。

于是，几个月后李小倩生下了女儿侯珍珍……

又是一年多的时间过去了……寒冬腊月的一天，侯四伯呼哧呼哧喘着粗气，咚的一声跺开田狗的门，踏进去喊：“田狗，你给我爬出来！”

田狗却领着全家在隔壁邻居家，他忙不迭地应声，一边小步跑进来，先递上一碗桑叶水：“您老消消热，我去把小珍珍的事交代一声。”一边大声喊：“小倩，你快抱小珍珍去李先儿那里切切脉，看是不是感冒着了凉。”

侯四伯长叹道：“明明是人家的种，你比自己的还亲。满街满胡同，都知道你是个软心人。”

田狗红着脸，半晌才说：“生到咱家，就是咱家的崽呀……四伯，您喝水。”

侯四伯将眼瞪得像灯笼一样，手一扬，那水碗砸向山墙，啪嚓一声碎了，溅了田狗一头一身水。

侯四伯说：“戴绿帽钻大鼓你是个迷瞪啊！还小倩、小倩喊得亲热，人家要跑你知道不知道！给你做好的饭你叫砸锅？过不成一家人你自己倒霉不说，还叫全族人陪着你丢脸？”

田狗双手抱了头，哇的一声哭出来：“四伯我心里啥都知道呀，我知道小倩她跟教私塾的刘根子好，我也知道她俩商量着要跑，可是咱的吃上顿没下顿的穷日子，咱的窝窝囊囊受气日子，谁也不想在这儿过呀！小倩她一个四川娃，卖到咱这儿，跟我恁长时候，已经是难为她了！四伯呀……”

侯四伯压低了声音，冷冷地说：“这好办，我交代给侯十七、侯十八他们，今天后半夜，打瞎她的眼、打折她的大腿，这次不会叫她再医治好了！你别嫌她瞎眼瘸腿的丢人，这一下子她就会塌下心来跟你过了。”

田狗惊恐地睁大眼睛，跪下来抱住侯四伯的腿：“不能呀，不能呀，千万不能呀，您可千万不能呀……”说着号啕大哭，泪如雨下。

侯四伯一脚踢开田狗：“王八蛋，这次不会再听你的了！”

这一夜的三更天，狗吠声汹汹一片，夹杂着人的喊声哭声。

到第二天人们才知道，刘小伟已经在前半夜领着小倩、珍珍母女逃走了，暴怒之下的侯四伯领着侯十七、侯十八一伙人将“叛徒”田狗打了个半死……

田狗三个月才能起床，而小倩母女俩一走就没有了音信。后来的田狗，除了干活，就是佝偻着腰抄着手缩在门口的柴火垛边呆呆地望着街口，没几年就死了。

许多年后的一个清明节，人们见一个中年妇女，领着一个姑娘来打听田狗的坟，在坟前献上一个鲜花编织的花环，母女俩流着泪肃立好久……

许攸之死

曹操大军大败袁绍，攻克冀州，让二儿子曹丕娶了袁绍的漂亮儿媳甄氏，又亲往袁绍墓前哭祭事毕，让汉献帝给自己下诏兼领冀州牧，然后大摆酒宴，庆贺胜利。曹操头戴嵌宝金冠，身穿绿锦罗袍，玉带珠履，凭高而坐。文官武将在台下酒席就座，乐声竞奏，水陆并陈，文官武将依次把盏，觥筹交错，一派欢腾。

在文臣席上坐着的许攸和辛毗，是一先一后从袁营起义归来的臣属。但许攸原是曹操故交，在袁营地位又高于辛毗，归曹营后又曾献计破袁，因而言谈话语颇为随意，道："孟德大胜，大喜大贺。我等就不能留量少喝了。"他畅饮数十杯，不觉酩酊大醉，仍兴味盎然，摇摇晃晃起身把酒碰盏。

众大臣一边饮酒一边纷纷称道曹丞相包藏宇宙之机，吞吐天地之志，多年来披坚执锐，攘除凶残，平定四方，功德巍巍，虽伊尹周公远不及矣。曹操满饮一爵，乘着酒兴道："全赖将士效力，我十数年来，破黄巾，擒吕布，灭袁术，收袁绍，一统大业，初见成效。吾当歌以言志。”遂长吟道：“对酒当歌，人生几何？譬如朝露，去日苦多。慨当以慷，忧思难忘。何以解忧？唯有杜康……”待曹操吟唱至歌尾，全场一起高声和道：“山不厌高，水不厌深，周公吐哺，天下归心！”一时集体诵诗之声冲出大堂直上云霄。

曹操道：“此次破袁绍，最可幸者，又得数位非凡将才。张郃、高览来归，如微子奔周，韩信归汉也！”

张郃、高览初来乍到，皆被册封将军又封侯，心存感激，起身拱手道：“吾等虽肝脑涂地，不足以报丞相恩德也。”

忽然一言震动大堂：“孟德，孟德，公不得我，安能在此饮胜利之酒乎？”众人循声望去，乃是许攸。

曹操心下不快，然而他们是少年故交，众人皆知，特别是许攸在关键时刻，弃袁绍来投，又献了对打败袁绍起关键作用的烧粮计、水淹计，新立大功，不好斥骂，一转念，哈哈大笑道：“卿言是也。不得子远，难得破袁。子远功在社稷，青史留名也。”

贾诩在一旁道：“子远，曹丞相豁略大度，宽恕你唐突之罪，你还不起身谢罪？”

许攸浑身被酒精所烧灼，额上冒汗，又连饮三觥道：“我何罪之有？我为孟德献计献策，孟德不谢我也就罢了。”

无人敢再劝许攸。众人纷纷发言向曹丞相敬献忠心，也有人诵吟曹诗助兴。许攸却不管不顾手舞足蹈回溯往事：“我原有破曹奇计，袁绍言不听计不从，逼我战场起义。孟德已解衣歇息，闻我来归，不及穿履，跣足出迎，携手入帐，又拜我于地，又道：‘子远来归，吾事济矣！’如此礼贤下士，真乃雄才大略。而我问及粮草，孟德却言：‘可支一年。’我笑未必，孟德则改口道：‘可支半年。’我拂袖而出帐道：‘吾以诚相投，而公见欺若是，岂吾所望乎？’孟德拉吾回帐道：‘实话实说，军粮只能支三个月。’我说：‘世人皆言曹孟德奸雄，今果然矣！’孟德笑道：‘岂不闻兵不厌诈乎？’又屏退左右，趴在我耳朵上道：‘军中止有此月之粮。’我大声道：‘休瞒我，军粮已尽矣！’孟德始愕然道：‘何以知之？’我拿出他的催粮文书，孟德又惊问：‘何以得之？’我讲明袁营抓获送信使者之事。至此，孟德才抓住我的手请我出谋划策，于是始有烧粮之计、水淹之计也……尔等说说，老友来投，还疑心多多，处处设防，难道孟德不是一代奸雄乎？”

辛毗道：“子远醉矣，醉言醉语……”

许攸道：“不信君等可问孟德。并无半句虚语，句句是实也。”

众人纷纷散席离去，离去时都注意和许攸保持距离。只有杨修经过踉踉跄跄的许攸身边，环顾四周后低声曰：“句句是虚丞相可以见谅，句句是实恐大祸临头矣！”

果然，两天后许褚献许攸头颅于曹操帐下。曹操问：“何故杀之？”许褚曰：“前日酒席间，他有大不敬之语，主公不是……”曹操责之曰：“子远乃吾故人，一朝丧命，何其哀哉！

汝还我子远！”许褚无语。贾诩上前道：“许褚将军未尽言也。许攸与许褚将军马上相遇，自矜其功，辱骂许褚将军‘匹夫’，许将军性情豪放，一时忍无可忍，酿此悲剧。”曹操捻须沉思道：“是许攸亦有过矣。”遂下令厚葬许攸，不久又让汉献帝下诏升迁了许褚和贾诩的官爵。

逼出来的举报信

江亮是姚清的得意门生，也是他的骄傲和自豪。亲朋聚会，他说得最多的，就是江亮怎么怎么的。

当年江亮上高中，没几个月就因为家穷而辍学。姚清是他们班的班主任。他专程跑到江亮家，苦口婆心地劝转江亮的爹娘，以后又自掏腰包资助江亮读完高中。江亮很争气，应届毕业就考上了名牌大学，大学毕业后分到省城，后来进入后备梯队，不过十几年工夫，就升职正处级，后来下派到端山这个县级市，当上了市里的“老一”。

端山市的八里坡镇正是姚清老师的老家。老家有老房子，依山临水风景秀丽。姚清退休后就回老家居住。多年没联系，他是看当地的电视新闻才知道，江亮就在这里当市长。他很兴奋，眼睛放光，走路也增添了力气，说：“看来，回老家度晚年来对了，值得！”每当电视台播江亮视察工作的镜头，他总是专心致志从头看到尾，电视里听众鼓掌，他在电视机前也鼓掌，电视里掌声停了，他这里掌声还在响着。

他的侄孙小贵没考上大学，兄弟来找他帮忙。老伴儿说：“是不是去找找江亮，给小贵找个工作？”

姚清怒道：“江亮在市府当一把手，日理万机，他干得好就是咱的荣耀。咱诸事帮不上他一点儿忙，哪能再给他添麻烦？”

他的侄子在交通稽查站当站长十多年，论资历论能力论口碑都该升职了，想提拔到交通局去当副局长，托他找江亮说说情。姚清一口就回绝了，搞得这个侄子好久都不登他的门。

村里想翻修学校房舍，想让姚清找江亮批些项目钱。姚清没有去。他把自己多年积蓄的十多万元钱拿出来，又冒着酷暑到省城，找到几个开公司的学生，筹来二十万元，一起交给村里。村里干部也没啥可说的了。

但有件事姚清是无论如何也脱不开身的。八里坡镇新建了一个化工厂，烟囱直冒浓黄色烟雾，还不停往外排污水，是带着黑色泡沫的臭水，呛得人透不过气。许多人到姚清家，要求他向江亮反映。他们说：“这是江市长抓的招商引资项目，江市长不说话，谁也管不了！”

姚清咳嗽一阵，亲自执笔，写了一封长信反映。最后署名是一个退休老教师。大家说：“你得署上自己名字啊！”姚清摇摇头，说：“这样更有力，我的字体他是认得的。”

封好用挂号信寄去，许久没有回音。姚清再写一封，让村里的小伙子专程送到市政府办公室，还是没有回音。一个村干部说：“姚老师你白费劲，化工厂老板和江市长是铁哥儿们，给江市长‘这个’的。”说着两个指头做了一个查钱的动作。姚清一反常态红着脸喊：“胡说！江亮不是那样的人！”大家走后他在院子里来回踱步，自言自语说江亮不是那样的人，江亮不是那样的人……一会儿他喊起来了：“江亮不是那样的人啊！”

从这夜起，姚清开始失眠，整夜整夜都睡不着，买了阿普唑仑吃也不管用。他越发显老了，脚步疲沓，眼神混沌。又熬了两夜，他再次写了一封长信，这次工工整整地署上自己的名字，并特地写明江亮亲收，用特快专递寄给江亮，但仍无回音。

后来姚清病重，常喃喃自语：“莫相逼，逼上梁山乎？”家人也不知何意。后来姚清去世了，在昏昏荡荡的天气里下葬了。消息不知道怎么传到了省城。省城他教过的学生专程来吊唁，并去找了同学江亮。

江亮刚刚听取完市信访局和公安局关于依山镇群众大规模上访的处理结果汇报，显得有些疲累。听老同学说姚老师就在依山镇居住，很惊讶：“啊？我咋不知道！咱去看看他。”老同学说：“已去世了。去世前给你写了好几封信。”江亮说：“没有啊。”他让秘书寻找。办公室的一个房间专门堆放群众来信，许多都还没有拆封，秘书刨了半晌才挑出姚清的几封信，江亮随便拆开一封看几眼，轻轻说：“哦，也是反映化工厂污染的。”秘书走开后，老同学说：“听师母说，姚老师临死前还喊着你的名字……”江亮很久没有说话。

老同学从包里又掏出一个里边厚厚实实的信封说："姚老师去世前，交代将他写的最后一封信邮寄给省纪委，还要将信的底稿转给你。这是师母让我转交的。"

江亮一下子跌坐在椅子上。

同学聚会

故事的第一个角色是保险公司职员曹莉莉。曹莉莉这几年不顺心，离了婚，自己收入不高，带着女儿过日子，生活不宽绰，但当年的风度还在，白皙的长脖颈上挂着一条白金项链，步履优雅地走在文化路的人行道上。

第二个角色是东阳公司董事长兼总经理苏莱莱。苏莱莱刚刚通过倒卖土地赚了一大笔钱，又拿出所赚钱的百分之一支持慈善事业，受到市政府的表彰。这个城市的日报刚刚在第一版上刊登了长篇通讯《洒向人间都是爱——记一心为人民群众的企业家苏莱莱》，这当然不是白登的。苏莱莱心情很好，坐着宝马车驶过文化路，一眼就瞥见了曹莉莉。他就让车靠边停下来。他其实也没有什么事。关键是当年上高中时他下过很大功夫追求曹莉莉，曹莉莉对他可是不屑一顾，让他留下了很多自作多情的笑话。曹莉莉眼下的情况他也多次听说过，他要和曹莉莉说上几句话，表达一下对她的同情和自己的优越感。

第三个角色是他们的同学谷谷。谷谷走进这座城市已经一年了，但是他心里一直有些自卑，他觉得自己有理由自卑，考大学考了三年，总是考不上。到社会上也没有混出个什么名堂，前两年和人合伙喂鹿，结果连本钱都没有捞回来，只好随同村的人到这座城市打工。眼下寻到的工作就是给旧门窗刷漆，没有多少技术含量，先用砂纸打磨一下，然后还用原来的颜色上两遍漆。他干得很认真。他想，他没有理由不认真。这是他眼下的饭碗，也是这座城市接纳他的温馨。

这天他干完了这间房屋的活计，端着剩下的半碗绛红色油漆往另一间房走。忽然听到吆喝卖包子的，他就随手端着漆碗走出来，想虽然没有洗手但是可以用塑料袋垫住拿，反正这一顿午饭早晚都得对付，吃了包子也就没这个事情了。人行道上人们躲他，是为那浑身的油漆味儿。油漆的味道和汽油的味道相近，其实都很亲切。他小时候曾经很迷恋，见了新刷漆的家具都要抽着鼻子闻上几闻，汽车和拖拉机通过，他要撵着滚滚的灰尘跑上好远，但现在人们都说这里边有铅，对人有害什么的。

由于手上有油漆，谷谷向卖包子的要塑料袋垫一下，卖主却递过来一张报纸。谷谷随意一瞥，一张大幅照片映入眼帘，是当年的同学苏莱莱！虽然在照片上被一套高档的西装包裹着，但是同窗六年同桌四年，就是扒了皮也能认出他的骨头来。谷谷笑着自言自语："哼，人模狗样的。"他听说过苏莱莱陡然发大财了。他又看照片旁边的长篇通讯，随便溜了几眼，就觉得吹嘘得太离谱。比如说“苏莱莱在中学时学习成绩一直名列前茅，高考只差一分没有踏进大学之门”，事实上苏莱莱和他谷谷一样都是考了三年不沾边，到第三年的高考，大专录取最低分数线460分，谷谷考了440分，而苏莱莱却只考了200多分……

谷谷随口骂了一句正要走开，却见一辆红色轿车正缓缓靠边停下，从车上下来一个人正是苏莱莱。这家伙头发抹得油光锃亮，衣裤笔挺，打着大红的领带，浑身呛人的香味，嘴里叼着一支香烟。

一开始，谷谷以为是苏莱莱发现了他，但是苏莱莱下来直奔一个女人。谷谷因为是在后边看，没有认出这女人就是昔日的同学曹莉莉。正在这时，一个扒手从侧面上来抓女人的项链。女人察觉了。扒手一下子掏出匕首，威逼女人把钱包掏出来。苏莱莱正走到他们的边上。听见女人喊“救命”，苏莱莱刹那间张大了嘴巴。谷谷也很吃惊地看见这一幕。他端着半碗油漆上前，从女人身后斜扑过去，将半碗油漆朝扒手摔去。一下子弄了扒手满头满身的油漆。苏莱莱不知何时已经逃进轿车里，轿车一溜烟儿开跑了。谷谷可是跟扒手滚在了一起，也弄了一身的油漆。他的胳臂被刀子扎伤了，鲜血跟油漆流在了一起。等警察来的时候，他已经制服了扒手。扒手被押走时说：“好小子，你等着！”

有一个记者正好路过，抢拍到了这个镜头。图片非常传神，主画面是歹徒和曹莉莉，右边是正大步冲上去的谷谷，油漆碗也正飞向歹徒的额头，左边是正在惊诧退缩的苏莱莱。这幅照片在日报发表时题为《勇斗歹徒》。《端山文化》转载时，记者已经听说了他们的故事，就将照片标题改为《歹徒面前的同学聚会》。苏莱莱看到了，说："知道不？关键是我在汽车里打的 110！"

别墅的力量

市开发区的东边新起了一群别墅小楼。

当然是富人的别墅，每幢房都要售价好几百万元。三层小楼，带地下室。房屋有意大利风格的，有南美洲风格的，有澳大利亚风格的。前院鲜花盛开，后院修竹婆娑。侧院绿茸茸的芳草地上，弯曲着一条鹅卵石砌就的甬道，连接着前院后院，处处显示出新颖别致。

市二药厂的车间统计员唐人，和老婆两口住着窄促的一楼一室一厅，八小时之外到处揽活挣外快，攒钱准备买一个宽敞的二楼三室一厅，成天累得缓不过气来。这天他托人说情混到房建公司油漆工的队伍里，来这里为别墅区的铁栅栏上漆。第一次见到这般豪华的小楼，仰望着愣怔了许久，才感叹道："妈呀，这么排场啊！"

市文化馆的画匠牛琛，近一段时间也在朝思暮想着赚大钱。虽然他和老婆孩子三口人住着三室一厅还算宽敞，但他想的是价值百十万的独院。凭他一个名不见经传的画匠，干体力活身体又不大好，虽然又是做中介又是倒药材又是画广告，可是费八布袋劲儿也没攒下几个钱，成天又是懊恼又是沮丧。听说别墅区街口装饰画要招标，骑上车来这里看情况。乍一见到气派不凡的别墅群，他禁不住喊了一声：“真美啊！”站那里欣赏了好一阵子。

市委书记齐昌在一伙官员的簇拥之下到别墅区视察。他楼里楼外前前后后看了一大圈，才兴致盎然地向开发区管委会主任伸出大拇指：“真漂亮！名不虚传！”

五年之后。

唐人仍住在原来的一室一厅里，只是老婆离婚跟了他人。那房里比原来的住处脏了许多乱了许多。被二药厂辞退后，他以捡破烂为生。捡破烂他也不是很投入。每当弄到几个小钱，他就去小饭馆里弄瓶二锅头，然后醉醺醺蹿回家去，很快活。酒醒时别人问他咋成这个样儿。他抹抹嘴唇打个呵欠漫不经心地回答说：“真该感谢那片小洋楼！以前我成天想着加班攒钱买好房，是那小洋楼把我从迷魂汤里拉出来！住坏楼层，想好楼层；住窄房，想宽敞房；住单元房，想独院；住独院，想别墅；住着这别墅，又想更高级的。人的欲望没有个头儿！一辈子就那么几十年，活那么累又是为个啥？现在我知足了！”

牛琛已经成了有一定知名度的画家，在北京办画展颇有轰动效应。有几家报刊发了评论，称他是世纪之交有影响的写意流派山水画家之一，发展前途不可估量。《中国画报》的杂志记者采访时，他拿出了当年画下的开发区别墅，指着对记者说："成功的起点就是这片漂亮的别墅群。在那之前我成天想着买独院，除了画广告就是倒药材，已经没心画画了。那片气派不凡的别墅群把我惊醒了！我想：就是住上了独院离这别墅不还是十万八千里！做生意搞外快咱是以己之短比人之长，一辈子能有多大出息？还是老老实实画自己的画吧！"

齐昌因为受贿罪和巨额财产来源不明罪被判处死缓。法制报记者采访他时，他流着泪直捶自己鬓发斑白的脑壳："以前我还是注意廉洁的，都怪那片别墅群！说到底怪我自己！一看到那么新颖雅致的别墅，就想：在全市我是老大，一把手，可我的住房和这别墅档次还差得远，就那还不属于自己，是公房，难道我还不如一位个体户？心理开始不平衡。处在这样的位置上，思想一失衡钱财就滚滚而来，我就顺着下坡路滑了下来！"

世事就是这么奇怪，他们三个人和开发区的别墅群并没有什么关系，那漂亮的别墅群却改变了他们三个人的命运。

生日礼物

腊月二十一，是苏淑红的生日。苏淑红一到家，就看见茶几上放着一个精致的红绒盒子。她心中顿时一热。虽说结婚八年了，可每到她的生日，丈夫李兵都不忘买一件小礼品送她表庆贺。

李兵也回来了，立即用好奇的目光打量那个小红盒子，苏淑红疑惑地问："咋？这不是你买的？"

李兵心里便有些明白，掀开门帘问老太太："妈，那是谁送来的？"

老太太也奇怪："那不是你让捎来的吗？人家还说是淑红的生日，晚了恐怕耽搁，一下车就跑来了。"

李兵问："是谁？"

老太太说："一个矮胖子，人家有纸条。"

李兵拿起盒子下的纸条看看，又打开盒子，拿出一双淡绿色的玉镯，每个玉镯里边，透过晶莹的绿玉，清晰地看见有一条雕刻的苍龙在环绕，做腾飞状。他仔细看看，苍龙在里边，自然形成，外边光滑圆润，并没有雕琢合成的痕迹。李兵说：“宝物呀，这个陶总经理，怎么知道今天是你的生日？”

苏淑红却听而不闻，两眼紧紧盯着那双手镯，一副呆呆的样子。

李兵是监察局局长，是很沉得住气的，见苏淑红又歪在里间长沙发上想心事，就挨着她坐下，轻轻地拍拍她的肩说：“淑红，是不是这手镯跟你有什么关系？能不能讲给我听听？”

苏淑红拿起手绢拭眼说：“李兵，我一直没有给你说过这段经历。那是十二年前，一起大学毕业的同学分配了不少，我却一直在家没有动静。我急着工作呀。父亲卧病在床，就靠父亲的劳保和母亲卖菜过日子。我要是领了工资，不是可以聊补无米之炊？后来听说了，分配办公室牛主任不见礼物是不办事的。我就想法凑了钱买了饮料、水果、保健品送到他家去。我在家等了一个多月，仍然没音信，去办公室问，人家冷冰冰的，说让再等。托熟人打听，才知道是嫌我们送的礼物少，再多我们哪里拿得出来？我父亲就掉泪了，让拿这双玉镯送礼。我知道这是祖传的宝贝，父亲生病都舍不得拿出去换钱呢，说：‘这哪里行？’父亲说：‘你的工作比宝贝更重要，祖先在天之灵也会原谅的。’就这样送给了牛主任。”

李兵问：“怎么又到了陶经理手里？”

苏淑红说：“听说牛主任又把它送给上边谁了，再往后就不知道了。”

虽说还不到一点，李兵却匆匆地走了，走时捎走了红盒子。下班回到家的时候已经是晚上八点多了，李兵从手提包里拿出一个红盒子，愉快地喊：“淑红，你看我给你买了什么生日礼物？”

苏淑红却吃一惊，她打开盒子，里边是一双淡绿色的手镯，只是不见了那苍龙。她问：“那一对儿呢？”

李兵说：“我上交到纪检委了。淑红，过去已成为历史，现在那就是老陶送来的定时炸弹，即便不办老陶的案子，又岂能让它丢在家里？”

苏淑红娇嗔地擂了李兵一拳，又把那淡绿色的手镯放在心口，说：“当年的牛主任遭万人唾骂不说，还下了大狱，弄得妻离子散。安安生生花自己的钱，比什么都好！傻瓜，你买的东西我当然喜欢，可是，你把他那东西退回去，就是给我最好最好的生日礼物！”

琴声悠悠

老榕树如盖的浓荫下，坐着一位拉小提琴的女孩儿，琴声随着弓弦悠扬地传开来。少女的脚下是一块小塑料布，布上是一些散乱的钱币，有十块五块的纸钱，也有一块五角的零币。过往的人们随意投下钱币后，有人静静地站在那里聆听，有人依依不舍地慢慢离开。

一个和女孩子年纪相仿的打工仔过来了，红色的背心汗渍渍的，肩上搭着一条青色的毛巾，站在人群的一边，痴痴地一听就好半晌。他边听边专注地看着女孩儿，看着女孩儿的头发，看着女孩儿的眼睛，看着女孩儿的一招一式。在琴声迟缓的时候，女孩儿也会向打工仔男孩儿发出一个轻轻的微笑。男孩儿这时就会很满足的样子，激动的神色在脸上溢出来，直到脖颈上都发出红晕来。

一个看起来很有身份的中年男人走过来。他西装革履，头发精心收拾过，服服帖帖放着明光，走路的姿态很平稳，更重要的是脸上的神色告诉人们：他是经常对人颐指气使发号施令的那种高层次人员。当然，就是到这里，他也是带着一个跟班的，可能是秘书，或许是司机，紧紧跟着他。这个跟班正伸出手来要人们让一让的时候，他挡住了，大概是不想招摇吧。他很自觉地站在后边，微微眯着眼睛，听了好一会儿，才对跟班的说一句："一张。"于是跟班的就拿出一张红色的百元钞票，稍微弯弯腰抛下去。于是塑料布上有了唯一的一张大币，在那些凌乱的十块、五块钱旁显得很突出。但是周围的人们都是静静地听琴，没有人注意他。拉琴的姑娘也是专心拉琴，更没有对他扫上一眼。于是他转身走了，他走的步伐很沉重，好像有意踏响似的，咚咚地走了。

姑娘仍静心拉琴，四周人们仍专心听琴，没有人看他一眼，更没有人扭脸。他的来和他的去，好像在世界上不存在一样。

但是没有多大会儿，他又来了。奇怪的是这次那个跟班的没有同来。中年男人仍站在后边听了一会儿。自己从口袋里掏出一沓红色的百元大币，大约有十来张吧，放在塑料布上。但是仍没有人注意，没有人吭声。姑娘仍然静静地拉着小提琴，带着忧愁的琴音好像一条曲折的河流，在深秋山野的怀抱里忧伤地流动着，天上白色的云朵在河水里飘荡着。

女孩儿有几次抬起头来。中年男人便看见姑娘深情的目光在打工仔男孩儿的身上拂过，好像干渴的庄稼迎来密密的春雨，男孩子浑身都沐浴在那幸福的目光里。中年男子忍耐着。

琴声停了，女孩子稍微歇息，一些人开始走散。

中年男人开口了：“我看你有些面熟。”

女孩子没有作声。她合上长长的眼睫毛，映衬着高高的鼻梁，真像古代的西域美女。

中年男人伸出手来：“我也会拉小提琴，让我借你的小提琴可以吗？”

女孩儿摆手拒绝了，说：“各人拉的是各人的韵味，带着各人命运的倾诉，自然有各人的舞台，你又何必在这里表演呢？”

中年男人说：“我听了好一会儿你的琴声。难道你不想听听我的琴音吗？”

女孩子说：“如果你真的听了我的琴声，我想那是你自愿的吧。”

中年男子叹了一口气说：“当然，可我欣赏琴音也有代价，是自愿的代价，我放这里一千一百元，我想应该是最多的吧。可是你没正眼看我一眼。那个男孩儿，不过放这里几十元，你对他可是目光回报了。我观测得不错吧。”

女孩子睁大了眼睛，两颗眸子像黑葡萄一样。她说：“也许，男孩子放这里的钱是多的，而你放这里的是很少的。”

中年男子说：“此话怎讲？”

女孩子说：“他给人家送水，送一天也就几十块钱，要是碰上天气凉快，工地上要的水少，就更少了，放这里几十块钱，那可是一天的血汗啊！他，实在是心诚之至。至于你的钱，我想你应该比谁都清楚是多是少。你说和我面熟，那是在‘梦情苑’——那是我的屈辱我的沟坎，但是你硬要逼我说不可，我也只好说了——那个夜晚，你亲口对我说过，你的财产早就上亿元。你还说，只要我付出处女身，你愿意出一百万。我不从你，还受到老板的辱骂。我就是在那时出来‘梦情苑’的。难道比起百万元和上亿元来说，这一千元钱就算太多吗？”

中年男人已经走出老远，人们厌恶的目光还在驱逐着他。姑娘的右臂又挥动起来，大榕树下回响起强有力的《命运交响曲》旋律。

鱼　儿

鱼儿下巴尖尖的，脸蛋儿像小狐狸，但是老胖告诉我，不能说她小狐狸，说了舌头会发麻。有一次鱼儿和我争板凳，我就骂她小狐狸，刚骂过就舌头发涩，苦苦的像是吃了青柿子。

我临时来这个小学借读，从没有见过鱼儿的娘，只听说她是一个很漂亮的女人。她怀鱼儿的时候肚子挺老大，那天疼得厉害，老胖的娘张八婶儿是接生婆，检查后大惊失色，说快产了，是横产难产，立马三刻就会要命。鱼儿的爹赶紧借钱，请人绑了小床抬鱼儿的娘出山。天淅沥淅沥下着雨，山路曲曲弯弯，到娘娘庙那里一下子滑翻，把孕妇扣在山坡上，鱼儿的爹以为媳妇完了，号啕大哭。大家赶紧爬起来，鱼儿的爹哭声一停，忽听路边树丛里传来了婴儿的哭声——大人孩子竟都安然无恙。鱼儿的娘说，就像是一条小鱼儿从肚里一下子游出来，后来就管孩子叫"鱼儿"。鱼儿的眉心有一颗美人痣，下巴上有一个看山瘊，村里老韩先儿在路上碰见，端详一番，说这闺女长大会有大出息。鱼儿的娘本来提了半篮红薯去走亲戚，听了这话，一股脑儿全给老韩先儿倒脚下了。张八婶儿听说了就摇头，说可不是什么好兆头。

也许张八婶儿是个正确的预言家。鱼儿的娘在鱼儿两岁时突发心脏病下世，鱼儿的爹后来也患了病。

鱼儿的爹带着三岁的鱼儿到后地耙地，赶着牲口将鱼儿丢在地头儿，忽听见鱼儿哇哇的哭声。爹赶过来，鱼儿说："饿，饿。"爹无奈地说："到家爹给你做饼饼。"可是鱼儿一直用手指着她脸前那一片地，那儿有一个凸起的地方。爹就说："怎么回事呢？"用手去那儿刨了刨，竟刨出一个醋瓶粗的大红薯。鱼儿的爹就拿手抹了泥，递给鱼儿，看着鱼儿香甜地啃，想：俺闺女鱼儿精明着呢。

鱼儿七岁上小学。狗子和老胖也是这年开始上学，和鱼儿一个班。上学的第一天早上，鱼儿却哭了。爹问："你哪里不好受？"鱼儿就说，昨晚做梦发大水，浑水漫天地，差点冲着她。爹说："差一点儿就是差一点儿，总算没冲着你，这就中。"鱼儿说："可是冲着了老胖，腿都叫翻下的大树砸烂了。"爹忙吵她，说："可不敢乱说，会挨打哩。"可鱼儿一到学校就对老胖说了。老胖不相信，头摇得拨浪鼓一样。

那天上午开学典礼，木头架子搭的主席台突然倒塌，连带上边的桌子也甩下来，砸住了好几个孩子，其中老胖最重，小腿骨折送进了医院。鱼儿的爹听说，愣怔了许久。

初中升高中时，鱼儿考了全乡第一名。张八婶儿在大街对村里人说：“鱼儿是狐狸托生，考试成绩还能不好？”老胖说：“妈，你不是骂鱼儿，你是在骂我咒我呀！”他和他妈大吵一架，还离家出走跑到舅家不回来。鱼儿的爹听说了，气得在家大骂：老胖他娘纯粹是胡说八道！但就这一阵子骂，鱼儿爹没弄好摔了一跤，等到起来就发现腿脚不灵活了，后来到乡医院看病，人家说是脑出血。

鱼儿只好辍了学，在家里伺候爹，还要打理责任田。老师挺为她惋惜的，但又有什么办法呢？爹治病要钱，鱼儿家日子过得很紧巴。老胖、狗子没能考上高中，两个人在家编柳筐柳篮卖。鱼儿也削了柳条，她削的柳条细小，编的篮子密密的，还用细柳梢编上几个鱼虾小草，用车载到老胖家，让老胖和狗子代她去卖。狗子说：“不耐用的。”老胖说：“不见得，可能比咱编的上价呢。”可不是？到了县城，他们的柳筐和柳篮用“小奔马”拉半车，只卖一百多块，可鱼儿的五个柳篮，竟卖了二百多！老胖到家，把钱拍在鱼儿的手上，说：“鱼儿，俺老叔的药费有了，是你自己挣的！”又拿出一厚沓书来，说：“你看，从我表哥那里找来的，我表哥考上大学不用了。这也是你的！”鱼儿一看，是自己日思夜想的高中课本。

有人给鱼儿和老胖提亲。鱼儿不想这么早定亲，但她对老胖有感情。媒人传来话，说老胖不愿意，鱼儿就知道老胖的意思了。媒人喝口水补充道：“老胖说了，鱼儿是才女，过了这个难关，还要上学的，她会考上好大学，找上好工作的。老胖说他自己现在决不定亲，等鱼儿一切定好后再说。”鱼儿听着听着哭了……

柳条篮柳条筐这种怀旧的土产品很挣钱。老胖、狗子代表村里去县城，跟土产公司签合同，晚上才打来电话说一切办好了，明天就回来。全村都是喜气洋洋的。

气象预报明天有雷阵雨，鱼儿赶紧给城里打电话。可是老胖跟狗子喝多了酒，大大咧咧地说：“鱼儿你别担心，别把啥都放心上。”鱼儿早上起床就看天，说：“像是黄昏儿，这场雨下得不会小，恐怕老胖回来冒险呀。”爹说：“这天像是要塌下来的一堵墙，马上就会下大雨啊，该咋办呢？”鱼儿说：“从咱这儿到县城要经过二郎滩，发大水总是冲塌那里的桥，他们得绕着过！我得赶紧去一趟！”

鱼儿发动着“小奔马”就往县城方向冲。稀稀落落的大雨点儿重重地砸下来了。老胖的娘喊道：“穿上雨衣去！”鱼儿没回头。爹喊：“小心大雨滑坡！”鱼儿也没答话。她的黑发飘扬着，像飞驰着的战马的鬃毛。她的衣服被撕扯着，发出哗哗啦啦的响声。

村里人听见了雷鸣般的山洪声音，说二郎滩又发泥石流了。这下子鱼儿完了，没准儿老胖和狗子也完了。爹哭了，老胖的娘哭了，街坊邻友都哭了。但是雨声刚住，人们惊喜地看到，鱼儿与老胖、狗子挽着手臂回来了，衣服湿透紧紧贴住身子，虽然掩不住满脸疲惫的神态，但眉眼还是显现出胜利的微笑。老胖说：“怕啥？鱼儿是鱼儿呀，洪水再滔天，它也不过就是水呀！”

幸福之路

“请问，有人吗？我可以进来吗？”

我拉开办公室的门，一位穿着黄色西装、打着浅蓝色领带的瘦高个子便轻轻地飘进来。

“我叫布莱克，是五洋专业图书推销公司的推销员。请问先生要追求幸福吗？这里有一本追寻幸福之路的书，不贵，才55美元。”

“幸福之路？”我接过那本装潢精美的书，一看书名是《幸福之路——自杀捷径》，不由倒抽一口冷气，说：“我不要，我不需要自杀。”

“是的，先生。但人生在世，自杀不自杀都需要生活的哲理，您不妨浏览一下目录，这本书很引人入胜的。”

我打开封面和彩色的扉页，目录上第一章是《自杀的意义》，下边各节的标题有：自杀是真诚的标志、自杀是善良的凝聚、自杀是美的裸露、自杀是文明的旗帜、自杀是道德自我完善的最高境界、自杀是对社会的伟大贡献、自杀使人在历史中得到永恒……第二章是《自杀捷径大全》，看着各节标题，我有些毛骨悚然。

黄西装大约看出了我的情绪，微笑着盯住我，问："难道先生就没有遇到过烦恼吗？"

"烦恼？当然有的。最大的烦恼是老婆的病，不过现在她已经痊愈了。"

"你看这本书讲的，每次患病都埋下了复发的种子，病将伴随终生。治病要花掉不少积蓄，而这些积蓄来之不易，特别是对于工薪阶层，生活迫使他们经常加班，为了一点儿可怜的加班费。"

"加班？那倒是真的。"

"你看书上讲的，苦苦加班，为了老婆孩子，但自己又得到了什么？"

"我没有孩子。"

"你看书上讲的，没有孩子，成年人就没有情绪调剂的机会，没有了欢乐的源泉，生活必定更加呆板无味，甚至回到家也像在办公室一样。"

"这一点我倒是也想过，我们甚至准备要个孩子。"

"你看书上讲的，孩子会给父母以无限的烦恼，喂养，教育，从幼儿园到小学、中学、大学，父母终日忙碌，永远为他们操心……"

"这些讲得倒也不错。"

"撇开孩子不讲，人生的烦恼本就是无穷无尽的，就在你身边，没完没了地缠扰着你……"

是的，我还没有买到住房，租房房东要涨价；老板答应今年给我涨薪却又没兑现，可能是查斯这个狗娘养的背后说了我的坏话；老婆不断和我吵架；我的头痛一直没检查出病因……我顿时有些伤感，又有些茫然。

“买下这本书吧！讲的全是真知灼见。你看这一点：人早晚要融于大自然，好比水滴归于江河，水流归于海洋。俯瞰窗外，大街上人群如蜂攒蚁集，但是五百年后，甚至一百年后，今天你看到的人还会存在一个吗？即使他们的子孙也记不住他们，难道你能够记起你上几代的祖先吗？他们的音容笑貌，甚至名字恐怕你都说不出来。欲想根除烦恼，只有回归自然。客观回归受尽磨难，何如主观回归——自杀干脆利落又精美绝伦？”

不等我接话，黄西装先生又打开新的一页：“你看这一页写的：只要攀上窗台，看着蓝天白云，往外跨出一步，飘飘欲仙的感觉之下，一切都归于永恒了。”

我接过书本，认真阅读了这一页，确实有些感动。我踩着椅子，从桌子攀上窗台，心想从这19楼上跳下去，姿势一定优美。我一手抓着翻开的书本，一只脚往窗户外跨去……

但是却没有掉下来——黄西装先生两只手一起用劲儿，拼命抓住我的衣裳，一边可着喉咙大喊：“先生，你得先付我书钱，五十五美元！”

于是我又跳回到房间里，将那本书摔到地板上，狠狠地给了黄西装先生一拳！

青瓷花瓶

当年小果去往小倩家见面时，清清楚楚地知道自己不如人家，根本没一点儿信心。

刚出门爹又把他喊回来，把一个厚重的木箱塞在他怀里。他疑惑地看爹，打开惊呼道："青瓷花瓶？拿咱家的传家宝？"小果的曾祖清末在一个官宦人家当仆人，老爷在被抄家灭门之前有预感才交给他保存的，偷偷带回老家一直传到今天。

爹决断地一挥手："人家文化人，肯定爱这个，也显示咱一片诚心。"

小果就带了去。小倩模样、文化都比他强，要不是那时候正讲家庭成分，他就是做梦也不敢想象会和小倩结亲。介绍人寒暄几句就走了。小果一人应对小倩父母提问，外表从容，心里头尴尬，不过交谈总算渐渐融洽起来。

小果觉得是时候了，就说："上门给伯伯和伯母带一件薄礼。"他慢慢打开纸箱。

小倩和她父母一看到那只青瓷花瓶，几乎同时叫出了声。小倩小心翼翼拿起来看了又看，说："真是神了！"小倩的母亲也反复端详着，不停地看丈夫的脸色。

小倩的父亲说："也是个诚实的孩子，这婚事我们认了。这个青瓷花瓶嘛，你带回去，放我们这里不保险的，以后总归都是你们年轻人的。"

小果不大明白准岳父的意思，但还是抱起青瓷花瓶回了家。到小倩嫁来的那天，一看到小倩的陪嫁品，他惊得目瞪口呆，顿时也理解了那天小倩全家的惊奇。也是一只祖传的青瓷花瓶（小倩祖上明清都出过一品大员，祖传下古董也很有理由），他抱起来细细端详，又把自家的青瓷花瓶抱出来细细比较，是和自家的花瓶一模一样的青瓷花瓶：一尺多高，细细的瓶颈优雅地伸展，两只耳朵是一条藤蔓，耳尖处绽出一朵小花，瓶肚曲线优美，浑身釉色葱翠，晶莹细腻，温润如玉，说不出的端庄美丽。

从此两只一模一样的青瓷花瓶就立在条几两边，东边的是小倩带来的，西边的是小果家祖传的。小倩父亲的老同学是大学教授，出差拐小倩父亲这里拉话。听说这件事，专程到小果家看。他绕着转了两圈，惊呼道："这是唐代越窑精品，皇宫里才有的。你们这儿怎么会有两个？奇迹！"小倩父亲说："我家祖传一个，得遇女婿家这个，巧合得像有天意呢。"

一九六六年的风暴来了。小倩到娘家，父亲把她叫到里间紧张地小声说："青瓷花瓶咋办？"小倩也害怕，和小果商量了好几天，才趁半夜运到乡下姑姑家。姑姑家是贫农，就这也不敢大意，掀了厨房的灶台，在底下挖一个深坑，小心翼翼埋进去，上边再砌上灶台烧锅做饭。小倩的父母都死了，但到死也没说出青瓷花瓶的下落。那些人也到小果家闹腾几次，但是小果的爷爷雇农，父母是工人，出身贫苦苗红根正，最终也没怎么他们。

生活回归正常后，小果去把青瓷花瓶挖出运回来。家里专门做了一个玻璃门的松木柜，并排放着两只花瓶。只是倒腾来倒腾去，已经分不出哪一只是小果家的，哪一只是小倩带来的。小果啧啧嘴。小倩笑着说："人早都一家了，分这两只花瓶干啥？"

小果脑筋活，早早停薪留职下海，很快扑腾了一个不小的公司，成天忙得不分昼夜。小倩教高中毕业班的数学课，也忙，但忙得比较封闭。原先下班后两个人还欣赏一下自家的传家宝青瓷花瓶，慢慢这个闲心就淡了。

一天，小果的一个大客户来，酒席间听说了青瓷花瓶的事，非亲眼看一下不可。小果就领他到家里来。这个人一看眼神就直了，连声称赞："传世之宝，可遇而不可求！"他建议带这两个青瓷花瓶去参加全省的民间收藏展览，说："这也是展示你公司风采，提高公司知名度的好机会。"小倩不想这么张扬，但是小果坚持说这个建议很有创意，他的公司正想上大台阶，这是一个契机。

展览前要进行文物鉴定，组委会请的省博物馆专家和大学教授来家里了。专家们拿着放大镜东照西看来了一番认真的鉴定，结论是：这两个青瓷花瓶，价值天地之差！一个确实是唐朝皇宫用品，传世之宝，价值连城；另一个只是清朝末期的仿制品，价值不过几千元钱。专家们细细讲解两只花瓶的差别，说："两个一起展览很有意义，正好给大家区分真品和赝品的机会。"小果和小倩你看我我看你都愣了，原来这样！可这么强大的专家阵容，不可能鉴定错的。

晚上，小果第一次没在公司，在家早早睡觉，可一直到夜半还躺席梦思上辗转反侧，问："小倩，哪一只是你带来的呢？"连喊几声，小倩睡眼蒙眬地说："睡吧，睡吧，明天再说。"

第二天黎明，小果又问，小倩说："哪个是谁的都中，真品赝品，反正都是咱家的。"

早饭时小果停住筷子又说："小倩，到底哪一个是你家带来的呢？"小倩生气地说："咋了，想离婚不过了是不是？"小果说："当然不是啊。"小倩说："那你管啥我真你假呀？"小果起身就出去了。

从此小倩和小果的关系有了裂缝而且越来越大。更令人不可理解的是小果的公司也渐渐走向衰败。小倩几次都想砸了青瓷花瓶但最终没有砸，那两只青瓷花瓶就这样维系着他们越来越形同陌路的婚姻。

与当官擦肩

我可能天生就不是当官的料，但我确实有一次很好的当官机遇。

我是乡里中学的语文教师。乡党委开展奔小康活动，首先要开大会造声势，就需要满街的标语。乡党委办公室就向学校要一个写大字可以的，我就借调到这儿来帮助工作。谁想到，乡党委事情多，会议、活动一个接一个，我白天写标语，晚上写材料，一晃一年多就过去了。于是就有了这次当官的机遇。

我的机遇在这年的九月底。那天来一个大领导到我们县视察，视察的重点是我们乡的农村文化建设。首先听乡党委林书记汇报（我昨夜赶写的材料），看样子大领导对汇报的情况还比较满意。汇报后接着是到两个农村文化市场实地考察。大领导走到院子里，就问大标语是谁写的字。地、县领导的眼睛就看林书记，林书记就指指我说："这是我们乡办公室李小群写的，让首长见笑了。"大领导又审视了一下说："这魏体还真是有些功夫。"

接着就让我上他的“旅行轿”。在车上他就问我对乡村文化建设的看法，我说那都是领导的事。大领导就说你不妨说说你的看法，说你真实的看法。我就东一句西一句地说了几条。没想到，瞎猫撞上了死老鼠，大领导听了很是赞赏，把我的话又重复归纳了一下说：“噢，要建设大文化，从每一个农村的具体情况出发，按大文化规律办事……你讲得很好嘛！”

这次汇报很成功，地区和县里满意，我们林书记高兴，让给我们办公室每人发一篓苹果，这几天没来上班的也跟着沾光，我则另外加一条红塔山烟。

这件事本来到这里就结束了。但此事刚过不到两天，在县组织部当干事的同学特意一脸神秘地跑到我家，说我天上掉馅饼，当官的机遇来了。原来，大领导临离开这个地区时，谆谆告诫说要培养懂农村文化建设的接班人，特别提到我说是“懂文化，有思路，可以先放到副乡长位子上培养培养，将来说不定可以有所作为”。

我外表不外露，可心里挺激动的。当上副乡长，在我们下边人看来比登天还难，可对上边人来说就是小菜一碟，比方说对县上领导就不算多大个事，更别说大领导亲自发话了。这次来乡里帮助工作没有白来，才一年多就当上了副乡长，把那些在这儿苦熬多少年没轮上“进步”的人羡慕死了。再说我当上副乡长以后还有将来的“有所作为”！同学在我这儿喝酒到夜里十二点多才离开，同学走后我还是激情不下，用被子蒙着头吆喝了好几首流行歌曲才睡着。

但是我望眼欲穿的红头文件迟迟不见下来。我只好又去打听我的同学。原来这里边还有一个难办的问题：大领导对地区领导讲到我时记错了我的姓，他说的是“季小群懂文化、有思路……”。我们乡办公室还恰巧有一个叫季小群的，因为家里盖房已请了一个月的假了，大领导视察时他没在，来上班时领了一篓苹果就很高兴了，按说他不应该有什么非分之想，但他平时是跟着管文教卫生的副乡长写材料的，很早以前还当过乡文化站站长。说他懂文化、有思路似乎也沾点边儿。或许林书记在汇报时偶尔也提到过他？要不然怎么会把“李小群”误说成“季小群”呢？

季小群本来也属无钱无势的“苦熬族”，但前一时刚定下了他的婚事，女朋友的父亲是县营最大企业造纸总厂的常务副厂长，这就使季小群有了一些来头。季小群本来也是一个老实人，但是大领导的指示一传开，他的野心就像汽油遇到了火星儿，一下子熊熊燃烧起来。他连夜整理了有关自己懂文化、有思路的材料，和岳丈一起，开着小车夜夜出来活动。听说县领导原想将这件事拖拖再说，但那一天地区领导想找大领导汇报我们地区的一个大项目，恐怕大领导见了他问培养接班人的事，就催问县领导。县领导就说了这件为难的事，不知该是季小群还是李小群。地区领导就恼火了，他提高声调说了一句“要认认真真原原本本按照领导指示办事”就挂断了电话。

这一下结果很快出来了：季小群被提拔为主管文教卫生工

作的副乡长。也有人为我鸣不平，劝我到上级跑，甚至让我想法去找到大领导。但是我笑着摇头，不是我多么清高，而是我知道这前景太渺茫太吃力。说实话，这一段时间我也尽力跑了，我的组织部干事同学很帮忙，为此他还受到部长善意的批评。但一切终究还是没有什么用，事情自有他发展的规律，不以人的意志为转移。

我心灰意冷，就申请还回学校教书，林书记很快就批准了我的申请。教书挺自由的。再说季小群也挺哥儿们的，专门去看了我，还带去了一条红塔山，说："以后到乡里有什么事要办，你就找老弟我！"

小冯打工记

改革时代新事多，这不，农活也用起了打工人。这一片儿村子近些年来秋冬季节都种大白菜，人少地多，收白菜时外边就一拨一拨的人来打短工。这天牛老七已雇了两个人到菜地砍菜装车，原想到家门口时再找个打工的跟他一起卸车晾晒。但这天打工的紧缺，到村里却再找不到人，只得跟开车的儿子先卸到家门口，又拉过来一拖拉机时仍不见人，正在着急，忽然见一辆自行车从村外朝他家的方向过来，牛老七连忙往前迎了几步，摆摆手说："喂，我这里用人，工钱上不会亏待你。一晌八十块。"

来客是个三十多岁的瘦黑脸，穿一件深灰色的夹克衫，愣了一愣，笑眯眯地没吭气。牛老七连忙说："还带管饭的。"

来客就跟牛老七卸白菜。他脱了夹克衫，只穿着羊毛衫卸车。空车开走之后，他拿起包单就往里装，手脚很利索。这一代村子都是预制板平顶房，为的就是便于晾菜。他们背上房顶，再将一个个菜根疙瘩朝上挨着放好。

牛老七说："哎，还没问你名姓大号呢？"

瘦黑脸说："我叫冯晓康，你就叫我小冯吧。"

他们负重的时候吭哧吭哧谁也不说话。一到空手下来，或者往包单里装菜时，小冯就不停地问这问那。他问了牛老七的姓名和家里情况，又问今年白菜啥品种，一亩地能打上多少，一斤白菜卖多少钱，都是卖到哪里去。销菜是不是现钱交货。又问这村里富户有多少，穷户有多少，为啥穷，穷到啥程度，为啥富，富到啥程度。又说："听说你们这里老是上访，都是哪些人爱上访？"牛老七只好一一回答，又不高兴地说："你这个人咋是个呱呱嘴！"

冯小康说："看你这人，长两片嘴不让说话？我少干活了？"

牛老七看冯晓康灰土黑脸的，还被汗水冲成一道道小沟沟，不由得笑了，想这小冯干活确实是好样的，每次都比他多背一两棵，这一两棵可就是多背几十斤。牛老七就说："今天上午再给你加十块钱。"

冯晓康却又说："您村人说今年来打工的少，咋不说说您村的桥？还往外走白菜，塌那一节用几块儿水泥板撑着，我推自行车走还害怕，不知您村那拖拉机'小奔马'是咋开过的。"

牛老七一听，把要背上肩的一包白菜又扔在地上："老弟你咋说这个话题？哪壶不开提哪壶！说乡里拨一点儿、村里凑一点儿、群众集一点儿，群众去年一人二百，今年春天又一人要加一百。好赖也一两千口人的村，光村民集资也早够修好这座桥了，现在是光见破桥不见钱，钱都弄哪里去了？账就是不公布！俺不上访干啥？”

正屋房顶已满满当当的了，该往偏房顶上背了，但牛老七觉得真累了，说：“晌午头儿了，咱吃饭吧，今天咱准备的是肉卤捞面条。”冯晓康看看手表说：“把这一车都背上再吃饭。”

牛老七一看冯晓康的手表又笑了，和他给孙子买的那块黑电子表一模一样，十来块钱一只的。正在这时，一辆摩托车来到跟前停住，跳下一个穿蓝西装的小伙子，牛老七认得他是乡里的通讯员小毛，刚要打招呼，小毛却朝着冯晓康说：“冯乡长，您让请的农科院专家教授到了……”冯晓康拍拍手上的土，高兴地说：“好，咱马上回去。”

牛老七一下子愣了：“你是乡长？”

冯晓康说：“刚到任两天的代乡长。”又说：“说你是上访的刺儿头，我看你说得也蛮有道理嘛！根治上访首先得反腐败，大家的血汗钱必须有个说法，首先得解决桥的问题，明天我就带工作队来。”说完推起自行车骑上走了。

牛老七对着冯晓康的背影喊：“建桥账目给俺村弄到底，俺村要是再有一个人去上访，我提着头去见你！”

丁一枪的故事

丁砚小时候就有爱吹的毛病，不过他不胡吹，一般一次只吹一样，而且能把假的说得活灵活现比真的还真，所以有时反而给人以见多识广的印象。

丁砚十五岁的时候，被人介绍到铁路上的警察局里做事。究竟做什么事一直到现在还是一个谜，推测起来，大概是警察的外围现在的保安一类,反正是有服装能蒙人但又绝不是正规警察。后来日本鬼子打来了，警察局的人都跑散了，丁砚也回家了。到家不久他就参加了共产党领导的游击队。

这支游击队当时总共也就只有两条枪。一条是一个单打一的手枪，也叫“折（我们这里的地方音读‘却’）炮”，掌握在队长手里；另一条是个打不响的老套筒，夜里谁站岗谁背出来，至于不站岗的时候由谁掌管，全凭队长说了算。

丁砚很想掌管这条枪。他的办法就是吹牛，吹自己当年在铁路警察局是神枪手，外号就叫“丁一枪”，说打你的左眼就不打右眼，多次击毙在铁路上抢劫的土匪。俗话说，谎言重复一千次就变成了真理，还真有人信他的话。老套筒不用的时候，不少人就说该丁砚保养。也有人不信邪，有个矮个子队员叫吕老三，年纪比丁砚大不了几岁，但就是看不惯丁砚吹牛，有人称赞丁砚时，他冷笑几声说："铁路警察局？他那时还不知道见过枪没有呢！"

那一次队长的折炮正好放在床头的旧柜上，丁砚又吹起他当年在铁路警察局的事。吕老三一撇嘴："在警察局？是在那里做饭？打扫卫生？清洗厕所？还是捆在那里当犯人？"

这话太毒太损了！丁砚顿时涨红了脸，气愤地说："不是叫玩儿嘴皮子！不行咱就比试比试！"说着，他抓起队长的手枪往柜上使劲儿一拍。只听乒的一声响，原来队长的折炮里有子弹，却没有关保险，不知怎么就扒拉着扳机，那子弹就飞了出来，不偏不倚，正好贴着吕老三的头皮飞过，把他的帽子打了下来。吓得吕老三咧着嘴脸色煞白，好大会儿说不出话来。丁砚更是大吃一惊，但他反应快，脸色很快缓过来说："我向队长检讨，我不该拿手枪对自己同志耍情绪……"虽然丁砚在全队做了检查，但是吕老三再也不敢跟丁砚顶牛，更令丁砚兴奋的是，从此"丁一枪"的名号在队里被叫开了。

县里的伪军大队来围剿，放出风来说要把游击队全部抓住活埋。山里形势顿时紧张起来，几乎是每天一转移，站岗都拿上了队长上了子弹的折炮。

这天半夜该丁砚站岗。乌云密布，伸手不见五指，刮着些溜溜的山风，还传来野狼的嗥叫。丁砚瞪着大眼左顾右盼，只觉得四处的树丛里都埋伏着敌人。他不由得心怦怦一阵狂跳。一直瞪到黎明时分，才觉得眼皮发涩发沉，站着就要迷糊着，忽然听到唰啦唰啦的声响，他大吃一惊，拿出那支折炮端平，胳膊和手一起颤抖着不听使唤。他后退一步，拼命抑制着自己，扣动了扳机，轰的一声响。丁砚一边大喊“有敌人”一边拔脚往后跑，游击队像炸了窝一样。

所幸，队长还是很沉着镇静的，他命令全队人就地隐蔽，一边派出三个人占领后山口，一边拉住丁砚问情况。

不知不觉间，天色大明，草丛中传来呻吟声。队长带了人过去，果然是一个伪军。那家伙胸口负了重伤。队长就地审问，那家伙支撑着说：“你们的岗哨太神了，比神枪手还神枪手，真服了他了……”原来今天黎明，伪军派他们两人来侦察。他们就商量趁黑夜摸个“舌头”回去审讯。他们偷偷上山来，发现了岗哨。一个人在正面故意弄出声响吸引岗哨注意力，另一人从侧面蹑手蹑脚绕到后边准备掐住岗哨脖子。“谁知……你们的岗哨一枪下来把侧面的我给打伤了，夜这么黑，他枪法真是太准了……”这时丁砚才知道自己向正面声响处开的枪弹不知怎么就打到了侧面，真是瞎猫撞上死老鼠。“丁一枪”从此名声大震。

后来分区选送战斗模范去培训，丁一枪去了。在真枪实弹和身经百战的教官面前他再也不敢吹牛，认真向教官请教，苦练枪法，还真的成了“丁一枪”，在后来的反扫荡战斗中立了大功。

儿子长大了

星期五下班回到家，听见堆放杂物的那间储藏室里有动静。我推开门，十三岁的儿子正撅着屁股，趴在角落里寻什么东西，被一团迷雾似的灰尘笼罩着。

我着急地大声喊：“快出来，小心得肺病。”

儿子灰头土脸地钻出来，抱着几双旧鞋，有皮鞋也有运动鞋——我已经几次扔到垃圾箱里。儿子的妈又都把它们捡回来。

我拍打着儿子身上的尘土，不耐烦地说：“你妈准备送老家的亲戚！”

儿子理直气壮：“送人也得干干净净规规矩矩，你看这双运动鞋前边快磨出洞来了，这双皮鞋后边的垫皮也快掉下来了。”

一向懒惰的儿子勤快起来，拿着运动鞋到卫生间洗刷起来，弄了满地的洗衣粉和满地的水。去阳台上晾晒时，还在鞋面上贴了卫生纸。就是那两双皮鞋，也上了鞋油打磨得明光光的。

星期天上午，儿子将这几双旧鞋装进塑料袋，提着去外边鞋摊修补。

下一个星期五，儿子跑到黄河路他大姨家，回来又是拎来一包旧鞋钻到卫生间洗刷，星期天又拿到鞋摊上修补了才给大姨送去。

再到下一周，儿子又瞄上了对门的邻居老周家。老周是我手下的办公室主任。我听见儿子在他家客厅里嚷嚷着："周婶儿，周婶儿，那天你的高跟鞋不是歪了根，让我拿鞋摊上给你修理吧？"

我连忙过去嗔他："干什么呀又来烦你周叔周婶儿！"

老周却乐呵呵地说："好呀，正说要去修理呢。你这一学雷锋，就省我们的事了，给你五十元，近人明算账，多退少补。"

这孩子要干什么？我开始警惕了。

孩子拿着周婶儿的皮鞋一溜烟儿下了楼，我赶紧悄悄跟出去。小广场有几个修鞋的，孩子没在那里停留。公园门口有修鞋的，可孩子也没在那里停留。我正在心中暗暗奇怪，孩子折入一条胡同里，三转两转不见了。我来回跑半天也找不到踪影。

吃中午饭的时候，听见老周在夸我儿子，我到那儿把他拽过来："老实交代，上午跑哪里修鞋了？"

儿子黑亮亮的眼睛里溢出来的满是调皮的快乐："老爸，跟踪失败了吧？我看过许多谍战片，甩掉'尾巴'的技术高着呢。"

我顿时有点儿不好意思："你这家伙！快说，为什么不在广场补？"

儿子说:“你答应以后继续给我找需要修的鞋,我就给你‘泄密’。”

儿子的妈已经在喊我们爷儿俩吃饭,我只好说:“只要你是干正事……”

儿子打开我递过去的易拉罐饮料喝一口,说:“你记得我给你讲过我班转来一个新同学吧?他叫王一钢,学习很棒的。他家原来是铁路西的。他妈是纺纱厂的,去年遭了车祸,瘫痪在床,他爹是残疾人,原来是修鞋的,可今年脑出血去世了。他家也就特别穷,我去过他家,简直没法说……”

儿子两眼泪花。我说:“我们可以适当资助他一点儿……”

儿子发急道:“要是你处在他这种情况,会轻易接受别人的施舍?王一钢也特顽强呢。他是一等奖学金。他不会低头。他趁星期天摆摊修鞋,我们班的不少同学,都给他揽生意呢。不过,随行就市,绝不多要价钱。”

看着我赞许的目光,儿子又补了一句:“开始是我提议的呢。”

我说:“儿子,你真的长大了。”

更正广告

小套到鸿运来公司打工，经理叫他去报社跑广告。

广告词是“最新致富技术，从鸡蛋壳中提炼蛋白酥，技术好懂易学，一天之内可以熟练掌握。只要具备一间十平方米的平房，投入资金八百元，一年确保可获利润两万元。该技术资料二百元一份，请从邮政局汇款到D省B市E路88号鸿运来公司，款到即寄材料……”

小套对广告内容有疑问，说：“投八百就能赚两万？”

经理满脸不高兴：“这是技术部的事。你去完成你的任务吧。”

小套就与《电视周报》等几家报纸联系交费刊登广告。没多长时间，这些报纸全登出来了。

没过几天，经理交给他一份材料，要他仍在这几家报纸上登载出来。小套接过来一看，是“更正启事”，上写着“由于个别工作人员粗心大意，上次我公司所登广告有个别数字错误，特更正如下：‘投入资金八百元’应更正为‘投入资金八千元’；‘一年确保可获利润两万元'应改为'一年确保可获利润二百元'……"

经理说："没有你的任何责任，是技术部错了，抓紧去登更正启事吧。"

这天经理又交给小套一个广告词："交学费一千元，可得到著名刺绣专家和高级技工编写的学习资料，学成可得到大专毕业证书，并保证由市三星刺绣厂录用为企业职工。"

小套又有疑问了："三星刺绣厂是有名的国有大企业……他们会录用？"

经理皱着眉摆摆手："这些事就不用你操心了。"

过了几天，经理又让他去报纸联系刊登"更正启事"："……由于个别工作人员责任心不强，广告中有个别错误，即更正如下：'毕业证书'为'结业证书'，'三星刺绣厂'应为'五星制绣厂'。"

小套知道这个"五星刺绣厂"和"三星刺绣厂"虽然一字之差，其内涵却有天壤之别。五星刺绣厂是个体户赖老三开办的企业，工人在里边每天干十几个小时，没有节假日，一月才开一千多块钱，还拖欠工资不发，工人走了一拨儿又一拨儿，每一批人都是白干几个月，赖老三正是靠这个搞原始积累。

小套正在胡思乱想，表姐梅兰来了："你在这里干事？净赚缺德钱！我来退钱又不给退。鸡蛋壳做蛋白酥，说是投八百元就能赚两万块，净坑人！按资料上说的买设备，花了四五千也没个边！你姐夫还在病床上躺着呢！今年连你外甥上学的钱也交不起了……”

小套听了也很难过：“又登的广告更正你没看到？”

表姐说：“俺乡下人看一张报都不容易，哪会成天跟着翻报纸看！”

小套想到这一段时间哭哭闹闹来找的人不少，但没有一个人得到退款。他明白了，这个公司就是打的报纸“日期差”弄虚假广告赚钱，你要找他退钱，他就拿‘更正启事’搪塞你。

这天经理又来了，近来鸿运来公司财源广进，经理的脸上也笑纹密布。因为蛋白酥广告挣钱，经理要他在几家发行量很大的报纸上再登广告。

小套一声不吭地去了，花了公司三万元的广告费。登出来的广告是：“最新致富技术，从鸡蛋壳中提炼蛋白酥……只要具备一间十平方米的平房，投入资金八千元，一年确保可获利润二百元。该技术资料二百元一份……”

经理看了大发雷霆：“你这样刊登，还会有一个人来买技术资料不会？谁叫你私改广告词的？”

小套说：“不是省得你再去登‘更正启事’了吗？”

经理要他马上卷铺盖走人。小套说：“我也不想在这坑人的公司干了。不过，先发了这一个月工资再走。”

经理不给，小套就告到劳动局，还是领了工资才扬长而去。因为这一闹，工商局也知道了，这个坑人的公司就被查封了。

好人老木

老木住在村东沿儿胡同里，那胡同朝西走通到村里的一条土路，朝东走是村外的一道沟，现在沟外筑起了通往乡里的柏油路，那条沟也填成了一道上柏油路的斜坡路。老木出门从来都是朝西走，从来没有朝东走过。他想今天就破一回例，反一回常，朝东走走。

老木弓着腰，在家门口转了一个圈，就朝东一直上了柏油路。他想不起自己来干什么，在柏油路边又转了一个圈，忽然就看到了一个钱包。老木一边弯腰去捡一边在心里歌颂自己的精明，凡事都得改革，今天一朝东走就有收获，看看钱包来了不是？他打开一看，里边厚厚一沓“伟人头”，这才又想到今天仿佛是天意，一辈子没捡过一分钱，今天第一次捡到，一下子就捡了这么多。老婆的病医院一直说要手术，自己一直凑不起钱，这下可好了。

老木欢喜着走了不到两步路，又想这是谁丢的钱呢？一般人出门是不会带这么多钱的。他想可能是谁去给家人看大病，带的住院钱，钱丢了家人的命也就丢了。自己给老婆看病也不能让人家丢命呀。想到这儿，他拿起钱包就大喊："谁丢了钱包？"半晌没人应声。村里没人把他当成个人物，即使听见的可能还以为他在发酒疯。

老木想想又觉不对。要是穷人丢的钱会这么长时间不来找？可能是哪个生意人的钱。老木对生意人印象最深的就是村里办化工厂的老侯，老侯的化工厂成天污水横流。村里人患癌症的越来越多了，老婆患的肾炎听说也是污水惹下的，现在井水一股子怪味儿，都不能吃了。要是老侯丢的钱那就是昧心钱，老木拿起钱包就往家走。

走了两步老木突然又站住。他想老侯虽然有钱却又吝啬又蛮横，要是丢了钱他还不去街上跳脚哭骂？肯定不是他的钱。老百姓哪里会有这么多钱？可能是哪位村干部的钱。老木对村干部印象最深的是村主任赖大头，赖大头把村里的机动地都承包出去，收回的承包费都装进自己腰包，又是盖楼又是吃喝嫖赌，还把告状的几个村民打得遍体鳞伤。要是他的钱，那就是缺德钱，拾了不用是混蛋！

刚回到家里，老婆却急急地问："你捡到老梁贵的钱了？"

老木大吃一惊："老梁贵的钱？你咋知道？"

老梁贵是村里的烧窑专业户，近两年砖瓦掉价赔了钱，偏偏他的宝贝儿子又得了甲亢病，日子过得一天不如一天，他是听见了老木的吆喝，才来老木家里讨钱。老木就一路小跑到了老梁贵的家。

老梁贵一见老木就没命地大叫："急死我了！"老木就把钱包递过去。老梁贵扭头对他老婆笑道："咱家这一下好过了！"

老木忽然醒悟，一把夺过钱包说："你说，你钱包里到底是多少钱？"老梁贵迟迟疑疑地说："五六百？一千？"老木说："根本就不是你的钱包！"

老梁贵慌忙说："你拿来，不管有多少钱，我都跟你对半分！"老木甩开老梁贵的手气愤地走了。

这时已是暮色苍茫，老木走着想着这事没法处理颇觉苦恼，不知不觉间又走到拾钱的地方，忽然想到最好的办法是让它哪里来到哪里去，于是又认真回忆和揣摩原来拾钱包的地方，弯下腰把钱包小心翼翼放在原处。这才松了一口气回家。

到家一说，老婆劈头盖脸就是一顿骂，说他太傻，太晕，太迷瞪，这样放那儿，路过看到的不一定是丢钱的，他拿起来就走不是拾个大便宜？还不如拿来放自己家，叫大队广播一下，等来人说出钱包模样和里边的钱数，咱就放心交给他。老木觉得老婆说得在理，就跟老婆一起急急地赶去，两个人在那里摸了好半晌，却再也没找到那个钱包！

鸡蛋的故事

我小时候我们村很穷很苦的。记得那年我十岁，正上四年级。我们生产小队，一个工分红才两毛钱，我们家六七口人，一年才分小麦几十斤。所以，只有走亲戚和过年才能吃上白馍。每次过年我都要患病——逮住新蒸出的白馍拼命地往肚里填，怎能不患病？至于鸡蛋，虽然差不多家家都喂几只鸡，但除非生孩子或者患大病，谁也舍不得吃鸡蛋。那是家里仅有的钱袋。油盐酱醋，上学买书，还有冬天买煤，看病吃药，等等，都靠着它呢！但是越吃不上就越盼着吃，因此好几次我都做梦变成生孩子的女人，躺在炕上津津有味地吃鸡蛋。

那一天下午我正在麦场里打杂儿，听队长喊几个劳力往公社的粮站交公粮。这里边有我们的邻居梁七伯。我就缠着他带我也去，因为我知道交公粮可以到公社食堂里喝上丸子汤，所以听见队长派活儿，我嘴里就涎水直流了。

梁七伯是好人，经不得缠，就虎着脸训我：“去吧去吧，到那儿听话，不要乱跑。”我乐得恨不得躺地上打上几个滚儿，正要往场外跑，忽然听到十三婶儿叫我。

十三叔是生产队副队长，十三婶儿却和我妈心事头儿不对，两个人还有过好长一段时间不说话。我妈常在家里说我：“惹不起咱躲得起，别理那个狐狸精！”但十三婶儿挺待见我，这是我常常感觉到的。当下十三婶儿对我说：“柱子，你也去公社粮站？你给婶儿捎卖一篮儿鸡蛋，你十三叔正领干活儿，你小琴妹和小粮弟一起生病，我真是走不开。”村里也有代收鸡蛋的，但每斤少给二分钱，所以大部分社员都是到公社供销社去卖。十三婶儿的两个孩子有病我是知道的。但卖鸡蛋在庄户人家是大事，十三婶儿能把这样的任务交给我，说明是看得起我。我心里高兴，想也没想就答应了。

那时都是草鸡，下的鸡蛋小，一斤就有十五六个。十三婶儿的鸡是上年的老鸡，今年以来一直不怎么下蛋。她家攒了这么长时间也就四五十个鸡蛋，满满一小竹篮子。我上前接过来，似乎负了重要使命似的心里沉甸甸的。

梁七伯他们每人用小推车推了四布袋小麦。他们几个一边掉着屁股拱着脊梁走，一边说着笑话。我可是一路上小心翼翼，连话都不怎么接的。

到公社那个村跟前，路上横着新挖了一个大沟，准备铺水泥管，这可是原来不知道的。梁七伯他们商量了一会儿，决定五六个人一起下手，一次招呼推一辆车，大家嗨哟嗨哟地喊着号子，半抬半推地过去。我想我已经十岁了，俗话说“加个蛤蟆四两力”，于是就把鸡蛋篮儿放这边路旁，先去跟他们大伙招呼推车。一直到最后一辆小推车也上了那边的路，我才来这边拎我的鸡蛋篮儿。

梁七伯说：“学生，你可别把你十三婶儿的命疙瘩卖了！”我慢慢下到沟底，笑了笑就又拎起鸡蛋篮往上爬，一直到后脚踩上路面才像大人一般摆摆手说：“没事儿。”谁知就是这一摆手坏了事，脚一滑，啪的一声摔了个仰八叉，头朝下连滚带滑地到了沟底。我挣扎着爬起来，顾不上浑身的疼痛先看鸡蛋，那篮鸡蛋早摔得满沟都是蛋黄蛋清和碎鸡蛋皮，连一个囫囵的也没有剩下！

梁七伯他们忍不住笑起来，但只笑了两声就望着满沟底的碎鸡蛋戛然而止。我只是呆呆地愣着，半晌也不吭一声。梁七伯就下来拉我，说：“只要没摔坏人就中。”我突然朝梁七伯手上咬了一口，哇哇地大哭起来。在我心里，那时宁愿把自己摔死，也不愿意摔烂这篮鸡蛋的啊！梁七伯也有些恼，抖着手说：“这孩儿，怎么成了狗咬吕洞宾？别哭了，你自己慢慢回去吧，我们还得去交公粮。”

我提着空篮子往回走，走着走着就下了路。我不敢回家去，在田野里深一脚浅一脚漫无边际地走，一直到苍茫暮色笼罩大地。我想梁七伯他们应该早回到家了。我想象十三婶儿正在麦场上挑麦，见到梁七伯就急切地问我咋没回来，听梁七伯一说打了鸡蛋，一下子软瘫在地上，手中的桑叉拍在腿上，全麦场的人都慌了神……

走着走着，忽然前边一个黑影，定睛一瞧，是我的十三婶儿！她一把拉了我的胳膊急匆匆往路上走，看我一瘸一拐的，问："咋回事？"我哭丧着脸说："脚让柳茬扎烂了。"十三婶儿往下一蹲，两手抓起我的腿就把我背起来，一扭一拐地把我背到她家，往柳圈椅上一放，说："先喝了这碗水。"我朝方桌上的水碗里一看，里边两个饱腾腾的荷包鸡蛋！

我一下蒙了，一会儿才愣怔过来，从椅子上滑下来，一屁股蹲坐在地上哭起来。

十三婶儿说："柱子，不怨你……谁能不难受呢？可是……"她停住了，眼泪啪嗒啪嗒砸在地上。她扭脸看别处。我看见她的眼角有些瘀，鱼尾纹显得很深。好长时间后我才知道，十三婶儿听梁七伯一说当时确实是软瘫了，好一会儿才回过神来，一边掉泪一边对蹲在地上发愣的十三叔说："柱子还不知多难受呢，鸡蛋没了……可不能再让柱子出个好歹啊！"她强撑着去借了两个鸡蛋……

见我还是哭个不停，十三婶儿突然转过身，一下子又将我掂在椅子上，骂道："打几个鸡蛋多大的事儿？哇哇哭鼻子像个男子汉？还指望你上学出息呢……再哭我就真揍你了！水要凉了，快喝吧！"

那一次吃鸡蛋我一生难忘！

大皮袄

姜象棋又和退休回老家闲住的张老汉将棋将得难舍难分，从早饭后直到夕阳西下暮霭沉沉都没有挪挪窝儿。老婆几次喊到跟前姜老汉都不搭理。最后一次老婆气得带着哭音大喊大叫：“象棋是你的命？粘住棋不要家了？不吃饭了？”姜象棋这才站起来迷迷糊糊地说：“就是就是，该吃上午饭了。”惹得观棋人群一阵哄笑。

张老汉退休前曾几次夺得铁路局象棋大赛冠军称号，而姜象棋棋艺高更是名不虚传，他夹着毛茸茸的大皮袄战遍四乡一百零八个村子从没翻过车。那皮袄是他胜利的旗帜、成功的标志。还兴生产队时他曾被派往荥阳修黄河大堤，工地上遇见一个当地棋王叫赵什么。那人自称打遍天下无敌手，当地人众口相传说这样神的棋王几百年不出一个。两人当着众人面儿击掌为誓决一雌雄，姜象棋就押上家里的三间旧草房，赵棋王就押上他毛茸茸的大皮袄。那皮袄是赵棋王当保镖的爷爷在恭王府得到的赏赐，据说千金难求，为了侠义为了声誉赵棋王真格儿破釜沉舟了。

观众里三层外三层无人敢大声出口气。姜象棋盘腿稳坐先横当头炮，赵棋王马二进三出手也不凡。不到一个时辰姜象棋就先输一盘，吸一袋旱烟他头一扭就再上阵，这次连扳回两局最终反败为胜。有人欢呼，有人议论，有人叹息，一时人声嘈杂。赵棋王想也不想就双手奉上那毛茸茸的宝贝大皮袄。姜象棋忆起往事不胜激动，“咱姜象棋打遍四乡无敌手图名不图财，日后不管你们谁赢了我，立马儿把这大皮袄转赠，咱说到一定做得到”。

这天来了个很帅气的年轻后生，说是久闻大名特意来会会棋友。其实这小伙子专程前来不为棋亦不为友，只是为了姜象棋的三闺女。两个人卿卿我我已经半年多。也怪姜象棋沉湎于象棋没日没夜研究棋技，对小女儿的爱情虽多少有些耳闻但并不十分清楚。这后生本是体育学院的大学生，学校里都知道他参加过全国象棋大赛，功底深厚，这次有备而来就是要让未来的岳父先熟悉自己再赏识自己。

两人一上午连着鏖战三盘，每一盘帅小伙都巧妙布局攻势凌厉，可最后总是功亏一篑老将被擒。小伙子跺脚叹气做出悔之莫及的神态，心中却暗暗得意：老岳父既知道了自己棋艺不凡又落了个皆大欢喜。可这未来的岳父却眯起眼睛瞄他足足有两袋烟工夫，仿佛在认认真真读一本故事书。未来的岳母已经炒好盘子拿出好酒正要上饭，姜象棋突然瞪圆眼睛对小伙子大喝一声：“你给我滚！”

要不是自己的亲密女友即老家伙的三闺女，小伙子拼了命也得跟老头子打上一架出出窝囊气。他在村边转了一圈又一圈终于灰着脸再来找姜象棋开战。小伙子脸上恼咻咻心中气恨恨地想：你既然不要好，我这一次就跟你来实打实的，我要叫你知道马王爷三只眼，叫你知道锅是铁铸的！于是仙人指路拱卒跳马，姜象棋沉着应对脸上反倒阴转多云又转晴。

两个人盯着棋盘都没有一句话，只听得木头棋子啪啪的响。两个多钟头下来小伙子已赢了三局，最后一局还是小卒攻心活吃老帅。姜象棋额头上腾腾冒着汗，乒乒乓乓摔了一个大砂锅。小伙子哼哼冷笑两声刚出门，姜象棋瞪圆网着血丝的大眼追出来，大吼一声：“你给我站住！你给我把它拿走！”小伙子没回过神儿来却觉胳膊猛地一沉，低头一看自己搂了条毛茸茸的大皮袄。

酒后真言

我是万福化工厂的办公室主任，丁一是副主任。我俩不仅是同班伙计，还是无话不谈的好朋友。丁一工作勤快，恪守职责，说话也坦率真诚，就是一有机会就要喝上几杯，此外就找不出他的毛病了。

这一天税务局稽查队来检查了，企业上下顿时进入“一级战备”。要说也真该查。我们这个化工厂，一年产值两千多万，净利润三百万，按说光增值税也得上百万，加上所得税交二百万也不多，可我们每年至多交十万元。我和丁一私下里也看不惯，可是总不能胳膊肘往外拐吧？只有按照厂长布置的说：“经营不正规，各项费用大，每年都是原打原。”“市场很困难，就这个税金还是咬牙挤出来的。”

丁一也点头哈腰随着我和财务科长说：“是这样的，是这样的。”老板不在，中午照例是我做东，在皇冠酒店请客。丁一开始比较拘谨。他给客人敬酒，客人让他喝几杯他就喝几杯，才个把小时他就脸也红了眼也圆了，不一会儿就吆五喝六，拿小碗倒酒和客人拼将起来。我连忙劝他。他瞪大眼睛："我的酒量海着呢！你们谁能喝翻我？"

酒宴上的气氛更加热烈。正在觥筹交错，丁一突然大声说："这年头儿，不偷税漏税，咱万福化工厂能赚钱？"

我连忙拦他。他一下子摔打了一个酒瓶，高声吆喝说："光咱买红星厂的进项税票，也少交税几十万，那可是咱厂花五万块买的税票，高招儿！"

税务局的人本来没有查出什么，听到这里全愣了。全体人员在此，谁也不好掩盖。结果下午税务局抱走了全部账本。虽经我们到处托关系，还是补税一百万罚款一百万。二百万元钱跑了不说，老板正在报材料的市人大代表也一下子没影了。

出了这场事后，丁一几乎被开除。经我再三说情，也是为了影响，老板才勉强让他到车间当了一名操作工。

这天环保分局来检查了，陪同的还有市报记者。老板没露面，他已经私下给分局局长和带队的检查组组长作了分量足够的"表示"，就委托我把这件事摆平。

说实话我们厂排出的污水有剧毒，水流过的地方草都不长，排到白马河里，小鱼小虾都死个精光。下游的几十个村子，患癌症的越来越多。村民成天上访。要不是我们厂长的关系网，企业早被关门了。私下里我和丁一很看不惯，可检查组来了，总不能胳膊肘往外拐吧？

于是我做东，仍然到皇冠酒店。酒过三巡之后，客人正在回敬我们酒，丁一带着两个车间工人来了，大大咧咧地说：“环保局来人了，我们工人也来敬杯酒！”

我一愣，丁一的脸红腾腾的，圆眼瞪得像豹子似的，就知道他们在别处喝了不少酒。我连忙起身劝阻道：“丁一，你们的心意客人领了。看样子今天你们已经喝了不少，还是先回家休息吧。”

丁一端起小碗倒满，又一饮而尽道：“我先喝为敬，我酒没喝多。可咱厂偷安在白马河底的排污管不能叫客人往上报。咱厂天天后半夜打开污水闸排污的事也不能往上报……”

完了，完了！记者也在场，环保局就是想不查也办不到了。于是这个化工厂被查封，还在省市报纸电台上曝了光。丁一呢？又到信息公司找到了工作。他还是爱到酒店喝几杯，喝过之后还爱哼小曲：“这一仗打得真漂亮！”

长流的胭脂河

深邃的天空越发瓦蓝，星星眨眼也愈加懒散，夜就要睡醒了；院墙坍塌的东南角，老张已经修补得一人高了。

屋门吱的一声，胖乎乎的孙子亮亮，随着荧光灯的白光冲出来。亮亮在城里学校住宿养成了早睡早起的好习惯，他跑到爷爷身边，黑溜溜的圆眼忽闪着好奇的光：“爷爷，你砌墙吗？郑伯伯在咱家不是说，要给咱换一套新房，你为什么还垒这旧墙呢？”

老张一愣，停住了手里的瓦刀，解嘲似的低头自言自语：“呵呵，咱干这个审计！怪不得孩子们埋怨咱哩！”

亮亮拿着爷爷的瓦刀玩了几下，又拉住手穷追不舍：“爷爷，审计是干什么？郑伯伯说让姑姑去办公室上班，你怎么让姑姑去摆摊卖水果？”

老张拿起一块儿抹布擦擦手，就势蹲坐在一个半截砖上，把亮亮揽在怀里：“亮亮，爷爷给你讲个故事好不好？很久以前，有个美丽的姑娘，受大家的委托，要把一颗珍珠送上山顶。那时候还没有太阳，天，昏暗昏黄，山路曲曲弯弯，又陡又险。她趺跌撞撞攀着，实在是又饥又渴。就在这时，岩石后闪出一个巫婆，左手掂瓦罐，右手提竹篮，瓦罐里是蜜糖水，竹篮里是香饽饽，热腾腾冒着气儿，别提多诱人啦。巫婆要姑娘的珍珠，说：'只要给我敲一小块儿，这些就都是你的了。'姑娘眼巴巴地望着饽饽和蜜水，咽了一口唾沫，猛回头推开巫婆，继续一点儿一点儿地往上爬。离山巅只有一步的地方，她双手擎起珍珠，尽最后一口气儿猛地一蹿，趴在山峰上就再也没有起来。珍珠就变成了太阳，她的身子就变成了胭脂河。那河水现在还带着姑娘身上的清香呢。"

亮亮疑疑惑惑地说："胭脂河咋会是人变成的呢？"

"好，爷爷再给你讲个故事。说起来也是五十多年前的事了。保安团在胭脂河边抓住了共产党的交通员老张，说：'只要你把送的秘密文件交给我们，就可以保住性命，还可以给你银元，给你需要的东西。'老张说：'你们就是给我一座金山也换不走你们想要的东西。'说着纵身跳进了胭脂河。保安团的枪声响了，河里就绽开了朵朵红花——"

亮亮像个小大人儿似的肃立，好大一会儿才问："爷爷，你不是老张吗？"

老张说："他是老老张，我的爸爸，你的老爷爷。"

坚实有力的脚步声由远而近，打破了清晨的宁静。老张站起来打招呼："周镇长你早！"周镇长就停下来说："老张，你还有这个手艺呀！郑景的离任审计出来了没有？”

老张说：“审计报告今天就打印出来，累计亏损4300万，集体资产流失5200万。”

天已大亮，东方的朝霞灿烂如锦。亮亮撒着脚跑着，跳着，喊着：“胭脂河，胭脂河！爷爷，胭脂河在你肩上流呢！哎！太阳，软鸡蛋黄儿的太阳，爷爷，贴着你的脊梁出来了，跳到你的肩膀上了，是你把他扛出来的！”

夜 奔

这次经理上省城特别忙，先是为他女儿大学毕业留省城而进行攻关很不顺利，接着是公司的一项业务在这里又遇到了棘手事，忙得昏头昏脑一直到七八天后才有眉目。这时经理才顾上往公司打电话，接电话的是那个有些迷糊的通讯员小张。

就听经理说：“小张呀，你打听打听褚市长家，老头子病怎么样了？什么？去世两天了？明天下葬？”

经理指的是褚市长的父亲，患有糖尿病、心脏病，一直在做透析，前些天病情加重住进了地区人民医院，来省城前我还跟着经理拎了礼品去看望过他，没想到这么快。经理放下电话就喊我：“小廖呀，赶紧收拾东西，回去。”

正是严寒季节，铺天盖地的东北风凶猛地撞击着楼房。我一出宾馆门就打了个寒噤。经理也是缩着头，却说：“快点吧。”我驾车出了省城，在高速路上奔驰，车速跑到一百六，像离弦的箭一样。平时经理爱提醒我安全行驶，今天却一再说：“加快速度，赶不上多尴尬。”

我知道我们那一带农村的规矩，外边人吊唁必须在下葬的前一天进行完。就说：“褚市长跟您挺不错，怎么也不通知一声？”

经理说：“这事哪能通知？不通知人还挤扁头呢。再说，咱市虽说是个县级市，也七八十万人口呢，褚市长，忙啊！”他又自言自语地感叹道：“唉，我一个外地人来这儿办公司，还是融不进你们当地的圈子呀！”

褚市长老家在端山曲水乡胡岩寨村，那年他老母亲去世，我们就去过的。不过那次是从我们市里去，这次却是从省会去。我们下了高速上省道，下了省道上乡村土路，走着问着十分耽搁时间。经理不时抬起手腕看表。

这一路也不路过县城，一直到一个乡政府驻地才见到一个花圈小店。我们到里边看了看，要价倒是便宜，制作太粗糙。经理叹了一口气说：“就这要一个吧，乡村的花圈就这水平。前边也不一定再有花圈店。随礼上见感情。小廖，你钱包里还有多少？我的没多少张了。这种事拿卡不好看。”

颠颠簸簸来到一个小山包旁，看到一棵歪脖柳，我顿时想起来，说：“没多远了，去年咱是从东来到这儿往北拐，今年是从西到这儿往北拐，前边顶多二三十里路。”

经理也想起了这个标志，说：“对，从胡岩寨回来时，咱就是在这儿遇上市直企业厂长们的十几辆车。”

前边迎头有一辆东风货车，会过车后我忽然想起一个问题：“去年咱来时这条路上车来车往好不热闹，今年怎么这么冷清？”

经理说：“咱来太晚了，要不是在省城忙昏了头，咋着咱也不会今天才来呀？小廖，再适当快一些。”

车在坎坷不平的土路上跳跃着，颠得我肠子都好像要出来了。不知不觉间，已是暮色苍茫，东北风更大，天下起了小雪粒，迎面打在车上唰唰直响。车的左后轮子，也来凑热闹咯噔咯噔响。

经理阴着脸问：“怎么了？”

我说：“可能是轴承烂了。”我下来取出千斤顶支起后轮看，刀尖儿似的风剜得脸生疼，不一会儿手就冻僵了。我说：“得换，可是，就是有新轴承，这漫天野地的，也没法修。”

经理咬着牙说：“往前走吧，只要到胡岩寨，就是胜利。回来哪怕是坏到半路，咱在车上待一夜也行。”

我说：“那机器得开一夜。暖气一停咱不就冻僵了？”

就这样继续支乎着往前赶路。车的后轮由咯噔咯噔变成叽叽呱呱的摩擦声，听起来越发瘆人。我下来拿着手电看了几次也毫无办法。我说：“该咋办？”经理发脾气道：“总不能在这里等死吧？”

我只好勉强坚持着往前走。车轮已经开始摇晃，实在是不行了。幸好出现了一个黑黝黝的村子轮廓。我们到村里问，才知道根本没有修车铺，但是有一个在乡里一家修车店干过的人，现在在家。好不容易找到他，说了许多好话，才答应检查。他从家里拉出来一盏灯，看了看判断是轴承的事。他说这里没工具，要修也得去十多里外的修理店里拉来工具，还得买轴承。他推出摩托车，让我们在他家里等。

经理没往屋里避风，一直焦急地走来走去，任凭尖峭的北风在他脸上掠过。他一边用手绢擦清水鼻涕，一边就着灯光不停地看表。忽然他果断地挡住修车人的摩托车，说："这样下来，恐怕最快也得两个小时，我们得立即出发。你们这里能不能找到出租车？"修车人说乡政府旁边有个面的，这两天没见可能是车坏了。经理又问："有没有摩的？"我差一点儿叫起来，这么冷的天，坐四下透风的摩的？冻成冰棍？但是经理听修车人说村里有个摩的时，非常坚定地让修车人去找来："我们给五倍的坐车钱，让他尽快赶来。"

土路凸凹不平，绑在摩的顶上的花圈也哗啦啦直响，北风像一把把刀子刮到骨头缝里，虽然身上裹着借来的油腻腻的棉大衣，仍然冻得几乎失去知觉。打记事我是第一次受这个罪。

十多里路，好像走了一个世纪。到一个小村子，找一处红红的灯光去问路，一堆人围着旺旺的炉火在打牌赌钱。一个小伙子轻松地一指："胡岩寨？邻村，一里多路。前边十字路口往右拐，出村就到了。"我们问褚市长家时，一个老汉答复后说："你们是不是给褚市长吊孝？"经理说："对，给褚市长的父亲吊孝。"老汉呵呵地乐着道："看看你，你们的褚市长去世了，你又咒人家老爹干啥？"

“什么？褚市长死了？”我和经理都惊愕不已。

指路的那小伙子讥讽道：“你们来吊什么孝都不知道？”

老汉大度地说：“是呀，老头儿病了几年了，前些天又是会诊又是抢救，现在倒是缓过来了。谁又想到他儿子好好的突然心脏病去世呢？今天不是在你们那地方开追悼会了吗？”

摩的又刺耳地发动着了，我们又挤上后座，我说：“这下可好，吊唁他老爹变成吊唁他本人了。”

经理大声朝摩的司机喊：“掉头，回去。”这次又轮到我和摩的司机一起惊愕了：“回去？”经理拍拍摩的座，不容置疑地下命令：“回去！”

出了村口，经理才说：“吊唁他干啥？一个贪官！就是活着也快进去了！到市里问问，到企业问问，就是到农村问问也中，咱全市谁不捣他的脊梁骨？谁不在背后骂他？除了会搜刮钱，会弄假数字，没办过啥好事！怪不得路上这么冷清！”

我说：“那花圈？”经理让停车，他下来把花圈拽扯下来，用脚踢到路沟里，说：“真败兴！这个小张，等到家我饶不了他！”

挪开那道屏幕

时间是2050年的12月12日22点，地点是801科研站的东南角。几个黑衣人借着夜色掩护，翻墙而入，向一座别墅悄悄靠近。哨兵仿佛听见动静，正要转身察看，眼前一黑就失去了知觉。

牛教授是一位做事专心致志的人，正聚精会神地在笔记本电脑上绘图，而年轻的高个子助手正伏在笔记本电脑前噼里啪啦敲打着键盘。防盗门的突然打开并没有伴随多大的声响。一直到四个黑衣黑裤、只露两只眼睛的蒙面人站在对面，牛教授才十分诧异地抬起头来。他愣了一下，冷静地说："你们能打开这扇钢门，可见真的有些本事。"他扭头对助手说："你把那个程序打出来，也许正该它工作了。"

日光灯下，两把短枪、两个微型冲锋枪，四个黑洞洞的枪口指着牛教授。为首的高个子喝道："举起手来！"

牛教授解释说："这里没多少钱，但所有的都可以交给你们——"

高个子打断牛教授的话道："不要你的钱，只要你的程序软件——其实也不要。我们得到信息，你正在研究制造对付我们的秘密武器，真是可恶！这次我们来的目的就是彻底销毁它，永远销毁它！举起手来！"

一头柔软黄发的助手只管噼里啪啦打电脑。

这伙人可从来都是杀人不眨眼的，一扣扳机，一串子弹射了出去，装着消音器，有低微的噗噗声。但教授和助手都完好无损。原来工作台前有一道玻璃钢屏幕，子弹打到上面都反弹到地上，乒乒乓乓乱响。

高个子更凶地道："好，既然不肯合作，我们只好用下策了。一个矮胖的汉子将一个包裹放到屏幕前。"

教授知道是高效炸药，他一挥手道："慢！听我一句话，你们到底要怎样？"

高个子道："首先，挪开这道屏幕。"

教授道："挪开？那好。但你们是第一批试验者，我可不敢保证一定成功，不过一般都会成功的。"教授悲哀地摇着头，向助手打了个手势。

高个子似懂非懂，凶狠地喊道："我不懂这狗屁试验，不管那么多，现在喊 10 个数字，喊完就定向爆破，炸你们个粉身碎骨！ 10，9，8，7，6……"

但玻璃钢屏幕已经开始缓缓移动，向一边退去，不到两分钟的工夫完全隐入墙壁内，教授还有助手都暴露在黑衣人面前，也不过三四米远。

高个子这时才感到自己的威力，大叫：“举起手来！”他仰脸大笑，像猫头鹰的叫声般瘆人。

教授举起双手，慢慢地叹息道：“是时候了。”话犹未了，只听噗噗一阵响声。高个子和他带的几个黑衣人都跪到地上，双手高高举起枪喊道：“我们认罪，投降，老实交代一切！”

在外边放风的同伙过来看动静，高个子一把拽过他，摁他跪下道：“快，向牛教授认罪！”那个人便糊里糊涂地跪下来，没有半分钟工夫就像高个子一样虔诚，双手高举起微型冲锋枪，高声叫道：“我参加了恐怖组织，我要把一切的一切都揭发出来！”

助手拨了电话，不大工夫，公安局局长亲自带领武警冲过来，揪住高个子他们一一戴上手铐。

局长握住教授的手说：“谢谢你们！这伙罪大恶极的歹徒，已经制造多起恐怖活动，没想到在你们这里碰了壁！你们发明制造的‘恶行现场控制器’程序还真是神！射线一照到他们身上，大脑就迅速吸收——他们的行动就被您设计的程序控制了！”

教授也满意地笑着说：“首先应该谢谢这伙歹徒。程序刚调试成功，正需要实战试验，刚好送上门——看来批量生产和实用都没啥大问题了。”

龙教授下乡记

乌有市是两江平原上规模较大的县级市。管理着这么大的地方和这么多的人口，市领导总是忙忙碌碌。这天接到上级通知，省领导要来视察科普工作。乌有市立即召开班子会议研究。会议决定，赶在省领导视察之前，召开一次科普大会，作为向省领导汇报的重要内容之一。请谁在科普大会上主讲呢？原先想就让当地的农业育种或植保专家向农民讲授。但主要领导认为，这样分量不足，影响不大，要请就请重量级人物。大家挖心搜胆，还真是发现一位这样的人物。据报道距此地二百公里的省城重点大学，出了一位农业科学家，而且是正在冉冉升起的科技明星，名叫龙鑫。他领导的课题组经多年探索，发明出一种专吃杂草的食用菌，接种在杂草上，可以将杂草一扫而光，但对正常生长的庄稼，可以毫毛无损，并且此食用菌做菜味道鲜美且富有营养，抗癌防病作用突出。这位龙教授的祖籍就是乌有市。

乌有市行政效率还是很高的。决定以后，立即派出以第一副职带队的庞大代表团，专程到省城去请龙教授来搞科普讲座，但龙教授科研任务非常繁重，时间是按分来计算和计划的，所以毫不犹豫就婉拒了。

乌有市主要领导就不高兴了，说："我们能搞改革开放还能请不来一个教授？"于是庞大代表团二赴省城，这次把龙教授在五百公里外的父亲也请来说项。加上老父亲的面子就不一样了，龙教授毕竟祖籍乌有市啊，能不看一点儿面子吗？于是龙教授答应到老家乌有市去做一次科普讲座，并强调只能抽出一晌时间，讲课主题是食用菌除草的前景与产业化运用。

庞大代表团三赴省城协商，定下了龙教授到乌有市讲课的具体时间，那就是这个月六日的上午。乌有市原定要警车开路接到省城的，但这一次龙教授坚决拒绝了。他带的博士后就会开车，师徒俩自己开车过来觉得方便和自然。

到了乌有市，见多识广的龙教授还是有些吃惊。到处保安站岗，大礼堂上空悬挂着彩色大气球，大气球下悬挂着口号和标语，其中就有"热烈欢迎龙教授莅临指导"。礼堂门前满是画图版块儿，大多是上级视察照片，也有龙教授大幅彩照。龙教授一到，又是火鞭又是鼓乐，还有放铳，像炸药包一般爆响，龙教授逃跑似的赶紧进了礼堂门。能容纳千人的礼堂座无虚席，龙教授这时才感到欣慰，想虽然耽搁了自己的时间也算"物有所值"。

第一项是上级领导讲话。上级领导讲话倒是不长，但省厅和地委共来了四位领导，一人十多分钟，加一起就是一个小时。

接着是宣读《乌有市关于加强科技推广工作的决定》，一读就是四十多分钟。好不容易才读完，接着又读《关于成立乌有市灭草食用菌开发推广工作领导小组的决定》。好不容易读完，又上去一位领导，宣读《关于在乌有市全面开展灭草食用菌推广活动的通知》……

龙教授不停地看表。到了十一点二十分，终于有一位领导上去说，其他文件不再宣读，发到大家手里下去好好学习和贯彻。龙教授想：今天最多只能讲四十分钟了。但乌有市主要领导又做动员报告。这一次动员报告讲得那个长啊，到他第一次停下喝水时已整整十二点。龙教授出去上卫生间，听卫生间里几个人在议论说，此位领导讲话，不喝四五次水不会收兵。每次喝水到下一次喝水是半个小时，一分钟不多，一分钟不少。龙教授听得心惊胆战，这样下来不是至少要到下午两点才结束吗？我还讲啥呀？他在大门外盘桓一会儿，喊上博士后，悄悄出去发动车走了。

老莫的秘密

老莫是我们单位的干事。我们单位是大单位，科员、干事像蚂蚁一样多，一般干事没人注意。我们之所以注意老莫，是因为他走路走出了问题。

我们机关在红旗路，老莫家在新华路，这两条路都是东西路。从我们机关大门出来，往东稍一拐，有一条连着红旗路和新华路的翠华街。顺着翠华街走三百米左右，一出口就是老莫家住的那座楼。也就是说，老莫回家如果走翠华街，只不过三四百米远，很顺的。

故事的起因很简单，老莫订有《卫生与健康》小报。那天，老莫在办公室吹牛说他老婆的咽炎是他用《卫生与健康》小报上的单方治好的。办公室主任知道局长老婆也有咽炎，就派老莫回家拿载有咽炎单方的那期小报。老莫走没多大会儿，主任又对我说让老莫在他订的《卫生与健康》小报上，再找找看有没有治疝气的单方，因为主任老爹有疝气久治不愈。我就抓起一辆自行车赶往老莫家。

老莫的家我是去过的，三四百米的距离骑车一转眼就到，再说老莫住的又是一楼。可我敲了半天门，都不见声响。我想可能是老莫拿了小报回单位了，但是半路没碰到他呀。正在想着，老莫满头大汗来了。诧异地问我：“你来干什么？”我就说了主任的意思，跟老莫一起找到那两张报纸回返。但老莫却说：“老范，你先走，让我拐个弯儿。”我一把拉住老莫说：“主任还在等着你，拐什么弯儿？”但老莫却撑开我的拉拽，骑上车顺着新华路向东走了。我到单位又等了半个多小时他才到。

这件事我并没有多在意。但是那天干事小林神秘兮兮对我说：“老范你说，老莫为什么这么反常？”没等我问他便又接着说下去。原来那天，主任又派老莫和小林去联系为办公室购买柜式空调。翠华街就有好几家卖空调的商店，还有一家颇有名气的“豫北地区空调销售中心”，可是老莫却说翠华街销售的空调质量不好，非往平原路不可。这就有些强词夺理了。小林以为平原路新建了大的空调专卖店，可是到那儿一看还没有翠华街的铺面大。小林又想可能是老莫在平原路上有关系户，要照顾关系。可是到那里老莫根本不管，让小林自己说往哪个店铺去。小林问我：“你说，老莫为什么不去翠华街买呢？”我一下子联想起上次的事，可不是，难道翠华街和老莫有什么关系？

没几天，又发生了一件和这件事有关的事情。老莫、小林、小张几个人在办公室打扑克，一边打一边吹闲话，本来大家高高兴兴的。可是小张说咱的翠华街现在是“红灯街”，还有省城的大款来这里寻欢作乐。一向蔫乎乎的老莫突然发了脾气，大骂小张“放狗屁”，把扑克也摔了，还捏着瘦粼粼的拳头想打架，结果搞得不欢而散。

翠华街到底和老莫有什么关系？一时成了我们办公室议论的话题。小林还偷偷地跟踪过老莫，发现老莫从来不走翠华街，至于其他，老莫从机关到家，有时往东绕大城路，有时往西绕解放路，而且在路上从来不拐弯儿。

到底是为什么？慢慢地闲话出来了。有人说老莫的妹妹当年被人贩子骗走，卖到翠华街。老莫调到这个地方工作后才了解到，想通过警方去解救。她妹妹已经和买她的人家生活出了感情，孩子也挺大了，就不想再回去了。老莫嫌丢人，不从那里过。但是那天老莫的老家人来找老莫，正好老莫不在。办公室几个人都连忙打听，一问才知道，不仅老莫没有亲姐妹，就是他的叔伯或本家的姐妹也是或上学，或出嫁，都在老家生活着，他表姐妹也没有这样的例子。

又有人说了，老莫在翠华街有一位第三者，高个子圆脸盘，高鼻子大眼睛小嘴唇，漂亮得能和电影演员比，老莫是在抽出来搞人口普查的时间把人家勾上手的，光怀孕打胎就有几次。老莫曾经答应给人家安排工作，整整几年没有兑现，后来又说给人家十万元钱，结果也没有兑现，分明是骗人家，现在不敢从那里过，恐怕人家拽住说理。

我们几个顿时又兴趣盎然。但是一遍又一遍到翠华街调查，没有发现这样一位女子。小林的姑姑是翠华街的老户，小林到姑姑家打听，也没有老莫故事的半点踪影。

看来还只有问老莫这一条路了。趁我们的办公室主任搬家，大家帮忙后喝酒，酒酣耳热，我和小林又向老莫提出这个问题："老莫，你为什么不走翠华街？"老莫趴桌上又抬起头嘶哑着喉咙说："这又不违法违纪，就不能有一点儿秘密？我这一点儿可怜巴巴的个人隐私，就非得摊晾到你们面前？费恁大劲儿打听别人的这个，到底对你们有啥好处？"这一下子叫我们都愣了。

撞开心扉

听说野坪村的九户四十三口人全部从九道崖出山，齐乡长着实大吃一惊，这分明是要从那里出山上国道截车去省里上访。野坪村是个贫困村，也是个老大难村，近几年来因为这个问题那个问题，多次出山到县里市里上访，叫素来以点子多、能力强著称的乡党委书记老丁也头疼不已。这次丁书记到县党校学习，这严重事态全靠他拍板处置了。

虽然野坪村是丁书记直接抓的点儿，可齐乡长还是直埋怨自己，一个大学本科毕业的有好几年农村工作实践经验的乡长，对野坪村的情况也不能说不熟悉，可这次事件前没有一点儿觉察，没有针对性地做好工作。

主管信访的副书记和党办主任研究如何堵截这次上访。党办主任嚷嚷着要带派出所的民警去。齐乡长十分不耐烦地皱着眉头说：“老百姓都是自家的兄弟姐妹，带什么派出所！”

齐乡长抓了一辆摩托车，飞奔到九道崖前的八道坡，果然堵截住了野坪村的群众。野坪村的人远远地望着他，在半坡处聚成一堆，在商议着对付他的办法。

看着那男女几十号人衣衫破旧，他心里一阵阵难过。这都是自己的父老乡亲，到现在还过着这么穷的日子。他下定决心要把他们引导到脱贫致富的大道上来。事实上他为这个村度过好多个不眠之夜。他往这村跑过好多趟，也找乡干部商量过，找专家咨询过，已经拿出了两个方案，正要再往村里征求意见，就又发生了这样的事，他觉得自己有一肚子心事话要向他们说，可这种场合下从何说起呢?

他支起摩托车，一步一步地朝坡上攀登，走得大汗淋漓。可是这一群要上访的群众便也慢慢撤向坡顶，始终和他保持一段距离。他觉得自己一颗热烈的心在怦怦地直跳，可是看着他们疑惑的面孔，再看看他们的胸口，分明都有一扇浅红色的心扉。突然，他觉得胸口一动，自己的心脏跳了出来，心尖儿朝下，沿着石台阶拾级而上，到了人们跟前，开始一个一个撞击野坪村人的心扉。看起来非常结实的心扉打开了，一颗心跳出来了，又一颗心跳出来了……四十四颗心脏融为一体，鲜红鲜红的，映得周围山林一片绚丽灿烂。他不知道自己怎样和父老乡亲们到了一起，四十三个男女老少乡亲簇拥在他身边，是那样亲密无间。那巨大的心脏却化作朝阳冉冉升起，各自鲜红的心，更加朝气蓬勃地在自己胸膛里跳动，这是多么神奇！他眼里顿时蕴满了热泪。

后来，丁书记提拔走了，野坪村的上访问题也彻底解决了。

再后来，野坪村成了远近驰名的花菇专业村，成了全县的文明富裕典型村。县里的表彰大会上，别的乡镇领导向齐乡长讨教经验，他指指自己的胸口："全在于这颗心。"

陶班长的协调艺术

我来干校参加春季班培训，学员来自市直及各县市区，虽说只两个月，但校方管理很严格。比如我们五班，就任命了据说管理经验丰富的陶兴龙当班长。陶兴龙个子不高，黑黝黝的小脸蛋，说话办事很有板眼。我的大学同学牛顺利就在干校的教务处，他向我挤眉弄眼说：“你们陶班长，啧啧！”

后来我知道，陶班长是跟我一个县的老乡，当然这是说原籍。他擅长音乐，笛子吹得特好，几次课外演奏都很抢眼，大家都说不低于市歌舞团里的专业水平。到这里我还认识一个老乡小商，在市区工作，老家也是我们县，爱唱爱跳，是陶班长的追星族，吃饭都抢先给陶班长打饭。

校庆纪念日是个星期天，学校安排让各班出文艺节目搞庆贺汇演。我们班许多人贪图星期天回家，结果缺席一大半儿。但陶班长一曲《百鸟朝凤》吹得荡气回肠，加上小商演唱的几首流行歌曲够水平，我们班还是得到了学校表扬。当然我也付出代价，为我们班当啦啦队拍得手掌都红了。

这种培训班其实不好管理。当然像我这样循规蹈矩的人根本就不用咋管，像小商那样热爱班集体又成天围着陶班长屁股转的人就更好办。问题是还有相反的例子。比方说来自市矿产机械厂的李三，招呼几个狐朋狗友几乎天天出来“斗地主”赌钱，还酗酒成性，深夜醉醺醺地回寝室总把大家弄醒。

大家都向陶班长反映，陶班长就绷着脸簇着眉低头思考，但光见思考没见啥动静。好几天后我问他为啥不批评李三。班长摊开双手说：“狗改不了吃屎，这种人你就是再管，他能学好？”

还有来自市运输公司的美女小翟，常常迟到早退，有时还旷课，连累我们班挨了教务处好几次批评。我们问她为啥老违反校规校纪，她振振有词地说：“谁叫老天倒春寒哩？你要把天气弄暖和，我保证第一个到。”

许多人又向陶班长反映。陶班长笑笑不说啥。我问班长为啥不管管她。陶班长摊开双手小声说：“你没听说？这个女人不寻常，听说是某某董事长的情妇，这种人她能服咱管？少管少生气！”

反正是临时班集体，班长都不管，我们能有啥办法呢？再说我也不能很埋怨陶班长，毕竟我和小商跟他走得近，加上是老乡，感情不一般。

小商比我单纯，对懂音乐的陶班长更是钦敬得五体投地。一晃两个月过去了，该搞结业鉴定了。鉴定搞就搞呗，但是校方非要每班评两个优秀学生，还要通知单位，记入个人档案。许多人别看平时表现不咋的，但一听弄上优秀学生要入档案，还是纷纷要求给自己弄上。我是从心里头替陶班长担忧，这么多的人争，他该怎样平衡？陶班长倒是一副胸有成竹的样子。

陶班长不给我交底，我就问牛顺利。牛顺利一句话让我大吃一惊：你们陶班长报送的优秀学生是李三和美女小翟。我想，就是全班轮一遍，也轮不到李三跟小翟呀！我就愤怒地找陶班长辩理。陶班长把我拉一边说：“你都看到李三不该评优秀学生，我当班长的能不清楚？李三的表现谁不知道？但是凡事都要从大局出发。这个李三不是省油的灯！为了当上这个优秀学生，他本人日里夜里来找我三四次了，还光想闹事。从维护咱班的荣誉出发，你不给他他能给你罢休？要讲协调艺术，给他，化不利因素为有利因素嘛！至于小翟这个女人嘛，有后台，上头都有人给我打电话了，咱能不照顾？照顾她就是照顾领导的威望嘛。”我一听恼得慌，站起来气呼呼地往外走了。

后来牛顺利又告诉我，学校还要各班报一个表现最差的学生，这个还必须保密。我问这是为啥？牛顺利说以儆效尤呗。

我忽然来了警惕性，想陶班长会不会为了“维护班集体荣誉”将我报上去？陶班长这几天果然神神秘秘，我就死盯住陶班长的一举一动，他写啥我都要斜着眼看，反正他跟我同桌，也不大好隐瞒。陶班长说：“你看你，成天盯着我做啥？”后来陶班长果然没写我，他报上的差生是小商！我说：“陶班长，小商是咱老乡，表现又好，那么崇拜你，跟屁虫似的跟着你，报他不亏心？”陶班长说：“大家都盯着这个事，你不也盯着？不写小商写谁？再说，形式而已，不装档案的，估计过一段儿也就扔掉了。这事千万别跟小商说！”这个陶班长！

不过陶班长这么善于协调，还真是没白费心思，校方又让评比“善于协调的好班长”，陶班长果然选上了，我们离校时，他笑眯眯的大彩照还贴在校门旁边的光荣榜上。

小金心语

李寨村的美女改枝爱玩手机，摁起短信来嘀嘀嘀像发电报一样，但给金区长发手机短信，实在是出于无奈。

乡里招来一个化工厂建在他们村山脚下，招村民进厂打工。不到一年，许多进厂的人患上矽肺病。改枝就和村民到区里反映情况，强烈要求见金区长。

信访办人说金区长不在家，改枝他们不走，信访办就给了金区长的手机号。改枝问：“真的？”信访办人说：“这是面向社会正式公布的，能假？”改枝想打电话，又想了想，发短消息：李寨化工厂，工人不当人，半年变残疾，一年入鬼门！手机上很快来了回信：朗朗乾坤，岂能容此秽行？

第二天，工商、环保部门联合组建调查组进村，调查后封了化工厂门。

改枝给金区长发短信：封门虽果断，赔偿何时论？马上回信就来了：赔偿要证据，求证要努力！

改枝醒悟过来，和村民聘请律师，一点点调查取证。那个老板有时威胁利诱，有时避而不见。有的受害群众也失去信心，偷偷摸摸接受老板几千块钱就放弃做证。改枝心力交瘁，她发短消息：众心散如沙，赔偿咋到家？回信来了：成功在于坚持。

区法制办的人来村里帮助。改枝他们到法院起诉，法院判决村里人胜诉。打工受害的都得到了赔偿，患病的得到了救治，老板被迫支付了医药费。

改枝就发短信：无意说告别，诚心表感谢！回信道：职责不到位，群众受苦累，何来感谢语？吾心更有愧！

改枝很感动，就又发几次短信，金区长每信必复。改枝越发觉得话缘投机，发短信道：花径不曾缘客扫，蓬门今能为君开……回信道：天生酸枣林，山珍赛金银，何日摘穷帽？纵酒富山村！

金区长对他们的山村竟这么了解！荒山上野酸枣林上万亩，以前说过开发的事，但迟迟没兑现。本来改枝想去深圳打工，看了短信就知道自己去不了啦。

改枝发动全村集资入股，又到处贷款，组建长寿牌酸枣饮料公司，但产品质量一直不过关，筹钱用完了也没打开市场。她给金区长发信：谋事在人，成事在天，天不助我，干也枉然。立马回信来了：理想要实现，观念先转变！结合产学研，利益共风险！

这些天改枝正揣摩短信意思，区里水果研究所专家来了，要同改枝合作开发新产品，不仅技术入股，还有资金注入。改枝心里热乎乎的，当即又给金区长发了短信。

以后很长一段时间，改枝同金区长来往的短信成了她生活最值得留恋的闪光点。哪天没见到金区长短信，她就觉生活索然无味，一天都黯然无神。

半年之后，长寿牌酸枣饮料正式上市，一上市就供不应求，在省城出尽风头。

改枝觉得该见见金区长了，他是山村的恩人，是自己的精神支柱。她不发短信，想来个意外惊喜。她去了区政府，办公室的人说，金区长下乡了。第二天又去，楼里清洁工偷偷对她说："金区长马上下楼，你看那辆奥迪车都停到楼口了。"她在车边等候，终于见一位领导上车，五十多岁，肥硕的大脑袋，腆着肚子，穿一身讲究的西装。尽管和想象中的金区长大相径庭，改枝还是满怀感激地喊："金区长！我是改枝！"金区长似乎吓了一大跳，用警惕的眼睛瞪着她，莫名其妙地道："什么改枝？"

改枝大出意外，但还是说："金区长，我是李寨村的改枝啊，您不是说要纵酒富山村吗？"

金区长回过头来大声喊："金秘书！小金！过来，咋回事？什么改枝？"

一个戴着眼镜的白净脸，高高个子，有二十多岁年纪的年轻人，慌慌张张从楼里跑出来了，一眼看到站在车旁的改枝，愣住了，想一想，忽然羞赧起来，说："你是改枝？"

改枝明白了，这个年轻的小金，才是自己心中的"金区长"！一刹那间，改枝热泪横流，模糊了双眼。

小罗姐姐

芮芮愁眉苦脸地坐在椅子上，仿佛屁股坐着荆棘一样不停挪动。爸妈原来说上街都没顾去，分坐左右两边盯着他。他们不能不重视，独生子芮芮今年八岁，上小学二年级，正是打基础的黄金时期，可老师说芮芮上课不专心，作业完成不好。上学关系到孩子前途命运，哪个家长敢不在心呢？

芮芮就说：“妈，我想玩会儿。”妈妈说：“你不做好作业不能玩。”

芮芮说：“今天星期天，人家都是先让玩再做作业。”妈妈说：“乖啊，做完作业给你买电动坦克。”

一会儿芮芮又说：“爸，我想尿尿。”爸爸说：“就你事儿多，写完这一张再尿。”

妈妈忽然叫起来说：“老师叫你一个字写一百遍，你看一行十个，一二三四五六，你才写了六行，才六十遍！”

芮芮讷讷地说：“就这我就写十几张了，一百遍太多了。”

爸爸恼火地说：“一百遍还太多？你会了吗？你写的字，来，我给你挑一个。”他拿起本子，随便瞟一眼，说：“你写，担水的‘担’字。”

芮芮看看爸爸，又看看妈妈，拿着铅笔在纸上勾画着，画了一个圈圈。

妈妈耐心地说：“‘担’字不好写，咱换个字写。”

爸爸截住话说：“不能光写简单的，写一二三容易，有啥意思！”

妈妈就拿起书本，提问道：“芮芮可乖了，你写，高低的‘高’字。”

芮芮哭丧着脸看妈妈，拿起笔在本上画圈圈，就是写不出来。

妈妈比画着说：“这样写，先写一点儿，再写一横，再写一竖，一横弯勾……”

芮芮为难地说：“太多，记不住……”

爸爸非常生气，劈手就是一巴掌，说：“一百遍还嫌多，我看你写二百遍也不够！我跟你妈上趟街，你自己在家写！”

芮芮委屈地哭起来。妈妈连忙拿毛巾拭去他的泪水，说：“芮芮乖，不成咱再写一百遍。”芮芮说：“不嘛，不嘛，不嘛！”

爸爸正要发火，对门邻居小罗姑娘敲门来了。小罗是大学生，很热心的，夸张地说：“谁在欺负俺芮芮啊？”

妈妈说：“正好，小罗，辛苦你在这儿给俺看会儿芮芮。俺俩去去就回。”

爸爸临出门时还说："芮芮，你可不准偷懒，快写。"

小罗姐姐说："别咋呼孩子了，你们去吧。"又问芮芮："写啥字呀？"

芮芮说："爸爸叫写'担'，妈妈叫写'高'。"

小罗姐姐说："咱俩一起写。你看这个'担'字，这边是'旦'，下边一条地平线，上边是太阳，太阳从地平线刚出来，就叫'旦'。你能画出太阳出来时的图画吗？"

芮芮顿时来了兴趣，在图画本上画开了。小罗又让芮芮画手，芮芮一连画了十几个，说："我画得像不像？"小罗说："太像了，我就画不好。"

小罗在芮芮画的手上描来描去，描成一个"手"字，又描成一个提手旁，说："看看，这个提手旁就是手啊！"

芮芮马上描开了。小罗趁热打铁，说："看看担东西要用手，就用这个早晨的'旦'，左边加上提手旁，会写不会写？"芮芮说："这太容易了！"下笔刷刷地连着写了几个"担"。

小罗说："这个高低的'高'字，古代什么最高？"芮芮说："天高！"小罗说："芮芮真聪明！可是，天底下啥高呢？古代就是建造亭子。古代建亭子要建筑在高台上。"小罗画了一个高台，上边又画出来一个亭子，高台下还开一个门。小罗在画上涂描着，说："这就是高字上半部里的口字，这是下半部里的口字。"芮芮高兴得直拍手，说："我也会，我也会。"他在纸上画高台，高台上画一个亭子，再改成高字，说："太有意思了，我会写了！”

芮芮的爸妈回来了，小罗又坐一会儿就走了。爸爸检查芮芮的作业，说：“写几遍了？”芮芮高兴地说：“我会写‘担’和‘高’了……”但爸爸根本听不进去，忙着翻看芮芮的作业本，一翻看大怒说：“我们走后你就没有写？”芮芮说：“我还想叫小罗姐姐教我……”妈妈也过来了，翻翻芮芮的本，说：“不做正场的作业，画些乱七八糟的东西！”爸爸说：“以后可不敢把孩子丢给小罗，非把咱芮芮给带坏不可！”然后又吼一声：“今天写不够一百遍，不准吃冰糕！”

后勤主任的问题

大学毕业后，我考进了一家国企，被分配到办公室工作。这家国企挺热门的，我的同班同学郑维国就没有考进去。我想可能是我的写作水平起了作用，在大学我就常给团委写总结材料什么的，班里的辅导员有时候也叫我帮忙。

我正式上班没几天就是春节，春节就要分福利。今年的福利很丰盛，有白酒、大米、牛肉、带鱼、水果……

分管后勤的办公室副主任姓韩，他穿一件藏青色西装，一双细细的眼睛常常眯缝着，好像随时都在琢磨人的样子。他派我和另外两个干事一起去卸车分福利。但我们刚刚将东西卸到仓库，还没有开始分，韩主任又把我叫到他办公室里。

韩主任挺关心地对我说："小文，刚来要多向别人学习技艺。再一个是干活儿也不要一味苦干，还得留点后劲儿，再说也不能累出病来。"

分个苹果还要技艺？我心里有点奇怪，但人家毕竟是关心我，我只有连连称是并表示感谢。

韩主任说：“小文，你父亲身体好吧？”

我摸不着头脑，看着他说：“我父亲身体不错，不过有胃病，老毛病了。”

韩主任问：“你父亲是在哪个单位工作呀？”

我说：“他在铁路上干。”

韩主任追问道：“他在铁路上干什么呀？”

我觉得今天韩主任有点奇怪，说：“我父亲就是一个普通会计，在客运段。”

韩主任又好像很随意地问：“对了小文，你父亲叫什么名字啊？”

我摸不着头脑：“我父亲？他叫文思孔。”

韩主任顿时两眼闪光：“噢，你父亲跟咱董事长是……”

不是他一个人问这个问题，我笑道：“文思孟董事长是山东人，我父亲跟他只是姓名上巧合，我家祖祖辈辈就在咱县双河镇，八竿子打不着。”

“你大伯、叔叔都在……”

我有些疑惑：“我家到我这一辈已经是四代单传了，哪有什么大伯叔叔？”

韩主任也笑了：“唔唔，你妈在哪里工作？”

我说：“农民，现在还成天下地呢。”

“你舅舅呢？”

“在村里当民办教师。”

“你岳父是谁？”

我不由得笑起来：“韩主任，或许你比我还先知道吧，我还等着你帮忙给我说媒呢！”

“你的亲戚、本家，有谁在咱董事会或者上级机关吧？”

“绝对没有，”我的脸都热了，“韩主任，你这是什么意思？”

韩主任摆摆手：“没什么，没什么，随便聊聊。”他又小声嘟囔一句：“你有福气啊小伙子，我的外甥郑维国跟你一个学校出来的，可是没有考进来！”

“噢，维国是你外甥呀，俺俩同班。”我这才明白他的意思，劝慰他说：“考试也有个在考场上临时发挥的问题，你叫他有机会再考嘛！”

韩主任眯缝起眼睛好一会儿都不说话。我问：“韩主任，您找我到底有什么事？”

韩主任涌上满脸的微笑，说：“是这样的，小文。按咱单位的惯例，后半年进机关的，当年的春节福利就不再分了。你是个明白人，我就不照顾你了。”

一声狼嗥

他们互相约了好几次，才有了这次的同学聚会。

他们上大学时在一个寝室，全系的同学都知道408寝室的四个人关系铁，就是吃饭都没分过你我。那次领过了毕业证，他们搂着肩膀流泪，又到山里边转悠了一天，才恋恋不舍地分手。

分手时说好每年一聚会，开始还真坚持了两年，但是后来就渐渐地淡了，特别是近几年，几乎就没有什么来往。主要是将近二十年过去，他们现在一个个都成了“成功人士”，各有自己忙碌的天地：老郧是一方土地的“父母官”，老褚是一个重要部门的“老一”，老苏是某地区农科所的所长，老文是这所里数一数二的蔬菜专家。这次的聚会也是大家都下了决心的结果：“再不聚聚，难道等到不会动了再后悔？”

按说，像他们这个档次的同学聚会，应该到大酒店，到豪华宾馆，但是他们大都经常在那种地方出没，同学聚会再去那种地方，实在是太俗气了。所以在商量地点时，虽说也考虑了几分钟时间，但大家最后的表态都是到野虎林去。野虎林就是他们毕业时在山里转悠最后落脚的地方。

树林里铺满金黄色的树叶，每一脚踩上去都是松软的，树隙间透过几缕太阳的光线，多少有些梦幻的感觉。老文把一张塑料纸铺在地上，不由自主地去剥附近一棵大树根部的蘑菇疙瘩，老褚伸手将蘑菇打落在地上：“哎呀，老兄，到你们研究所里再研究去，别在这里卖弄！”

老文一转身就坐在塑料纸上，说：“咱们每人做一首诗吧？自己创作自己朗诵。”

老郧淡淡地笑了笑，拾起一根树枝扔到远处，说：“诗？早把那劳什子丢在爪哇国了。”

老苏说：“不行咱还喝酒，较量较量？”他站起来去越野车里拿酒。

老褚说：“又不到吃饭的时候，当紧灌那迷魂汤干啥？”

老文说：“真是年龄不饶人，一个个绵羊似的，咱毕业时那次来这里多豪迈！”

老褚首先兴奋起来，说：“咱还来个回归野性，来个虎啸狼嗥！”

大家都想起了毕业那天在这里，互相说些难忘的字眼儿，又大声朗读即兴创作的诗篇。泪眼涟涟中，不知谁提议：“在学校小心谨慎四年整，今天放开来个狼嗥吧！”大家都赞成，于是“嗷嗷”“啊啊”“呜呜”“哇哇”，一个人来了一阵子。正好有一对儿女孩儿打柴下山路过，记得其中一女孩儿头上围着鲜艳的红围巾，咯咯地笑弯了腰：“你们这是干啥，发神经病了吧？”

老郎瞪圆了眼睛吓她：“狼叫！害怕不？呜呜——”

女孩儿笑得喘不过气来：“这是狼叫呀？黄鼠狼叫也不像，这是小孩儿哭。”其他三个人也都试了一遍，可不，连自己也都感觉不像，一时间大家都挺泄气的。

想起那天的情景，大家都赞成再来个虎啸狼嗥表演。

老苏先上：“啊——”

老文说：“你是练唱歌呀？看我的喔喔哇——”

没等别人评价，老文自己摇头说：“不行不行，也不行。”他又自我解嘲地说：“当年还不行呢，现在老了，更不行。老褚，你来。”

老褚鼓起嘴唇：“嗷呜，嗷呜——”

老文说：“像猫，像叫春的猫。不行，都不会行的。年纪不饶人。”

老郎说：“都不行？看我的。欧嗷——”就见远处草丛中腾起一个什么动物，可能是野兔，没命地蹿远了。

大家都吓了一跳：“像，真是太像了！”但接着又都称赞老郎的口技，说是恢复野性的典范。

后来他们就喝酒，然后回去，但是老郎那一声狼嗥，一直在老文心里。后来听到老郎出事的消息，他一点儿也没意外，看到报纸上登载的老郎的劣行，那一声狼嗥仿佛在耳边怪响。

来晨辉

淡淡的晨雾下来了，他知道，因为感觉到肩膀上有一点凉。十六岁的他本来正值青春，心情却很沮丧，刚被学校记个大过。他的爹还不知道，要是知道，没准儿会把他打死。

这个星期天，爹让他来浇地，估计那边抽的黄河水还得有一个多小时才能到。他先来通通沟渠。

到了沟渠过路的地方，他得挖深些。本来挖半尺足够，可他忽然来了劲儿。不是都说自己是赖货是孬货吗？那就再来个更赖更孬的。他便很用劲儿地挖下去，半尺，一尺，两尺……水来到这里就会成一个深坑。人们没有可以绕的路，只有蹚水过。他想象来往的人一下子踏进深水，裤子湿了半截，甚至摔到泥水里惊慌失措的样子。他嘴里喃喃说："活该！"他狠命地挖，额头上渐沁出一层细小的汗珠。

他忽然觉得脊背上有些异样，好像一只小鸟擦着掠过。他回过头，见是一个女孩儿，不过七八岁的样子，推着一辆旧自行车，肯定是掏腿骑来的。小女孩儿很漂亮，穿着碎黄花的小布衫，梳一条粗大的朝天辫，苹果脸，翘翘的嘴巴，大眼睛，黑亮的瞳仁正好奇地望着他。

他不知道怎么心里有了一丝愉悦，但嘴里却生硬地说：“看啥？快过去吧。”

小女孩儿不过去，歪着头说：“大哥哥，你是在修好这条路吗？”

什么？修好路？还会有人这样想他，他忍不住地笑了：“你说呢？”

小女孩儿很费劲儿地把自行车支好，上前打量他挖的沟，说：“我猜，你肯定是在修平这道沟。”

他就想逗逗这个幼稚的小女孩儿，一边更加起劲儿地挖，一边说：“那你说，我要修平这道沟，为啥又要把这里边的泥土挖出来呢？”

小女孩儿又看了一眼，把头一扭，不屑地回答：“我还能不知道？你是把这里边的淤泥挖出来，等会儿填进新土，这样道路才会结实，过车才不会陷进去——大哥哥心细着呢！”

把他想得这么好——他的心怦地一动，觉得好长时间没有这样心动过了。他的动作慢了下来，思考下边该怎么办。

小女孩儿跑来跑去观察着又说开了：“大哥哥，我发现一个问题。”

问题？他好笑地说：“你说，啥问题？”

小女孩儿说："你一会儿把好土填进去，车是能走了，人也好过了，可是，水怎么办？水也要走路啊！"

他便也装作迷惑的样子挠头，说："是呀，你说说，该怎么办？"

小女孩儿说："没想起办法你为啥要先来挖土呢？"她歪起头想了一会儿，嘻嘻笑着说："不对，大哥哥，你一定是骗我，你肯定有办法的，没有办法你就不会来这里干的，对不对？"

他忽然浑身上下都是勇气和责任心。真的，他从来都没有这样严肃过："你说得对，大哥哥肯定有办法。"他一眼就看到那边横放着两截小机井管儿，说："把它滚到这里，埋起来，上边再填上土，不就成了吗？"

小女孩儿拍手道："好好，我原来就想，大哥哥肯定有办法的，大哥哥肯定有办法的！"

他去滚动那截水泥管儿，小女孩儿也上去帮忙，他说："你别来，会压住你的。"

小女孩儿说："不嘛，我在家就常干活的。"

他好奇地问："你会干啥呀？"

小女孩儿说："啥都会干，烧锅，打糊糊儿，喂猪放羊，还有拔草、浇水……"

看小女孩儿的手，果然没有这个年纪的嫩白，是粗糙的红红的，他心里又一动。

小女孩儿和他一起用力，把那截水泥管儿滚过来。他很用劲儿，感觉很轻快。

眼前一亮，他以为是闪电，抬起头，有个人在给他们拍照。

这个人忙说：“我是咱县新闻中心的通讯员，你们兄妹这样做好事，真难得！”

他和小女孩儿都顾不上说话。这个人支好车，把相机装进车上的帆布袋里，也来给他们搭把手。

把水泥管儿滚进坑里，他抓住铁锨就填土，飞快地填，填满拍得瓷瓷实实的，又上去踩了一阵才放心地下来。小女孩儿也颇感兴趣地跳上蹦儿下，说：“好了，好了，真好了！”她推上车，掏着腿一歪一歪地骑走了。

那通讯员还想问他什么。他没想到不久后学校会大张旗鼓地表扬他，没想到这就是他人生的转折点。他只顾向小女孩儿挥手，朝她的背影喊：“哎——你叫啥名字？”

小女孩儿头朝后一扭，自行车差点翻倒，说：“来晨辉——到来的来，早晨的晨，光辉的辉！”

二套站岗

农历九月初三是汤河镇最热闹的日子。这一天是汤河的菊花节，除了邀请和汤河有关系的“各路神仙”来聚会之外，还要请全国有名的歌星笑星来表演，主会场就设在汤河镇中心的大广场上。

二套就在这天也被派去站岗，给他定的地点是在广场南侧的入口处。二套站岗就像干自己的责任田一样投入，胳膊上戴个红袖章，挺起胸膛很像那回事，早早就站在那里了。

几个年轻人骑着大红摩托车轰轰地过来了。二套做了个停车的手势，又一指路上的木牌：“今儿个任何车辆都不准进去。”

年轻人们便嘻嘻地笑着调转了车头：“好你个小子，人模狗样的，别见了当官儿的来了吓得尿一裤子。”

好大会儿没有什么动静，毕竟离开会还有两三个钟头的时间。二套仍雄赳赳气昂昂地站着。有几个小孩子把他当一景围住来看，二套不耐烦地把他们撵走。

一辆深蓝色的轿车无声地驶来。二套不懂车的品牌名称，一概把它们叫作“小鳖盖儿车”。今天因为负有重要使命，二套毫不犹豫地上前拦住：“今儿个任何车辆不准进入广场内。”

司机在里边不耐烦地挥挥手：“让开，让开些！”那动作很像二套前一会儿赶那些看热闹的小孩子。二套就不再说话，光用手指指木牌。

司机旁边坐着的人降下了前窗玻璃，伸出圆圆的胖脑袋：“小伙子，快让开，我们还有急事呢。”

二套瓮声瓮气地说：“你好好睁大眼看看！”

“圆脑袋”偏就不看木牌，恼怒地说：“怎么不识抬举？给好不要好。开！给我往前开，就往前开！”

汽车缓缓地往前移动。但二套不挪窝儿，弯腰捡起一块砖头高高举起：“硬闯，我就不客气了。”

司机后边的车门开了一道缝儿，一个瘦瘦的老头子对着门缝儿说：“小伙子，我们不往广场站车，从当中穿过。这里原本就是路呀。”

二套摇摇头，硬邦邦地说：“今儿个，路过也不行。”

“圆脑袋”又升上了玻璃，打开车门出来，又把前后车门都关好，才到二套跟前压低声音说：“你知道我是谁？”

二套把头一拧说：“我不管你是谁！”

“圆脑袋”气呼呼地说：“你真是个傻二蛋，眼里没一点水儿！我是谁先不说，你知道他是谁？我给你说，车后坐的老爷子，在汤河，谁敢拦他的车？他家老四，就是在咱汤河管治安的赵副镇长。他家老大，是咱县有名的大企业家，电缆厂厂长。他女婿，就更别说了，一会儿还要在大会上讲话。你不想在这汤河混了？”

二套盯住“圆脑袋”问：“你知道我是谁？”

“圆脑袋”一愣：“你？你是谁？你不就是一个把路口的？”

二套开心地笑了：“我就是把路口的，现在就是我当家。我不叫你过去你就不能过去。我也不是胡当家，大会有制度，不行你们就在这里学习学习？越是当官儿的就越该守规矩嘛。”说着，二套从口袋里掏出一张折叠的纸来。

车里的老头儿已经耐不住性了，打开车门伸出头来喊道：“老姜，过来过来，快上车，不行咱从镇东边绕过去，不就多走三五里路，跟他打什么嘴官司呀？”

于是那“圆脑袋”瞪了他一眼就跑过去上了车。车迅速地退后调头，一溜烟儿地开走了。

二套对着车后的烟尘大声说道：“爷可不怕你！我就一天的岗，散会就下岗。明天就又去弄我的责任田，你还敢把我的责任田收走？爷可不怕你！”

缺德树

老陶领来的客人晚饭后马不停蹄，催厂长带路上了车间。

这个厂贷款二百万，买了这套二手轧板机，但就没规规矩矩出过一块纤维板。厂里半年都没给工人发工资了。车间里，高高低低的那么长的轧板机像一条死去的大蟒，静静地躺在那里。周围是乱七八糟的器什：零件、废铸件、钢筋、铁丝，焊条、工具、花柴、木棒……霉气和机油味儿搅混在一起，有些呛人。

客人听了情况介绍之后，让人打开机罩盖，这儿摸摸，那儿看看，又让人开车听了声音。最后，他让维修工们起出主滑块镶条，卸下小凸轮，用游标卡尺和千分卡尺量了量，思忖片刻，掏出钢笔写了尺寸，让人先拿镶条加工。全厂的头头儿们都在那儿肃立良久。

刨工师傅满头大汗地跑过来，递上加工过的镶条。客人拿出千分卡尺量了一下，冷眼盯着刨工说：“厚度少了六丝，光滑度差得远，就干这样的活儿？”

厂长忙向客人解释："眼下厂里设备和技术力量也只能达到这一步了。"

"那么，尽快找一个技术条件好的地方，按我标的尺寸重新加工。"

第二天一大早，生产科长便开车到市706厂加工镶条。将客人从宾馆接来之后，厂长和老陶陪着在厂院里散步。当他们信步转悠到东边围墙跟前时，看到那几棵二十多米高、两个人都抱不住的红松，枝叶向天，十分挺拔。客人仰脸望望，又摸摸树身，不禁连声赞叹："真是松树的风格，好树啊！"

上午十点，加工好的凸轮镶条被运回，客人领着机修工们一头钻进车间，中午时分便摆治好了。一合电闸，机器隆隆地转动，这边填进花柴，那边一块块平整的纤维板便连接不断地吐出。

干部、工人那叫一个欢乐蹦跳！生产科长竟忘形地去拽客人的衣袖。因为客人是老陶在火车卧铺邻铺遇到，临时缠磨请来的，所以老陶得意地到处重复着这句话："咱老陶有眼力吧，不吹牛吧？"有些年轻工人听说客人是国家212研究所的副所长，姓陈，竟高呼："陈所长万岁！"

中午酒宴后，客人便谢绝挽留急急赶火车了。

老陶把客人送上车方回来。回来后老陶说："客人坚持自己出钱买票，就是想买咱厂里的两棵大松树。"厂长心里"咯噔"一下，因为原计划用那几棵大松树的木材盖饭厅。但陈所长是厂里的大功臣，还说啥买呢？于是，厂长决定锯翻两棵树截成段，由老陶到火车站发运走了。

轧板机是一顺百顺，再也没出过什么大毛病。这一带是产棉区，原料充足，成品销路又特别好。一车车的纤维板运出去，外边的钱像小溪水一样往厂里流。工人干瘪的腰包鼓了起来。按说，大家应该感谢老陈才行，但不知怎的，又觉得感谢不起来。

第二年厂里决定翻新餐厅时，一些人不由得又议论起那个陈副所长来。

“咱厂那两棵大松树呀，老陈一看到就不打算出一分钱！”

“他就是住三百平方米房，装修也用不完，剩余的木料还能卖不少钱呢！”

“没利不起五更，不贪图点儿啥人家能拐弯抹角地跑到咱这小厂里？”

“不就是那凸轮和镶条？原先不过是没看透病儿，不信天底下就他老陈一人会摆治。要找别人呀，兴许还费不了咱两棵大松树。”

大家越议论，对老陈越反感。有个青年刨工本来就对老陈当年嘲讽自己的师傅不满，现在听得大家议论，更是烈火燃干柴，一腔怒火迸发出来：“他老陈要的是缺德树！”许多人都跟着吆喝：“真是缺德树啊！”

那个青年刨工后来越想越觉得气不忿儿，便照着老陈研究所的地址去了一封信，揭发了老陈在酒足饭饱之后又索要厂里两棵大松树的事情。

这天晚上是厂里的例会，又有人议论起缺德树的事情来。从外边风尘仆仆刚赶来的厂长说：“事情的真相是老陶送陈副所长上火车时，建议老陈要两棵松树装修房子，可老陈说他不需要，一口给回绝了。老陶到厂里却借口陈所长要树，自己弄走倒卖了。这些事老陈并不知道。可我们厂的揭发信一到，陈副所长也被审查了一番。不过陈副所长心怀坦荡。有人说是缺德树，陈副所长没有缺德，反而是品德高尚的。是老陶才缺德，可我们大家为什么都那样相信老陶的话呢？”

大家都愣住了，没有人接话。

跟着老廖游端山

好长时间以来，我就盼着到端山一游，因为端山风景秀丽，这个县级市的领导对文化又高度重视，这都是老廖介绍的。他那年随省会文化名人采风团来过端山，有切身的体验。当我们拎着包下火车时，老廖说：“端山市领导可能来接站，上一次我们不让接，但他们还是非要来接！”说着他踮着脚尖看来看去。

好大一晌不见来人。老廖说：“事先联系好了呀，可能得到出站口。”我们背着包包，挤着出了检票口，没看见接站的人。老廖说：“上次是秘书长来接，秘书给我们背包，那情景真叫人感动。”老廖就打电话，打通了却没人接。老廖也疑惑，说：“临上火车时还联系了呀，可能是正开会，手机设成静音；上次我们来，直接到皇冠大酒店，一路警车开道，酒店有迎宾小姐鞠躬问好，哎呀，那个规格简直是……”

我说：“上次是上次，这次是这次，我们还是走吧。”于是我们打了辆出租车先到市政府办公室。因为老廖来过，所以我们就直接进了华秘书长办公室，推开门一股子烟味，华秘书长正跟一个矮胖子坐在沙发上谈话。

老廖喊：“华秘书长！”华秘书长这才站起来，一把拉住老廖的手摇着说：“这么快，接住了吧？”老廖说：“没有啊。”华秘书长拍拍头说：“看看，真是忙晕了，忘记了，真是的。”

那个矮胖子说：“表哥，那你们说事，我就走了。”华秘书长说：“那好，回去跟姑姑说，让她老人家放心。”然后开门喊：“王秘书，去催催小张的车。”他一边领我们到小会议室，一边说：“连续赶了几天材料，这一会儿稍放松放松，你们正好来了。你们来得好！这两天我们正忙，就让那个小张服务，好不好？”老廖连忙说：“好，我们主要是采风，顺便也看看风景，到九里沟体验一下。”

说话间，穿蓝衬衫的小张过来了。华秘书长说：“小张，这几位都是专家、文化名家，你要服务好。”小张说：“当然当然。”我们便一起上了小张的车——一辆旧丰田面包，坐上去挺舒服的。老廖说：“看看，这个市多重视文化啊！这个车都是高档的。说不定省领导来也是坐这辆车。我们就坐丰田面包到九里沟去。”层峦叠嶂，山路曲折回环，车时而攀上山尖，时而下到谷底，一路的青翠一路的溪流，红艳艳的山丹丹到处开放。

到了九里沟乡政府，头头儿们全不在。老廖让小张再找找，小张歪着头说：“别找了，要是在呀现在就都在了。”

老廖说：“乡里不容易，忙啊！上边千条线，下边一根针，啥都得到乡里落实。今天我们不能白来，咱去大东沟，大东沟景色壮丽，号称‘赛黄山’呢！”

但是大东沟的山口修起了一座牌坊形状的大门，旁边写有“售票处”三个大字。一问每个人要一百二十元，后来小张到窗口跟他们交涉了好一阵儿，才说成团队来，可以优惠到每人一百元，我们每个人都得掏钱。老廖说咱就找老姜头，老姜头是文化馆退休的老馆员，他家就在这里，肚子里的故事多着呢。老姜头果然热情，留我们在他家吃了一顿山蘑菇汤。老廖说：“上次市里乡里挨着请，吃得肚子油腻腻地想吐，哪里会比得上今天呀！”

两天了，市里乡里的头头儿们始终没露面。我觉得有些不对劲儿。老廖说：“要理解，市里乡里，工作千头万绪，不容易呀。”

我们打道回府。收拾东西的时候，小张在老廖屋门口磨磨蹭蹭。老廖说：“走吧，小张。”小张才说：“你们这几天住宾馆，押金是我垫付的，你们还得结账是不是？”一下把我们说愣了。我们一想，是呀，住宾馆就应该交钱，怎能忘了呢？关键是老廖说上次是市政府全包。老廖脸色不好看，说：“让我直接给龙书记打个电话。”小张说：“别打了，龙书记早调走了，他若在，还会让你们掏钱呀？”

我们恍然大悟，原来这个市换了一把手。龙书记爱文学重文化，还发表过诗歌呢。现在的主要头头儿大概是不大爱好这个吧。小张又说：“各位老师，我是出租车个体户，华秘书长的面子，不能不照顾，别人包车一天一千，你们就按八百一天给吧。”我们又是一愣。

老廖问：“华秘书长呢？”小张说：“听说和市里的领导一起到南方考察去了。我给他打电话，他让我直接跟你们说。”

想一想，小张说得有道理，我们只有乖乖地掏钱。老廖自觉没面子，说：“不行，让我多出一些。”他掏来掏去，不过摸出三四百块钱，连平均数都不够。只有我来时多带了钱，原本准备给老婆捎点儿土特产，现在只好全贡献出来了。

芹菜打蝇

这天王欣正在文化馆编稿，一个窄长脸颊上凹着坑的瘦高个子的年轻人推门进来，一屁股就坐在对过沙发上看报。王欣就问他有啥事。他说是六利水泥有限公司办公室的，叫李三，家就在这附近，现在下岗也没事，来这里看看报。王欣也没在意。后来李三频频出现在这里看报，来得多了，也就熟悉了。李三说:“我现在反正没事，有没有啥事让我帮帮忙。”王欣说：“没事没事，你看你的报。”李三说得多了，王欣就说：“我正在编咱市的文化史，你要是真没事，就帮我校对校对。”李三就来校对。李三坐在那里一边校对一边说着闲话，有时候还跷着二郎腿咔咔地嗑瓜子，瓜子皮随口吐了一地。王欣心里就有些烦，后来就说你拿家里校对吧。

李三就拿起稿子回家看，这一走就是二十多天没过来。王欣要用稿有点儿急了，想起李三丢下的电话号码，就给李三打手机。还好，没过多大会儿李三过来说校对好了。王欣赶忙拿起稿子，一看，大失所望，说："你看看，上边的错别字没弄出来倒把正确的抹了一大片，你看这一页也是，看看，还有下边儿，都是……算了算了，我自己再校吧。"

李三却听而不闻，笑嘻嘻地坐下，说："还有稿子要校对没有？"

王欣想："难道听不出我话的意思？你这水平不自觉难堪？"他不好意思说破，就说："没有了，就这些了。"李三就又坐下拿起一本画报翻看。

一连好几天，李三比上班还按时来到文化馆看画报。他这样坐在对过，王欣不知道咋回事就心烦意乱。后来王欣说："李三，对不起，这一段时间我编稿子正紧，过几天你再来看报中不中？"

李三就歪着嘴笑，露出嘴里新镶上的金牙，说："王馆长，你还没有给我报酬哩。"

王欣听了一愣。说实话，原来想着他帮忙校对好了，自己掏钱请他吃顿饭喝两盅。但他校对根本不入门，胡抹一气，尽是添乱，咋请他呢？现在竟又来要工钱！

王欣就说："我不是馆长，再说你校对这稿子也不成，编这个文化史原本就没有拨款。你说吧，咋要报酬？"

李三继续嘻嘻地笑着说："你负责这事就是馆长嘛。哎呀，不好意思，弄好弄赖我也差不多费一个月工夫了，至少不得给个一千两千的？"

王欣大吃一惊，心想遇到无赖了，说："可不敢乱开玩笑，拨给俺小组头上的经费，全年也没有一千块，再说我也不当家，下乡搜集故事坐公共汽车的车票，积攒几个月了都报不了。"

李三笑嘻嘻地说："那是你们馆里内部的事，咱不管，反正你得给我工钱。"

王欣就委曲求全地说："这样吧，我自己掏腰包，给你拿出一百块钱。"

李三连连摆手说："那连边儿都不粘！一百块钱还不够喝一壶酒！"

第二天李三又来吵吵嚷嚷半天。第三天李三又来，还带来一个虎背熊腰的黑胖子，说是他表哥。这位表哥自我介绍说是什么拳的冠军，好像要和王欣过过招的架势。王欣只好从头给他介绍说馆里没钱，莫说李三根本就没有校对好，就是真的校对好了稿子，也不可能有这么高的报酬。黑胖子说："这个我不管，反正欠债还钱，人家劳动的报酬你得给的。"王欣一急跟他们吵起来。黑胖子说："我也不打算来这里闹事，但真闹事我还真的不怕，我的徒弟们叫个三五十人还真不成问题。"

王欣本来遇事就躲，最为怕事，但到了这一步只好给领导汇报。就像原来想到的一样，馆长除了埋怨指责他一通，啥法子也没有，又跟他讨论向公安机关报案的事情，始终没拿定个主意。馆长担心的是：现在报案，他们还没有咋着你；不报案，恐怕啥时候吃他们的大亏。

这段时间李三和那个黑胖子见天儿来，王欣被折磨得夜里失眠，一睡着又直做噩梦，到白天吃不进饭，眼窝发黑，脸上瘦了一圈，走路腰都佝偻下去了。那个编稿子的任务也早顾不上了。

这天，李三又领着那个黑胖子来了，两人不脱鞋就蹲到沙发上，虎视眈眈地望着王欣，快到十二点才嘴里叼着烟离开。王欣不由自主地跟到大门口，望着他们的背影直发呆。这时候，县一中退休的体育教师肖文康提着一兜青菜过来，喊王欣道："王老师在这里发啥呆哩？"又奇怪地问："他们俩来你这儿干啥？"

肖老师有时在这里看看杂志报纸，王欣和他不生，但也就是见面打个招呼而已。可当下王欣正无奈，就像遇到知己一样，请肖老师坐到沙发上，又给他倒上一杯茶，把此事的来龙去脉说了一遍。

肖老师听了感叹道："我说呀，他俩会有看报纸的雅兴？"肖老师起身走了，走到门口回过头来说："他俩再来，你喊我一声。"

王欣打量一下肖老师单薄的腰身和走路拖拖拉拉的样子，想：叫你？恐怕我得连你的医药费一起拿。但他嘴上不好意思说出来。

第二天上午十一点，肖老师过来了，说："他俩来了没有？"王欣说："今天倒是没有。"肖老师点点头，走了。

第三天，李三和那个黑胖子又来了，正在吵闹，肖老师推门径直走过来，看到桌子上放着一捆芹菜，就抽出一根说："多嫩的芹菜！王老师，你在哪里买的？”

王欣现在最担心的是李三他们把肖老师打伤，甚至出人命案。他听肖老师说这个，愣了一下回答道：“在菜摊上，梁村的卖家。”这时两只苍蝇嗡嗡地从头顶飞过。肖老师嘟囔道：“真烦人！”他用两只手指头捏着那根芹菜的红根，看也不看往头顶一抽，两只苍蝇无声地栽落下来。

李三和那个黑胖子脸色都白了，恭恭敬敬地说：“老人家是一中的肖老师吗？”肖老师说：“你们来这里有啥事呀？”两个人连声说：“没有，没有！”转身一溜小跑走了。肖老师什么也没说便也起身走了。

第二天在大门外又遇见肖老师，王欣担心地说：“他俩会不会来报复？”肖老师笑笑说：“估摸着不会再来了吧。”

果然，两个坏人再也没有来。王欣想：就是他们再来也不怕，因为肖老师现在差不多天天来看报纸呢。

夜风轻轻吹

“看你，光顾着嗑瓜子，再讲讲嘛！”姑娘深情地瞥他一眼，一边又递过去一把五香瓜子。

姑娘是市一中图书馆的管理员——事业单位正式在编人员，大学毕业生，厚墩墩的剪发头围护着圆脸，模样很漂亮。有人说她是“高傲的公主”，有人说她是“带刺的玫瑰”。赵新做梦也想不到，自己一个开饭店的私营企业主，姑娘竟然会把爱情的绣球抛向自己！当然，这幸福的降临，全是因为这件事的电视报道……姑娘说过，她是先从电视上认识他的，但他不大想说。俗话说“话说三遍淡如凉水”，电视和报刊的报道已经够详细了。

“那些陈芝麻烂谷子的事，再絮嘴有意思吗？”

“看你，我就要你再讲讲嘛！”姑娘撒娇了。在恋人跟前撒娇是美丽姑娘的本能啊。

“那天饭店装修停业，我忙乎了一天，傍晚到湖畔公园散步。那天阴云密布，好像要下雨的样子，出来的人就少些。有一对儿年轻恋人在湖边窃窃私语——年轻人的浪漫嘛！”

姑娘说：“好像你多大了似的。”

“我开饭店也有五六年了，总跟他们小青年不一样吧。”

“别打岔，往下讲嘛。”

“两人依偎着不停地说，男的说女的也说。看得出来他们聊得开心，聊得动感情。那时候他们俩人，眼里只有对方，啥也不顾，可能天塌下来也不管。那伙人向他们走去时，我就觉得不对劲儿。后来才知道那伙人是惯犯，打一枪换一个地方，光在咱们市就作案好儿起，孟姜女河口、胜利渠大桥旁，都有。”

姑娘插话道：“孟姜女河口的案子传得可广了，过年走亲戚，我舅舅都问我来着。”

“是的。为首的是个‘马脸’，额头上有刀疤。他劈手就抓住男孩儿，狠狠地甩到一边去，女孩儿害怕呀，脸都变形了。男孩儿踉踉跄跄站住后才说：‘你要怎么样？’‘马脸’斜眼笑笑说：‘要命就赶紧滚蛋！’说完便开始打量女孩儿。男孩儿又过来了，‘马脸’跟前那矮个子，一拳下去，男孩儿鼻嘴蹿血，疼得都叫不出声来了。我跑过去对男孩儿说：‘你惹不起的，快跑！’那男孩儿看看我，以为我们是一伙的，狠狠瞪了我一眼，慢慢离开。其实，我是想让他腾场。我四岁跟爷爷学武功，懂得打斗不伤看热闹的，得先清场。女孩儿哭了起来。她要是不哭我会劝劝那伙坏蛋，可我也知道不会有作用。女孩儿一哭，我直接踹一脚，踹得比较猛。再一个，‘马脸’也没有想到我不吭不哈就敢给他来这一下子，他扑腾一声，栽倒在地上。我立即跑开，‘马脸’爬起追过来，他带的那俩货，也猛追过来。其实，我是怕误伤女孩儿。跑出去没有多远我就站住了，后来呢，把他们都放翻了……”

姑娘静静地听，见停住了，说：“再往下讲。”

他说：“那，这就讲到头了。”

姑娘说：“叫我给你往下讲。后来警察来了，可你早走没影儿了。那个受了气的男孩儿扑过来，在‘马脸’脸上扇了几巴掌。后来他们都被带到派出所去做笔录。可是好事的小报将受气的男孩儿当英雄救美的人物表扬，反把你说成‘一个歹徒同伙逃脱’。后来还是派出所所长看到报纸，才打电话纠正过来。可你一直没有露面，电视上播‘寻找英雄’你也不吭声。直到那一对儿，偶然在医院遇到你，过来感谢你，你才暴露了。”

“好了，实在是一桩偶遇，有一定偶然性，到此为止。转换话题，讲讲你遇到的有趣的事儿嘛。”

“我们那里没啥可说的，都是图书，看书的都是学生和老师，到图书馆他们都很安静。对了，有的看专心了，临走时把东西丢下是常有的事。光手机我就捡过三四部呢，学雷锋就靠这呢，咯咯……”姑娘的笑声像一串银铃响。

“喂喂，你们俩！”一个声音响在耳边。

他们同时扭过头，见是一个服务员，那样子倒好像有点儿居高临下似的。

姑娘说："你那么大的声音干啥？你知不知道，你面前这人是电视台报道过的救人英雄，空手跟歹徒搏斗过！"

他不为人察觉地轻轻皱了一下眉毛。

服务员却打断姑娘的话，又抬高声调说："不管英雄不英雄，光知道嘴皮儿享受不行，把你们扔的脏东西得弄干净！"

姑娘的脸唰一下红了，只是睁大眼睛望着他。

是呀，话不能说得好听点吗？又不是什么大事，叫人下不来台！他也恼火，不由自主地向前迈了一步，但迈出的右脚踩住了软绵绵的东西，低头一看，正是刚才掰下的橘子皮、瓜子壳，刚才是放在座位边的餐巾纸上的呀，可能光顾亲密交谈，不知道什么时候碰掉了，现在连那张踩踏脏了的餐巾纸，跟瓜子壳橘子皮都杂乱地散在地上，和洁净的水磨石地面是那样不协调。他明白了，话糙理不糙，人家服务员该下班了，也带着几分恼火呢！他从口袋里掏出小手绢，缓缓地弯下腰去……

姑娘可能是没有想到他这么轻易就"投降"，双手捂住脸，飞一般地跑了出去。

他"哎——"了一声，但没有去追，他想也不是追的事，爱情可能完了。但是人家等着下班，丢这里狼藉一片算咋回事呀？他认真地将那些瓜子壳一点儿一点儿地捡起，放到手绢上，裹了一个小包，塞进口袋里。又捡起橘子皮，干脆就放在自己的大手里。地面又干净了，他如释重负，轻轻地嘘了一口气。

他急匆匆走出影视厅，四顾无人，想她可能自己回家了，正想喊一声试试，脖子猛地一凉，伸手去摸脖子，却抓住一支冰棒。他忙转过身，原来是姑娘站在那里！他惊喜地睁大眼睛，姑娘没有离开，心爱的人没有被得罪！

姑娘脸上挂着调皮的微笑，脸颊上却有泪痕。片刻，她才羞答答地说："咱们走吧。刚才……在真理面前认错，才是真正的英雄！是我不对，我也该和你一同捡。走，垃圾箱在那边。"说着，她挽起他的胳膊，走下台阶，肩并肩地向前走去。

夜风轻轻吹着，是那样清爽宜人。路边的梧桐沙沙作响，好像在和他们一起窃窃私语……

阴谋与爱情

王军好不容易找到停车位，泊车后一溜小跑到八一路新华书店。他进门就喊同学大李。一个女营业员说："大李刚去仓库拉货，马上就到。"王军就说："我来找一本书，叫《电子脉冲技术新探》，去年出版的，互联网搜索了，你们这里就有一本，麻烦你给我找一下。"

女营业员用手一指："就剩一本不假，不过巧了，刚才这位女士就是要这本书，在她手上呢。"

王军顺着女营业员手指的方向望去，一位身材颀长的女孩儿，侧面看上去，紧身套装勾勒出的身材曲线很迷人。他不由得多打量了几眼。那姑娘站在一道书柜前，低头入迷地翻阅着那本书。

王军走过去，随手把黑皮包顺在柜台边，把姑娘正读的书轻轻一扒拉，想查看一下书的封面。

但姑娘好像早有防备，像抓宝贝一样把书握得牢牢的，抬起头来见惯不惊似的问："怎么了？"

王军顿时意识到自己唐突了，缩回手挤出几丝笑容，算是表示歉意，然后搔搔后脑勺说："对不起啊，这本书您要吗？"

姑娘收敛起笑容道："那当然了，我是专门来找这本书的。"说着她把书一合，拿起来去收银处刷卡交钱了。

王军眼巴巴地望着姑娘把书拿走，颇觉得尴尬，想起之前给老同学大李打过电话，正要找他，一眼瞟见大李拉着运货平板车过来了，他好像找到了救星似的喊："大李，大李！"

"王军！"大李停下来，高兴地说："过来得这么快！好，专家大驾光临，我正要跟你说个重要的事情。"

"你的事情先往后搁，电话里没有给你细说，我当紧要《电子脉冲技术新探》，你去后边仓库找找看。"王军迫不及待地交代。

大李说："门厅没有就是没有了，后边从来不存这类书。你可以去网上搜搜。"

王军说："去互联网搜了，就你们店有一本，可惜晚了半步，让一个女的买走了，刚走。你说的那些网站我都搜过，没有。我跟作者联系都没有联系上。"

大李说："是的，这种专业性太强的书，哪个书店也不会进几本，没有几个人会买。除非预约，这类书省店也不可能有库存。"

王军说："哎呀，这可耽搁事了！"

大李说："你可以到大学图书馆找找看。"

王军说："托省理工大学的同学了，也没有。其实就是想复印书里两个章节的内容。"

大李说："那你咋不早说！刚才那个女的买走，你就该跟她商量一下，咱书店就有复印机。"

王军一想是这个理，说："她可能没走远，让我试试看。"他飞奔出去，赶上买书的姑娘说："同志，能不能帮个忙，您买的书让我复印几页就还你。"

姑娘微笑着望着他，犹豫了片刻，最后还是坚定地说："对不起啊。"说着踩着高跟鞋咯噔咯噔地走了。

王军回来告诉大李，让大李再给他想想办法。王军告诫他说："别光惦记着书、书、书！书是啥？是为人服务的。人不能被书绑架。你的个人问题得抓紧解决。咱班同学就剩你一个了。俺家妞妞都上学前班了。"

王军说："我正在攻关振动电机降低噪音，这个弄不好，寝食不安啊。"

大李道："我说老同学啊，咱做人心眼儿太活泛了不好，可太实在了也不好。你们那个东风振动电机公司，拿你当老牛用，就那么一点儿工资，又没有股份，犯得上吗？"

王军说："也不能这样说，咱是受重用的，经济上人家也不错的，只要我提要求，没有不答应的。"

大李说："你嫂子为你的婚事没少下功夫。这次介绍这个，你保证满意，条件够好了！他哥哥是靳云飞，富强振动的老板，几十亿身价，优秀企业家。女孩儿叫靳小燕，靳云飞的妹妹，气质一流，上海交大毕业，比你小两岁，一般人根本不入她的眼！她在哥哥的企业里有股份。你嫂子把你夸得像一朵花，姑娘真动心了。”

王军猛地一愣，说：“靳云飞？靳小燕？我想起来了——刚才买走书的就是她！我说咋有点儿面熟呢，是前年市里开科技大会时见过。她是富强振动的技术科长。”

王军回忆起当年一见靳小燕，就让他眼睛一亮，只见靳小燕才貌双全，气质优雅，当时自己确实想过，谁能娶了这女孩儿，谁就是上辈子烧高香了。他说：“大李你不知道，他们富强跟我们东风振动，企业规模和技术水平都不相上下，在全省同行业里都是靠前的，现在正较着劲，矛盾也不小，当然都想超压对方。要说靳小燕这女孩儿是真优秀，不是嫂子介绍，我想都不敢想呢。我谢谢嫂子了！但话说回来，眼下我不能跟她谈呀，我得避嫌，要不然俺老板恼火不说，大家也得戳我的脊梁骨。”

大李说：“算了吧，老板是老板，你是你！他老板恼火算个啥呀！你在他们东风振动又没一点儿股份。水往低处流，人往高处走，跳槽呗！这个机遇千载难寻，一辈子的大事！就单为能抱上美人也值得跳！再说，靳小燕眼光可高了，以前她哥给她介绍的高官大贾子弟不少，她一个都不见。你嫂子把你的情况一介绍，她答应得可爽快了，这是前生姻缘可遇而不可求啊！”

王军沉吟道：“谢谢老同学，谢谢嫂子。可我正主持我们东风振动的攻关项目……”

收银员喊起来：“喂，大李，你告诉你的同学，刚才买书的女士给这位先生留了一封信，交代等她走远再转交。”

王军接过纸条，上边写着：“王军，你不用复印，原书给你留着。我也正在全力攻关，想在脉冲电流上下功夫，降低振动电机噪音，能不能来富强帮帮我？如果你肯枉驾前来，也可以说是我想帮帮你呢！以我们优化组合的实力，没准儿能做出全国一流的振动电机，甚至跻身世界一流水平，给国家争光呀！如觉得此事可以讨论，晚上 6 点请到半岛咖啡馆 2 楼 16 号座，等你。靳小燕。”

大李照王军肩膀上就是一拳头，说：“桃花运来了，挡都挡不住，你小子艳福不浅！我回家就给你嫂子说，叫她别再操心了。”

王军的心却剧烈动荡起来：今天的碰面是不是富强振动的预谋？大李和他老婆是不是被富强振动收买了？说媒和今天的碰面，咋都这么巧呢？这是爱情的序幕，还是阴谋的开始？今晚到底是去还是不去呢？

惩　罚

“嘭嘭嘭”一阵拍门声响起，我知道是门岗老王，也知道他是来要汽车“支好”的，因为今天是星期四，他约的正是星期四。“支好”是我们这一带的一种说法，就是嫁闺女娶媳妇借用汽车服务。当然，新郎新娘坐的彩车不可能借用我们的，我们那一辆破面包就是待客，年轻人也都不会想坐。这个“我们”不仅包括我负责的单位县文联，还包括人家县妇联，是两家单位共用这辆车。我们这个地方不发达，这俩单位又不受重视，伙着一辆车就算人家高看了。妇联用车是每周一、三、五，我们用车是每周二、四、六，周日谁也不许动。前几天，我从门岗路过，老王正儿八经地喊我“柳主席”，我都怀疑他不是喊我的，因为在我的记忆里，他这是第一次喊“柳主席”——他从来都喊我“老柳”。老王说，他侄子结婚，要用我们的小面包去服务一下，我想都没想就答应了。

要说老王，我对他可没多少好感。别看他只是一个门岗，可眼里会说话，很懂得看人高低。他平日里看见区长、副区长路过，都是上前声音软软地问好。如果是实力强的局委，如交通局、发改委、财政局的头头脑脑们路过，他也很客气，想法找几句好听的话说，那声音就跟太监似的。但我们这些空架子机构里的人路过，他一般都是塌下眼皮看都不看，更别说打招呼了。你跟他打招呼，他还不耐烦。大约半个月前的一个上午，我外甥给我送来一捆怀山药，我想得等下班时再捎走，就拎着山药想先放进门岗屋里。老王立马堵在门口，绷住脸一口拒绝，一本正经地说："老柳啊，这门岗屋子不大，可它就是我们的工作岗位，你乱放东西，我们进出多有不便，领导看见了，我们就没法交代哟，弄不好会扣我们工资的！"可当天下午我从门岗路过，他正吭吭哧哧地从门岗屋子里往外搬成箱的酒，沉甸甸的，一趟又一趟。电业局长感动地说："老王啊，不是你建议，我还真想不起来先放你这儿呢！劳你保管，还劳你给我往车上搬，回头我请客啊！"

"嘭嘭嘭"又是一阵拍门声响起。要说答应的事得兑现，人家来用车了，我躲在屋里不开门算哪回事呀！但昨天的事真是把我气得够呛。昨天是我父亲来市里医院看病，顺路给我捎一点儿红薯，因为没有我家的钥匙，就来机关找我了。但老王把住门不让他往里进。当然，我父亲当了一辈子农民，穿的衣服戴的帽都有点儿土气。从这点说，很符合老王看人高低的本性，但我父亲说清了我的名字和单位，老王还坚决不让他进大院，也不给我打电话，这就做得太过了。后来还是同一楼层的工会老赵路过，才到区文联通知了我。我下来挺恼火地说："老王你是咋回事？咱成天碰头磕面的，我老父亲已经说了是找我，老人过来你就不能通融一点儿？"老王一本正经地说："老柳啊，咱是公事公办啊。要说这楼里的人我都认识，他们的家人来了我都开后门？咱机关大院不是乱了？你也得理解我们门岗，我们面对的是成百上千的人啊！你也是当官的，都说你们当官的最讲政治……"我没有听老王讲完，起来拉着父亲就走。难道老王就一点儿都不想，你到第二天就得找我，就要借用我们单位的车？我虽然不好意思这样说透，但我心里这样想，很激烈地这样想着。老王倒是一副大大咧咧毫不在乎的样子，好像他理所当然就该用我们单位的车，理所当然就该阻拦我父亲进大院似的。

"嘭嘭嘭"又一阵拍门声响起。我横下一条心：随他拍去！我就是不开门。你这种品行不值得给你服务。当然我也想到，老王小人一个，可能去告我的状，可能会散布谣言说我不开门就是心中有鬼。但我还怕你？我一贯为人正派，在机关坦坦荡荡。后来我退一步想：老王要是在外边喊我一声"柳主席"，那我也就开门了。打开门就赶紧去给他派车，以后再解释道歉。但老王就是不喊，只是拍门。后来倒是喊了，但不是喊"柳主席"，而是喊"王八蛋老柳""老柳这个王八蛋"，我更不想开门了。哪个人会给大骂自己的人服务呢？

我默默地记着数，算算老王已经拍了五遍门，我再退一步想：只要老王再拍一遍门，我就开门。算是六六大顺吧，也应他侄子结婚喜事这个“好”。但好像存心跟我找别扭儿，老王偏偏不再拍门了。他站在门口骂得很难听，好一阵后才撅哒撅哒地走远了。

我忽然觉得自己做得不对。老王尽管势利眼，但说到底是个底层跑腿的，跟我本质上没有什么两样。就算他是个小人，我也不值得跟这种小人计较，要不然我不也成小人了吗？再说老王成天两副嘴脸对人，其实也挺累挺可怜的。这样想着，就吧嗒一声开了门，我喊：“老王，老王——”但老王根本没搭理我，只是骂骂咧咧地下楼梯。或许是根本没听到我的喊声？或许是听到了佯装听不到？他肯定同时约了许多单位的车，也不差我们这辆旧面包。反正下了楼梯他就咚咚地走路。

不行！君子一言，驷马难追，我答应过老王，答应的话无论如何都得算数，哪怕他再骂我咒我。我忽然满腔悲壮感，一边喊着老王，一边小跑着过去，咯噔咯噔跑下楼梯。正拐着弯儿迈向一楼走廊，脚一歪，扑通一声栽翻到地上。我试着慢慢站起来，却不能向前迈步，左边小腿疼得厉害，肯定是骨折了。就这样，在这个星期六，我惩罚老王没有用成单位的面包车，可老天惩罚我摔成骨折住进了医院。

卷毛狗喔喔

小韩从山沟里弄来一只半大的狗，灰不溜秋的卷毛狗，毛尾脏乱不堪，肚皮上斑斑块块好似长有癣。遗弃的狗呀猫呀，在城里很常见，但这里委实不多。大家都围上来欣赏。小韩说：“也是鸡肋，唉——”

我知道小韩的心思。要了这只小狗吧，它既不如我那只误吃老鼠药死去的狗儿薇薇模样可爱，又不如小韩那只误入陷阱死去的德国牧羊犬虎子威武。不要它吧，我们勘探队长年累月在野外作业，一时半会儿也回不了城，在这荒山野岭里找只狗比找条狼还难。我又打量一眼，心里觉得没劲儿，无可奈何地叹口气：“唉，好赖是个伴儿，留下吧。”

小韩将它抱到泉水里用香皂洗净，在长癣的地方抹了药，在太阳底下晾干，拿过来就不一样了。棕红色卷毛覆盖全身，毛茸茸的，大嘴巴一张，里边的牙齿白白尖尖的，伸出长长的红舌头去舔几下门框，模样也有几分可爱。这个摸摸，那个逗逗，也算是添儿分生活的乐趣。但大家正抚弄间，小狗突然箭一般蹿出去，跑到远远的野地里，在土窝打了滚儿，钻这里钻那里，一下子又灰头泥脸的。跟着跑出去的小韩抓住它恼怒地说：“再不讲卫生就不要你这东西了！”我看着小狗浑身上下的尘土草末，说：“这东西，要饭花子出身，适应不了卫生环境，给它起名叫‘窝囊’好了！”小韩说：“就叫‘喔喔’吧，这东西！”

早上，我们都洗过脸刷过牙了，喔喔才懒洋洋地从帐篷里钻出来，撅起屁股摆摆前腿，伸了个长长的懒腰，将下巴蹭两下地皮，例行公事般地摇两下尾巴，伏到小韩给它摆的盘子上，狼吞虎咽地吃起香肠和面包来。我说：“吃相凶猛啊！”小韩说：“看它吃东西，倒是还有点儿基础，训练时至少它有劲儿！”

小韩驯狗有一套。以前他驯的那只虎子，就是我们勘探队的好帮手。那条猎犬能按照小韩的指令埋伏、出击、扑咬，动作干脆利落，不止一次给我们抓住野兔，改善了生活。再一个，那东西灵性得很，除了我们几个，谁投的东西都不吃，哪怕是一块儿香喷喷的牛肉扔到它嘴边，它也是狂吠着向主人报警。现在的喔喔呢？不管怎样，小韩又信心十足地训练它了。

“喔喔，冲！”小韩带头往前飞跑。喔喔似乎不情愿地跟着跑起来，前边有一块斗大的赭色石，小韩做着示范一跃而过，喔喔已经跳过去了，却猛地打个旋儿，回过头来细细地嗅起来。小韩喊：“喔喔，喔喔！”喔喔在大石头跟前寻觅到一块儿小石头，用双爪将其抱起来，好像马戏团表演。小韩说：“喔喔，喔喔！”

喔喔将小石头放到地上，张开后腿撒上一泡尿再嗅。小韩喊：“喔喔，喔喔！”喔喔就“汪汪”地连叫了几下，声音不高不低，好像带着满腔委屈。我说：“小韩，算了吧，喔喔不是虎子！”

两周过去了。喔喔照旧是能吃，饭量快顶得上当年那只虎子了；喔喔照旧是跑不快，翘着尾巴晃着屁股一摇一摇的；喔喔照旧是满满的好奇心，跟在我们后边抖着卷毛跑，动不动就停下来对着哪一块石头发呆，有时还像猫掏鼠洞似的伸出前爪去探探石罅。我说：“小韩呀，喔喔可能就是个宠物狗，咱逗逗就得了，你要叫它干别的，恐怕连个鹌鹑都抓不住。”小韩有点儿迷惑地说：“喔喔的个头儿不像宠物狗呀。”他又对喔喔说：“喔喔呀，要是遇到狼，你敢不敢往前冲？”老王不屑地扫喔喔一眼说：“哼，不被狼吃掉就是好的！”喔喔根本不听我们的议论和感叹，只是嗅东嗅西的。

狼倒是没遇到，但我们在往牛头山转移的途中遇到了金钱豹！牛头山峰高林密，我们走到坎头岩下时，喔喔哼哼唧唧的，还在小韩的裤腿上蹭了两下，事后才回想到也许是喔喔对我们的警告。我们和豹子紧张地对峙时，冷汗浸透了布衫，完全忘记了喔喔的存在。豹子和我们相距只有十多米远，当时就是拿枪也来不及了。所幸那只豹子盯了我们一会儿，突然转身跳过沟跑了。我们这才松一口气。小韩也一屁股坐在了地上，但马上又强撑着站起来喊：“喔喔，喔喔！喔喔呢？”是呀，喔喔呢？喔喔身子骨薄弱，当然不能指望它上前撕咬，至少也该汪汪叫几声示示威吧。但谁也没有听见哪怕是一声犬吠。我们全体人员一起出动寻找好半晌，喔喔原来躲在我们身后十多步处的一簇密草中，拨开草丛，看不见它的头脸，真叫“钻过头不管屁股”，只看见一团卷毛在瑟瑟地发抖呢。

走到黑虎岭时，天已擦黑，队长决定就地宿营。喔喔又是哼哼唧唧并在小韩的裤上扒来扒去。这是不是什么猛兽将要在这里出没的预兆？经过了金钱豹事件后，我们不由得不格外警惕。于是在帐篷外点起了篝火，我们拿起枪分两拨人值班站岗。喔喔的哼哼唧唧声一直持续到深夜，不要说站岗的紧张惊恐，就是轮到睡觉的也睡不安生。但是一夜平安无事，直到红日笑微微地站立在黑虎岭的黑槐树枝头上。

被恐怖折磨了一夜的勘探队员都揉着红红的眼睛出来了，吮吸一口清新的山谷空气，活动活动腿脚，放松放松自己。就在这时，不知什么时候跑出来的喔喔突然在不远处狂吠起来。大家来不及细想，慌慌张张跑回帐篷拿枪，没枪的拉出标杆做武器自卫。但是大家搜索半晌，看不见虎豹豺狼的踪影，又拿出红外探测仪扫描，也没有发现可疑的情况。喔喔还在那里吠叫。我们赶到跟前，它又咬小韩的裤腿。但那里既无蛇影又无蛇洞，裸露的红色岩石处有几丛葛条棵而已。老王说：“小韩呀，喔喔头脑里是不是阶级斗争的弦绷得太紧了？”队长也皱着眉说“该叫不叫，不该叫乱叫，净扰乱军心！”小韩脸上早挂不住了，飞起一脚将喔喔踢得在地上翻了个跟头才爬起来，一条后腿都有点儿瘸了。

从坡头回到基地后，小韩就托人又弄了一条中华田园犬，起名叫“鹏鹏”。这个喔喔还要不要？老王说：“干脆杀了吃肉吧！”我首先表示反对。小韩也说：“那怎么行？送人得了。”老王就瞪大眼睛：“你送不出去的！这种成色，谁会要？”但后来老王还是趁到市里置办后勤物品，把喔喔带往狗市里卖，结果半路就遇到买主卖掉了。用卖狗的钱我们上街吃了羊肉烩面。

故事到这里本来就结束了，但我们那天遇到了杜工。杜工是基地总工李大海带出来的博士。李总上山探矿遇洪水牺牲后，杜工就是基地的头号权威了。我们和杜工在一起喝酒，他看着小韩的鹏鹏不住地称赞。老王就绘声绘色地讲起了喔喔的笑话。谁知杜工越听越紧张，突然问：“它在哪儿？”老王说：“早卖掉了！”杜工连连顿足:“你们咋恁浑呀！那是李导师的心肝宝贝！一条找矿犬！你千条万条狼犬也抵不上一条这种狗呀！李导下功夫培育了十几条，只有这一条成功，探矿可灵！啥也别说，赶快找它去！”我们顿时慌了，赶忙去各个狗市查询，但茫茫大千世界，哪里找得到？

省里拨来项目款

省领导来视察过的第三个月，两万元无偿项目款拨下来，一张领款表格发到我的手上。村主任伸手从我的上衣口袋里摸出一支烟叼在嘴角说：“哥儿们，对你咋样？”

我连连点头：“真是，真是，省里的领导、市里的领导、县里的领导，都是真关心咱们老百姓。我感谢党，感谢政府。”我说的是掏心窝子的话，那天省领导听我汇报野菜马齿苋的立体无土高产培植后，马上对陪同的市领导表态，让给我拨点儿专款，还让农科所的作物栽培专家来指导，让我继续试验争取早日大面积推广。即使没有拨专款，我也照样感动，那天省领导顶着热辣辣的太阳过来，又钻进我的试验大棚里走来走去细细地观看，弄了一身的汗，那调查研究够深入了。

村主任脸上显出嘲讽的神色：“又不是上电视，你讲那些大道理干啥呀？我是说我，我村主任对你咋样？”

“你？”我一时语塞，这话要反过来问还差不多。村主任哪个月不从我这里捞些油水？他家里有亲戚朋友来，哪次不来我这里弄走成包的菜？没多久前，还从我这儿借走两千块钱，说是借，连借条都没打。

“老乔呀，省领导来视察咱专业村，不是我领着去，省里能知道你是先进典型？这是天上掉钱包，你白拾两万块钱啊！”

我只好违心地说：“谢谢村主任啊，全靠你了。”

“老乔呀，咱近人不说远话，我家的情况你知道，光顾给全村老百姓操心，自己家里的事情顾不上管，经济上一直都翻不过身儿，老婆孩子成天嘟囔我，都搞得我不敢回家！不过哎，这也是应该的嘛，当村主任就应该给老百姓谋幸福嘛。不过，这次你天上掉馅饼，钱来得容易，我高兴啊！我就不打你的主意了，原先借你的两千，就算是咱俩清账了！只当国家给你的是一万八。”

我一愣，心里有点儿难受，但没有表露出来，知道没有自己不同意的余地，便说：“那是，那是，完全应该，完全应该。”

出了村委会院子，正好碰上村会计。他很关心地交代我：“表格盖好章没有？还有乡里县里的公章，都要抓紧办手续！”

我答应着正要走开，会计回头笑眯眯地又补一句：“老乔啊，发财不能忘全村啊！有句话叫共同富裕嘛！人家打工的捡破烂的还知道给村里来点儿赞助呢。你不是不知道，咱们村里家底儿薄，杂事又多，我们村办公经费都不够，很作难哩。两万块钱到了后，你就赞助咱村委会五千块钱，也不多要，只当国家给你的是一万五！”

我又是一愣，心痛得很，但想想这是公事啊，更推不开，便勉勉强强地说：“那——好吧。”

我到乡企管理总站盖章，曹站长一边倒茶一边感叹：“马不吃夜草不肥，你老乔发财发海了！乖乖！一下子就是两万！咱站里十几号人马，还有辆破标志车，人吃马喂成天硬是顾不过来呢。光说为你们服务，可你总得叫我们服务得动吧？老乔啊，这次你发财了，可得帮衬帮衬咱们站里，赞助咱一万块吧，只当国家白给你的是一万！”

我呆住了，只觉得脸皮硬刷刷地发凉，好一会儿没有接话——这样下去这钱还有吗？

曹站长成竹在胸地笑了：“看看，看看，心疼了不是！你们这些人啊！只能得，不能失；只能进，不能出啊！算了算了，跟你开玩笑哩！咱一向照顾你。不过我这里有几张饭条儿，麻烦老兄给解决了吧。”他把条子塞给我，狡黠地笑着说：“也就两千来块钱，我正急着用哪，明天你把钱捎来，我把章盖好给你。现在章不在我这里。”

乡企业管理总站盖不了章，只好先回家。路上正遇到园区廖所长，我躲了一下没有躲开，他已经把双手拱在一起：“恭喜，恭喜，国家白给钱，俺所里没少支持你吧，你不请客？”

虽然这事和他没一丁点儿关系，我也用不着他盖章，但我知道他在这里有点儿势力，他要给你使绊子，你有些事还真不大好办，只好违心地说：“走吧，咱到大街上喝两盅。”

廖所长哈哈大笑，说：“好我的老乔呀！白拾两万块，到大街上那小酒馆，就花个五六十块钱你也忍心？再说我从来不搞特殊，要去我们园区所的弟兄们一块儿去。”

我只好由着他去喊人找车，弄了十来个人一起到县城凯乐大酒店，酒足饭饱后又包厢卡拉 OK……这一趟下来共花了我一千多。

在下边折腾了几天，到县城也不轻松。批准盖章的是县项目办主任，拿公章的却是项目办的办公室主任。今天这个主任去开会，明天那个主任又去装修住宅，一直到第四趟才抓住两人都在的机会。办公室主任把我献上的一盒大中华扔进抽屉里，脸上绽开一片微笑：“老乔同志，咱事先讲好，这笔款从我们项目办路过，扣除 10% 的管理费。”

我心情沮丧地下了项目办的楼，忽然听有人喊我：“老乔，我都找你好几趟了。”我一看是老茹，原来是乡纪检委的，在我们村蹲过点儿。

老茹说，他现在在县纪检委纠风办，已经听说了我的一些事情：“你的项目资金来了两万元？”我一听就来气，说：“两万不假，可是到手估计一万都不足了！再弄下去，还不知道有没有了！”老茹说：“咱就是要你这方面的情况，咋样，到我办公室坐坐？市巡视组明天就下来了。有关单位和人员，借助办理手续吃拿卡要，正是重点查处的问题之一。”

我说：“这个真能解决？”

老茹说：“放心吧老乔，中央和省市都有部署，上上下下都得动真格的。叫那些过个长虫捋层皮的家伙们作吧！马上就有他们哭鼻子的时候。项目款项目款，得百分之百用于项目，一分钱都不能挪用。那些吃拿卡要的，不光是退钱和道歉的问题，严重了，要坐班房的。现在，你就给我讲讲这几天你办手续的经过就中。”

我觉得眼前突然闪现出一道亮光，我抬头看天，不是幻觉，那是东边正升起的太阳一下子驱散了乌云啊！

凤凰嘴

那是个油菜花黄灿灿的明媚春天，在交通运输公司宣教科的几个女人，一个比一个漂亮的女人们，就热热闹闹叽里呱啦地侃起了大山。

张珍妮的丈夫是自来水公司的副经理。张珍妮说，他的先生天生爱吃，在家里三天两头买肉做肉，烧烤、清蒸、红焖啥都做得像模像样，色香味俱全，业余时间都弄这上边去了。上个星期天，他爱人专门到市委招待所里跟厨师学做烤全羊。

毛蓁蓁的丈夫在供电公司宣传处当副处长。毛蓁蓁接着说，她的那位光吃不做，可吃得下色，上周为了吃一盘正宗的清炖野甲鱼，专门领她跑到一百多里外的万弦湖风景区。

俗话说最后出台的是压轴戏。生来啥事都不好落到人后头的姜芸芸对这个话题最后说话，但她不鸣则已一鸣惊人。她说："现在条件好了谁不爱吃爱喝？俺家先生每逢周末、节假日就领着全家到省城吃大餐，省城里有名的饭店都吃遍了。眼下吃惯了省城大饭店的鲍鱼米饭，生生上了瘾，三天不吃鲍鱼就胃痒痒。”

女人们就是争强好胜，但这场呱嗒嘴之后，张珍妮丈夫做烤全羊的话忘记了，毛蓁蓁丈夫领着吃清炖野甲鱼的话也随风吹走了，只有姜芸芸全家成天到省城吃大餐的话迅速传遍全城。特别是她撇着小嘴说的那句“三天不吃鲍鱼就胃痒痒”一时成了全城的名言。这也难怪，吃烤全羊吃野生甲鱼毕竟不稀罕，但吃鲍鱼在这个县城里还是较为少见，更重要的是三个女人中，只有姜芸芸的丈夫有实权，县交通局的一把手，正局长，咋能不引起人们注意呢？

这话传来传去终于传出了事情。听说是交通局内部也有人写信反映。县纪检委来调查姜芸芸丈夫公款吃喝的事情，直到这时她的丈夫才知道她在外边吹牛吃鲍鱼的事情，气得他到家逮住姜芸芸就是一顿臭骂。其实姜芸芸一共就吃过一次鲍鱼，还是她在省建筑公司的同学请的客。虽说交通局长并没有领着全家用公款大吃大喝，但这公款吃喝的名声还是在小县城传了好长一段时间。更为严重的是，拔出萝卜带出泥，纪检委来调查把交通局小金库的事情弄了出来，几十万小金库全部没收入国库，而且给局长来了个行政警告处分。

有很长一段时间，姜芸芸都不大说话。但江山易改禀性难移，慢慢缓过劲儿来的姜芸芸又开始吹牛了。一次同学聚会觥筹交错之间说起了建筑公司老总王老六，王老六承包了矿产局新行政大楼的建设，定金都交过了，但矿产局班子矛盾大，后续资金跟不上，现在工程进展不下去，弄得王老六把矿产局长骂一顿，说：“你要不当家就别跟我签协议！”喝酒喝得红头涨脸的姜芸芸就说：“俺家那位在交通局威信高，吐口唾沫成个钉儿！交通局要盖培训中心，这个推荐这个，那个推荐那个，俺家那位说了，别争，就是王老六！局里人提王老六公司的资质不够，俺家那位说：‘我啥也不看，我说王老六就王老六！’协议都签了，局里上上下下连个屁都没人敢放！”

谁知道隔墙有耳，不知道谁又把这件事给张扬出去了。全城都知道，交通局长盖培训中心大楼，说啥资质都不看，他说王老六就王老六,这不是暗中有交易吗？好几封举报信都递上去了，纪检委立案来调查。调查来调查去，发现王老六仅仅是和交通局草签意向协议。一切都在前期摸底阶段，并没有姜芸芸说的那种胡乱拍板定案的情况。但是这样一闹大，交通局长就没法让王老六在交通局承包工程了。

交通局长更加生气，这段时间回家老是板着个脸。姜芸芸知道错在自己，只好退避三舍，甚至这一天是自己的生日也不好意思吭声。上午她正要去做家常饭，老公打来电话说到街上去吃大餐过你的生日。到了街上一个偏僻一些的酒店，老公又是点好菜，又是上蛋糕，又是点生日蜡烛，叫姜芸芸好生意外。姜芸芸说：“老公，我向你认错，两次纪检委调查都是因为我这张嘴——我这张乌鸦嘴！”说完，伸出小手就啪地朝自己那美丽的小樱桃嘴上来了那么一下子。

交通局长忙抓住姜芸芸的手，放在自己的大手里摩挲许久才放开，又满满斟了一杯红葡萄酒，双手端上说：“芸芸，今天我敬你一杯！一是祝你生日快乐，第二个更重要的是感谢你的这张说话没遮拦的嘴。你不是乌鸦嘴，是凤凰嘴啊，凤凰嘴！”

姜芸芸满脸通红说：“老公，你讽刺我！”

交通局长说：“不是讽刺，是真诚的。现在王老六进去了，你知道他弄翻多少人？咱城管局金局长、沙管局侯局长、土地局文局长都因为王老六进去了！刚上任不到一年的建委赵主任也进去了！还有几个在查着……想想王老六原来也是打算承包我们局培训中心工程的，要没有你在里边插这一杠子，很难说我到时候能不能经得住诱惑，说不定我这次也得进去。纪检委及时查查咱，看起来是坏事，实际上是好事啊！能挡住不让咱往下坡滚。这个事情我越想越感谢你。来，为我们美丽的凤凰嘴干杯！”

小虎的喜悦

小虎从来就认为自己是一个幸福的人，虽然他很小的时候爹娘就遭车祸去世了，但慈祥的外祖父和外祖母就像亲爹娘一样，忧心他吃，忧心他穿，宠着爱着把他拉扯大。初中毕业后他就跟着外祖父磨豆腐卖豆腐。外祖父外祖母去世后，他又和表兄表嫂合作，还是做豆腐卖豆腐。他们相处得很好。街坊邻居提起来都夸。后来表兄的同学在南方建了一个特种电焊机制造厂，让表兄去给他管销售，表嫂就跟着也过去了。小虎就顺理成章地接了做豆腐卖豆腐的全套家当。

小虎卖豆腐一开始是像外祖父一样推着小推车。俗话说“推小车，不用学，只要屁股调得活！”小虎当然也是左一下右一下调着屁股，还大叉着两条胳膊握着车把杆，肩膀上搭一条麻绳编织的带子，那带子还编进红色的绿色的丝线，汇成美丽的花纹，看上去十分惹眼。这条丝带是隔壁邻居孙二嫂为小虎编织的。为了这个，小虎给孙二嫂家送了整整一个月的豆腐，一直到那一天，孙二嫂嗔着脸撕扯他的白小褂，硬是把当天的豆腐钱给他装进口袋里。

现在，小虎已经不推小车了，骑着一辆绿色的三轮电动车，可是车前仍旧缠着那条彩色编织带。近些年人们重视食品卫生，很在乎是不是健康食品。小虎做豆腐必定规规矩矩穿上白色的工作服，戴上口罩。他的豆腐作坊干净得很，又是只用姜汁点豆腐。他的豆腐白、嫩、硬，在小镇内外都打出了好声名。更叫人感兴趣的是，小虎的吆喝声委婉动听，仿佛像是唱京剧，或者是唱流行歌曲。他喊“卖豆腐啰——豆腐啰——”前一个短句由高到低，像是瀑布由山顶冲下，跌落幽谷深潭中发出的回响；后一个短句又由低到高,像是一条彩虹从雨后的大地抛物线般斜斜伸向天空。所以说，听他的吆喝是一种享受，或者说简直就是这个小镇的一景。往往是小虎吆喝过，就会有淘气的孩子们跟着他学着他喊，但是没有一个有他喊得字正腔圆。

孙二嫂有一个妹妹叫小芳，高中毕业没考上大学，跟孙二嫂一块儿经营一个小商店，每当听到小虎悠长动听的吆喝声，就停下手中的活计站在那里静静地听。有时小虎的吆喝声拐进曲曲小巷，声音渐渐地小了。小芳就不由自主地走出店门，随着唱喊声的余音往前跟着走，一直走到胡同口，往里边探望。孙二嫂碰见过几次，就知道这姑娘有心事了，就问妹妹，一问妹妹就红了脸，再问妹妹点点头。孙二嫂先跟自己的父母商量了，大家都赞成。孙二嫂就给小虎提媒。小虎见过几次小芳，觉得这个姑娘又美又善良又安详，心中着实倾慕，从来都不敢认真地打量，哪会想到自己有缘？听孙二嫂一说，他一下子愣住了。孙二嫂再追问，他才红着脸说：“那，这就太好了，我、我真有福了！”于是孙二嫂就安排他们两个人进行“见面礼”。事先小虎给小芳买了一块手表、一辆电动车，当然都是拣贵的好牌子的买。小芳也去买了好毛料，亲手给小虎编织了一身毛衣毛裤。见面后小虎舍不得穿这身毛衣毛裤，规规矩矩叠放在家的柜子里，每次回到家，都要去抚摸抚摸，好像小芳就在眼前一样，心里得到慰藉。

这天，小虎刚刚卖完豆腐回到家中，孙二嫂眼睛红红的，推了小虎给小芳买的电动车过来，说：“小虎，小芳说了，现在就把你们这门亲事退了吧。”小虎忠厚，不敢往下问，想也许是人家又找到条件好的新对象了。他一下子跌坐在椅子上，愣怔了好久，才起身打开柜门，把那套毛衣毛裤拿出来，双手捧给孙二嫂。孙二嫂拔脚就走，临出门，回过头来说一句：“小虎你好狠心！”小虎结结巴巴地急道：“是你们退亲，咋会是我狠心？”孙二嫂就盯住小虎问：“你真的不知道？”小虎说：“啥？”孙二嫂说：“小芳是不想耽搁你——小芳这一段一直肚子疼，今天检查结果出来了，是肝癌！”小虎跳起来，一下子从孙二嫂的怀里夺过毛衣毛裤紧紧抱在心口，好大会儿，又放回柜里。他推了电动车到孙二嫂的家里，抓住小芳的手说：“有我呢，别怕，哪怕到天涯海角，咱也得看好病。”小芳的泪水就涌出来，说：“你这个傻、傻小虎，这种病是看不好的，白拖累你了。”

小虎也没有见过世面，怎样看病就听孙二嫂的。每次出来到大医院，他都是咬着牙跑前跑后。他总是笨口拙舌说小芳："别难过，没事，慢慢来，病它总会好的。"到省城把小芳安置好，他总是蜷缩在人家房檐下，说："能省一点儿是一点儿，我身体壮着呢。"他把自己辛辛苦苦积攒下来的钱全部交给孙二嫂，每天卖完豆腐也不点钱，卷成一卷都拿到孙二嫂家。生活要过，小芳的病更是花钱的无底洞。小虎得扛起来，得空儿他还得做豆腐卖豆腐呀。他依然高声吆喝："卖豆腐啰——豆腐啰——"但和以前的声调不一样，虽然不显多么哀痛，但明显多了悲壮的色彩。

这天，孙二嫂从省城大医院回来，直接来找小虎。小虎看见孙二嫂的眼中闪烁着泪花。孙二嫂把一张检查单递给他，他疑疑惑惑地说："小芳她——"孙二嫂说："谢天谢地啊！医生会诊了，小芳不是肝癌，只是一种特殊的血管瘤，吃几个月药就会好的。"

小虎一时难以理解，怔怔地望着孙二嫂。孙二嫂又高声说一遍，这次小虎听清了，心里明白了。他拿起检查单又仔仔细细地看一遍，丢下化验单，一下子跳起来多高："我太幸福了！我比全世界的人都幸福啊！"

照顾谁

徐建民当工商所所长时，每过几天到市场巡视一次是不可缺少的功课，升上工商局局长后，偶尔来一次就成了他深入基层的标志了，为此，市报没有少上有关他的表扬性报道。

这天，他又一次头戴大檐帽，身穿蓝制服，迈着轻快的步伐来到金得利市场。市场上百货齐全，人头攒动。有些老商户认得他，纷纷朝他投来尊敬的目光，有的还要加上赞扬的话语。这些他已经司空见惯，仅仅微微点头。他看过报道自己的电视节目，知道威严、亲和与优雅同时体现在他的装束和音容笑貌上，因此自我感觉良好。他走过一圈，正准备结束这次深入基层的调研活动，忽然在门旁边的一个小铺面里，发现了李丽。

他是通过伏案给顾客找零钱的李丽的脖颈发现她的。实际上当时只是心里一动，这个女人的脖颈上怎么有大小不一的几个圆圆的痣呢？跟我中学时的同学李丽一样？李丽那时就因为脖颈上的这几个痣，被班里的同学开玩笑称“长颈鹿”的。这样他就在这个摊位前多待了几分钟时间。他威严的目光投向远处熙熙攘攘的人群，实际上却调整了角度，用眼睛的余光对准了这个女人的影像，一门心思地辨认这个女人是否是当年的同学。等到这个女人一抬头，果然是李丽！他毫不犹豫地站到了柜台前。有两三分钟的工夫，李丽并没有认出他来。因为她的目光只是在他的大檐帽和蓝制服上徘徊，并没有打量他的脸膛他的模样。也许根据她的经验来这里的大檐帽都是来说问题的，不管是真的有问题还是凭空找事。直到徐建民喊了一声“李丽”她才悟过来，于是笑了笑。

李丽当年的笑是很好看的，总是弯弯的眉毛，两只眼睛眯成一道缝，两边腮帮上的酒窝不停地旋转，一口细细的白牙闪着瓷光。当年拼命追求李丽的班团支部书记王新年曾说过：“李丽一笑倾倒全校。”那实际上是他们全班男生的心声啊。他那时可不敢造次，主要是自己成绩太差。李丽不仅漂亮，考试成绩总在班上数一数二。“君子好逑”不假，但先得评估评估自己的实力。后来李丽因为母亲患病辍了学，他们还都惋惜呢。十几年过去了，现在的李丽眼角有几道鱼尾纹，明显步入中年了，虽说身材还是瘦削，全然没有发胖，但是站姿立影和笑容全没有当年的风韵，带着青春不再的凄婉，带着生活压肩的痕迹。

他问：“你还好吧？”他尽量使自己的语调平和。他当了六年所长、七年局长，应该是掌握了语调随机应变的技术，但还是觉得有一点儿不自然。实际上，同在一个城市中，他早已听说过，李丽的日子并不如意，虽说具体情况也不是太清楚。

李丽倒是没有在意他的问话，很随便地点点头说：“是的，现在的社会活泛，咋着都能活下去。”

徐建民一时觉得没什么可说，又问：“你的那位呢，有空儿在一起坐坐？”这是一句官场上的套话，意思是在一起吃一顿酒宴，增进增进感情。

李丽看来听懂了：“可别，你们太忙，再说他也忙。”

徐建民只得问：“他是干什么的？”

李丽说：“原来在电器成套厂当钳工。你们工商局不是买了这片地建办公楼嘛，电器成套厂就散了。他下岗在家，现在卖菜，一天到晚紧着呢。”

徐建民问：“我能帮你们做点什么不能？”

李丽又笑了：“不用，不用，我们的日子过得去。现在又不兴多要，一个小孩儿，咋着都过得去。再说，你们收入多开销也大。”

徐建民这才扫视她的柜台，说：“你卖剪纸？”

李丽说：“好赖是个挣钱的门路吧。”

正在这时，一位顾客来买李丽的剪纸，大概是老顾客，没有讲价，掏出四十元钱，拿了两个剪纸起身就走。

徐建民却起了怜悯的情绪，唉，这个当年的校花，沦落到如此地步！他掏出二百元，说：“我买一张剪纸。”

李丽意识到什么，连忙拦住说：“你，别……”

徐建民早有准备，说："看，看，我就正需要装饰我们单位的娱乐室，即使不是你在卖，我也要买。你给我开一张发票得了。"

李丽疑疑惑惑，给他开了一张二百元的发票。徐建民决心帮她一点儿，说："我也不要多，就要你一张就行了。"李丽说："那会行？"

徐建民唯恐李丽不接受，去里边挑了一张大的标着《森林幽歌》的剪纸，起身就走。李丽犹豫了一下，没再吭声。

徐建民其实对这东西不感兴趣，到家就交给小女儿玩儿了。女儿倒是很感兴趣，双手捧着转着圈子看，还铺在地上配积木玩。

过了一段时间，徐建民又想起李丽来。这次他掏出三百元钱，派了自己的办公室主任："你去，到金得利市场大门旁的剪纸铺面上，钱全丢下，不让找零，就带回来一张剪纸。"

办公室主任呆呆地看着他不动身。他只得交底："这是我的老同学，现在日子过得艰难。"办公室主任恍然大悟，到那里又带回来一张"百鸟朝凤"。他到家就又交给了女儿去玩。

过一段时间他又到那里去，发现李丽已经没有踪影，剪纸铺已经改成文具铺。他找金得利经理打听，说李丽是去温州开民间艺术研讨会，以后就在那里发展不来了。

他问："为什么？"经理说："这个李丽呀，说她的老同学，可能就是你吧，说你也喜欢剪纸，她就照顾了两次。你要一直来，她不照顾又不好意思，一直照顾吧，也承担不起。"

徐建民叫起来："什么，什么？你听错了吧，谁照顾谁？我一次掏二三百块，就拿一张剪纸！我看她的剪纸一张就是二十块，我亲眼看见她卖的。"

经理看着他的脸，赔着小心说："局长，现在李丽的剪纸很有名气了，二十块是最普通的，那个一般都是让小朋友学着做手工的。好的都贵着呢。"

徐建民说："对了，我买她的一张是《百鸟朝凤》，一张是《森林幽歌》。"

经理一拍腿："怪不得！那都是她的名作，用来压柜，一般不卖的。《森林幽歌》以前的价位是一千五，《百鸟朝凤》三四千呢。"

徐建民愣了。"这个李丽，你咋不早说呢？"他心里七上八下。"也没留电话，自己难道能跑到温州去给她钱！"想了想，还是算了，他垂头丧气地往家走，全没了来时的风度。

谁怕谁

老王手中的铅笔邦邦地敲着会议桌，说：“我提议，咱马上动手，封了丁圪营这个黑煤窑，跟电管局联系，联手拆掉他们的电路，我们矿产局有这个权力！”

老岳说：“按说，丁圪营煤窑早该封了！开采证，没有；安全证，没有；啥都没有。那老板，丁大户，他就敢硬着来。”

老李嘟嘟囔囔：“真是，真是，这人也太不知好歹了，赚的钱也金满箱银满箱了，就是不购置一点儿安全设备，早晚得弄出大事故来。”

老牛慢声细语地说：“哎呀，要说这人真是个头顶上长疮、脚底板流脓的货，坏透了。一年就缴那十几万块钱的税，还拖着赖着，一年他少说赚上千万。可他，给矿工发那一丁点儿安全帽什么的还舍不得。乱采，乱挖，早晚得出大事故。”

老王是一把手，知道肩上的担子。他庄重地提议说：“咱们事不宜迟，今天下文，今天动手。”

老岳说：“只是，只是，这家伙到处上供，买通了不少人。”

老李说：“咱还得小心，打不着毒蛇，别又让毒蛇咬了脚脖子。”

老牛说：“上几届班子，都没动他，咱也少惹这马蜂窝算了。”

老王心里骂：狗肉上不得席面！但面子上还是笑微微的，因为这是矿产局的班子会，大的行动要的是班子决议。班子嘛，一人一票，得大家同意。他问：“丁圪砦村，有个宋大赖和侯老根打赌的事，你们听说过没有？”

大家都摇头。

老王就说，那是前几年的事情了。丁圪砦村北地，漫坡那里有一大片荒坟。村里有个光棍叫宋大赖，他在北地看树，村里一年给他五六千块钱，业余的，按说也不少。但是有一段时间北地的松树柳树总是丢失，不是被锯了就是被刨了。村里说宋大赖。宋大赖说北地荒老坟闹鬼，夜里他也不敢去。村干部当然半信半疑。在场听的侯老根兄弟俩都说不信。宋大赖说，谁敢在北地荒老坟睡一夜，他就真服气他，自己保证以后不再丢树。侯老根外号侯泼皮，有名的好打辩。他穿上棉袄就上荒老坟去睡了。那地方要说还真有点恐怖，离村子有五六里地，附近没一点儿人烟，一大片子荒坟，几棵老柏树，上边还住有猫头鹰。偏偏那一天是阴天，天上连一颗星星也看不到，黑黢黢的。

侯老根虽说号称侯大胆，但心里也不住打小鼓，两腿直打战。

他扒拉了一捧枯草垫到屁股下，两只手搂住膝盖，闭上眼睛熬时辰。到了后半夜，只听猫头鹰咕咕喵乱叫。他搭眼一看，身旁的地上长出半截黑影，还正在一点点往外冒，吓得他喊一声“我的妈呀”就昏过去了。不知道过了多大会儿才苏醒过来，他连滚带爬地往家跑，一路狂呼“真有鬼了！真见鬼了”！

第二天上午宋大赖洋洋得意。这时就恼了一个人，那就是侯老根的兄弟侯小栓。侯小栓说：“今天晚上，我再去睡一夜。”一听这话大家全呆了。这侯小栓虽说是侯老根兄弟，可是兄弟俩的性情大相径庭，就好像不是一个爹娘生出来的。侯小栓腼腆、温和，高中毕业在家劳动，种香菇大棚，从不惹是生非，外号“大闺女”。他怎么敢上荒老坟？可是小栓说到做到，还真的到荒老坟去了。他去的时候捎去了一张凉席，还有几颗臭臭蛋儿放在席边，说是恐怕有蚂蚁虫咬，真正准备大睡一场。天还是那样黑，可他还真是睡着了。到了后半夜，只听悉悉窣窣的声音，他就一骨碌爬起来，一看，还是哥哥侯老根头天晚上见到的那情景。一个黑影正在往外一点儿一点儿地冒。侯小栓稳住脚步，一拳砸过去。那黑影“哎呀呀”大叫起来。侯小栓又拿起预先准备好的木棒横着抡过去。那黑影就惨叫着开了口：“小栓兄弟，别打，我算服了你了！”原来就是宋大赖！

老王说：“你们说，为啥侯小栓就敢到后地荒老坟去，一下子破了宋大赖的把戏？”

大家都不吭声，只有老岳吭吭哧哧地说：“侯小栓真是好样的！”

老王说：“关键是，侯小栓心中没有鬼！”

老王说：“咱矿产局新一届领导班子，要树这个正气，也是一句话：只要咱心中没鬼！同意马上封丁圪砻煤窑的举手。”

于是，一支支手臂举了起来。

篾匠的儿子

姜睿是村里有名的能人，别看没上过几年学，可他处处留心博闻强记，看电视听广播都能串成串，能讲三国道水浒，春节还能给人写门联，又是红白喜事的办事手，平日里在大街上一站，总有人围过来听他的。姜睿还是世传的篾匠，手艺在三里五村数得着。他编的菜筐、筷子笼、礼品盒子，精巧漂亮；他编的竹席，手握起来像一把棉布，一丢开，砰的一声就弹成一个光滑细腻的大床单。

他传授的五六个徒弟，家里小日子都红红火火，至于当师傅的他，在村里更是先起楼房的。以前姜睿美中不足的是两口子不能生育，后来他到省医院看好了病，四十多岁的老婆又给他生下一个宝贝儿子，自觉得从此一飞冲天，走路都挺着胸脯翘着脚板儿。

姜睿干活儿不怕人看，人越多他劲儿越大。一把篾刀在手，竹子被他丝丝地被劈成一条条薄而细的竹篾，然后竹篾从“度篾齿”小槽里抽出，打磨得更加光滑圆韵。姜睿丢下“度篾齿”，手指上下翻飞，长长的竹篾如灵蛇甩尾，穿梭般来来往往。一会儿工夫，一个精美的竹器就站到案头。看的人都赞不绝口。

姜睿对宝贝儿子寄予厚望，想让儿子从小能入行，让这门绝技在儿子手里发扬光大。儿子上小学低年级时还行，回家就爱站在旁边看他编织。但到小学高年级，也许是作业多，儿子就很少顾得上观赏他劳作的英姿了。现在儿子上初中了，进家都躲着他的那些东西走。要说儿子功课是紧，但还是有假期的。假期里姜睿曾苦心孤诣地教授儿子技艺，但儿子却视为游戏，嘻嘻哈哈的，论劈篾他无力，论编篾他无能，一不小心又弄破了手，大呼小叫去粘创可贴，高低不入门道。儿子还说：“都啥年代了，现在都是电脑程序自动化，这种老古董技术如不加改造，早晚得淘汰。”气得姜睿恨不得扇他嘴巴，但真要叫去扇，他可下不去手。再说，老婆多次在他耳朵边吹风：“咱儿子的学习成绩在学校里可是数一数二呢！”

初冬的这天中午，阳光温和，又没有一丝风。姜睿在街头跟几个崇拜他的街坊吹“张辽威震逍遥津”，唾液沫子乱飞。儿子小果正好放学背着书包过来。姜睿曾经的学徒老牛就随口喊道:“小果，过来过来，来听你爹讲曹孟德第一战将。多有意思啊！”

小果扭头瞥一眼，不搭理，继续往家走。姜睿就随口说一句:“咱祖传的文化博大精深，他们小小学生娃，懂个啥呀！”小果听见了，就转身走过来说：“爹，你懂得恁多，我就问你两句，都老简单了。你说咱村这个池塘是圆圆的，老师领我们丈量过，转一圈周长是 721 米，那它是多大面积？多少平方米？”姜睿答不出来，一时面红耳赤。围着他的大都是没上过几天学的中老年人，你看我我看你一时都愣住了。小果继续说：“爹，π 小数点儿后边的数字，我能背诵出一百个，你能说出几个？”姜睿就不知道“排”是个啥，神情更加尴尬。小果不依不饶，继续说：“爹，我再问你个更简单的，幼儿园级的，二进位制里的一、二、三、四咋写？”

姜睿从没有听说过“二进位制”，云里雾里更是一脑瓜浆糊，心下恼火，大喊一声：“给我滚回家去，上两天学就不是你了！光在这儿逞能！”一时间大家都笑了起来。小果也笑开了，蹦着跳着往家里跑了。

第二天是星期六。姜睿喊儿子：“小果，走，拜师傅去！”

小果正拿着苹果啃，不在意地说：“拜啥师傅？你不是师傅吗？嗯嗯，你是说拜祖吧？我不去！”

当篾匠之前都得拜祖，当上篾匠也得时不时地拜祖，才能精通技艺，带来财运。村口就有“祖”庙。“祖”是谁？还是小果给他考证出，这个“祖”就是春秋时代鲁班的师兄弟张班，是篾匠技艺的开山鼻祖。

姜睿知道儿子不好降服，只好捡软的来，说：“你不是想要笔记本电脑吗？去了，回来就给你买。”

儿子顿时笑逐颜开，响亮地喊道：“去！去！”

在信阳开竹编店的徒弟周青过年看他带来两筒一级毛尖，姜睿将茶叶装进他精心编织的礼品盒子，竹编盒子又被装进双肩背包里。他让儿子背上。儿子一愣，说："拜祖还要礼品？"他不回答，转身出了门。儿子只好背着跟上。姜睿的脚步比平日里沉重疲沓，噗噗踏踏的，可儿子不管这些，一蹦老高，嘴角溢着笑想：不管咋着，回来就要有笔记本了！

到了村口，祖庙就在旁边，姜睿却领着儿子越过，径直向东走。儿子迷惑了："往哪里走？不拜祖了？"

姜睿站住了，长出一口气说；"拜啥祖？你又不想弄篾匠。"儿子说："那咱去哪里？"

姜睿说："去学校，找你们老师去，找班主任，咱就拜他！我还要请他客呢！"

儿子哭笑不得道："你这是哪一出啊？老师对我可好了！天天见面的，根本用不着'拜'！"

姜睿说："可我就想跟他说说话，听他讲讲我才明亮，才更放心。以后你就一门心思奔你的数理化吧，那前程宽广着呢。"儿子咯咯地笑起来，说："还有语文英语生物史地呢！"

父子俩大步向学校奔去。

你妈你爸

也许你妈你爸原不该是夫妻的。上大学时，性格内向的你妈就看不惯过于活泼的你爸，但最终还是禁不住你爷爷和你姥爷的“铁哥们儿”情谊和你姥姥苦口婆心的劝说。其实你爸你妈挺般配的，大学毕业后两人走到一起，就有了你这个丑小鸭。你妈给你起名叫丁丁。

但你妈和你爸像油水不相交融，结婚没两年矛盾就与日俱增。

首先，你妈看不惯的就有很多。比如你爸说话高声大气、待人接物的态度，当然也许还有外人难以知道的隐秘……你妈觉得无法容忍，而你爸却是一个很讲自尊的男子汉，绝不向你妈做出星点儿让步。他们之间的厌恶感越来越强，最终走向了离婚，那时你三岁。

你妈什么都不要，只要能离开你爸。遵照你爷爷奶奶的意愿，把你留给了你爸，你妈搬到机关住宿舍。

他们很快办好离婚手续。你妈正式离开的那天，他们又大吵一场，你爸还摔了电饭锅，吓得你哇哇大哭，接着就发起高烧。你的发烧成了双方鸣金收兵的令旗，他们立即抱你去医院。你患的急性腮腺炎已感染成脑炎，虽然抢救过来了，当时却落下了嘴歪和口齿不清的毛病。日夜陪护你的爸妈都瘦了一圈。虽然医生一再解释是传染所致，你妈还是认为他们的吵闹离婚贻误了你的病情，这成了她心里的死结。

你妈的公司离你家有五六里，路坎坷不平，那时又没有路灯。每天晚饭后，你妈都要骑着那辆半旧的飞鸽车，到家里和你在一起，教数数，教认字，讲故事、正口型……直到你入睡，才头也不回地离开。她从来不理你爸。你爸也表现了高度的宽容。冬天特别是风雪天，行人都稀少，她孤身一人走在路上，难道不害怕？你爸问过你妈，你妈不屑回答。不管多大的风雨多浓的雾霾，甚至在你们县城连续发生夜里拦路抢劫强奸杀人案的那段时间，你妈也从没耽搁一天。

那时的你哪知道这些？只感觉爸妈善良和睦。每当你有一点点进步，比如你不再把 “脱裤”说成“脱兔”，你妈的眼神都放射异彩，你爸拍着巴掌忘乎所以地跑过来……

你去医院复查的时候，连医生都惊叹你恢复的速度，说：“简直是奇迹！”你妈你爸欣喜地对视，好像一对儿恩爱夫妻。

你说话越来越正常了，嘴歪也好了许多。双方老人都希望你妈你爸复婚，可是你妈的固执是一道无法逾越的鸿沟。何况你的病残她除了内疚，还十分怨恨你爸。

你爸到底是好人，看出复婚没可能，就说："晚上来回跑太危险，我能辅导好，你以后就不要来了。"

你妈低着头说："丁丁要我。"

你爸说："不行你把丁丁带走住一段？"

你妈不耐烦地提高声调："丁丁要你！"

在你四岁生日的前一天，淅淅沥沥的雨夜里，你妈还是倒在了一辆飞驰的货车下……

任凭多少人劝说，你爸到底没有再找，他说："再找个要是对丁丁不好，到地下咋有脸面对她妈？"

你姑说："你爸这话不吉利呢。"是的，你爸又当爹又当妈地过了五年。那年冬天，你爸自觉腹痛难忍，一查，肝癌晚期！他舍不得花钱，只吃中药，不打针不输液更不化疗，他说："这病我懂，再治也没啥用，咱家不宽裕，丁丁还要治病还要上学呢。"

他把多年积攒的五万多块钱委托姑姑代管，临终前最后一句话是："唉，丁丁的嘴还还没全恢复。"

尽管嘴巴还有一点点歪，但你长大了，像正常人一样大学毕业参加了工作，你工作优秀，成绩突出，成了著名的建筑设计师，因为你妈和你爸的希望，永远驻在你心头。

岳　峰

岳峰越过卧龙盘，经过白马河小桥来到孤岗下。孤岗不大，但很高，像一道石柱拔地而起。岳峰先是蹑手蹑脚地绕孤岗脚下走半遭，也不过两千来步。每走几步，他都警惕地环顾四周。确定四周无人的踪迹，他才抓住灌木向上攀登，像一只夜猫子。到山半腰还有斜出的灌木，再往上一二十米只有凸起的石头棱角可抓。他也因此碰落了小石子，簌簌地往下掉落，甚至惊起了几只飞鸟。他知道这是大忌，身子贴住岩石，屏住呼吸观察好大一会儿，见依然没有动静，才继续上到岗顶。正是黎明前的黑暗，阴云又压在头顶，四周一片漆黑。他睁大眼睛，想选择一处隐身的地方，然而竟没有找到。岗顶不过三四间房大小，鳖盖状光秃秃的岩石，根本无隐身之处。他将子弹压进狙击步枪的弹匣，枪口瞄向东南方。岗脚下弯弯的白马河奔向百步外的卧龙盘。横着的卧龙盘像一道河堤，进城的路就贴在盘南边。他喃喃地向苍天祈祷，但愿这次能成功击杀戴烨。

岳峰知晓父亲被枪杀的消息，已是父亲下葬两个月之后了。二叔说，是保安团长戴烨拔枪将父亲枪杀的，而父亲是保安团副参谋长。他们是同僚，是战友，为什么内讧，二叔说不清。两年多来，父亲血淋淋的死难模样总在他面前闪现。他曾怀揣盒子炮，潜入忻州城报仇，但无果而终。这个保安团已被拆解编入山西新军，无从寻觅。他没想到会在沁城打听到杀父仇人。一张神秘的纸条送到他手中，说戴烨会带部队来这里，将在山语楼与人开会。他夜晚潜入山语楼，却又得知换了地点，打探不出来，正无奈之时，又接到一张纸条，说戴烨今天上午要带队伍来卧龙盘跟谁打仗。战乱年代打仗是常事，他顿时兴奋起来。这一带的地形他熟，熟悉得像自家院子。他唯恐戴烨提前控制孤岗，但一想也不会。这里虽能俯瞰卧龙盘，但攀登不易，上边无处存身，从无人上来打伏击，戴烨决不会料到有人来埋伏。

东方露出了鱼肚白，有淡淡的雾气。他睁大眼望去，卧龙盘上有了人，影影绰绰的，正在逶迤地散开。二叔讲过戴烨的体貌特征，那个身材高大的肯定是他，终于来了。他将枪口瞄上去，十字图标正要叠印上戴烨的头颅，两个警卫交错站在戴烨身后。岳峰贴在扳机上的手指未动。他必须保证一枪致命。戴烨不倒，听见枪响就会高度警惕，使岳峰失去这次报仇机会。岳峰想：戴烨终会暴露，部队指挥官在战场不可能不活动。戴烨打伏击，我打他的伏击，螳螂捕蝉黄雀在后。

晨雾散去，天大亮了。但是又见不到戴烨了，能看到部分俯伏的士兵，他们专心致志地盯着前方，前方是通向城里的土路。他枪口瞄了又瞄，只等戴烨站起那一刻。突然，枪声爆豆一般响起来。岳峰观察了好一会儿。交战对方的火力很猛，一部分人冲上卧龙盘，又被反击下去。岳峰惊叫起来：“鬼子！”是的，戴着小顶子黄帽，打着太阳旗，就是鬼子！没听说鬼子到沁城呀，也许这就是鬼子进攻沁城的前卫。戴烨他们在伏击鬼子！岳峰能分辨出鬼子歪把子机枪的突突声。戴烨蹿过来跳过去指挥，这是击杀他的好机会，但他是在跟鬼子打仗呀，自己这一枪能打出去吗？岳峰全身发抖，脸色苍白。他不是害怕，而是为难，他大脑在飞速运转。

好像第六器官的反应，白马河里有动静！他回转头一看，一溜儿鬼子兵端着上了刺刀的三八大盖，猫着腰，蹚着河水向着卧龙盘奔去。从不发洪水的白马河水深不过脚脖深浅，但仲春的河水应该很凉。这些狗日的小鬼子，为了杀中国人也是拼了。河道地势低洼，岸边又长有些许灌木丛和杂草。这是抄戴烨的后路呀！鬼子如果隐蔽行进到卧龙盘跟前，突然从河道里冲出，肯定打戴烨个措手不及，戴烨他们会被全歼。他倏然间想到自己接到的神秘纸条，为什么关于戴烨的信息那么准，肯定是戴烨身边有卧底，给自己送信，是为了要戴烨的命，会不会也给鬼子送了信？那就是汉奸啊！他的使命是为父报仇，现在怎么办？他要送信给戴烨很容易，只要向鬼子开火，戴烨立即会判断出身后出了情况。但自己只要暴露，孤岗上绝对经不住鬼子的火力打击，也逃不掉，更令人遗憾的是，为父亲报仇的心愿就永远落空了。当年戴烨为什么和父亲翻脸成仇？也许永远搞不清了。他只觉得胸腔里有一团火蛇在左冲右突。他难受得窝起了腰，眼睛好像要滴血。

戴烨在跟大路上的鬼子鏖战，枪声一阵紧似一阵，而白马河道里，一个又一个鬼子飞速窜过。岳峰来不及细细思考了，他果断调转枪口，朝着白马河，把一个带指挥刀的鬼子锁进狙击镜十字，扣动扳机，乒的一声响，鬼子应声倒地，溅起老高的水花。偷袭的鬼子立即四散隐蔽。乒的一声，他又一枪。这一枪没击中，他立即补一枪，又一个鬼子倒下。河道里的鬼子立即组织火力，密集的子弹噗噗地打上来。他把头伏在石板上，不停地还击。从石坎的缝隙里，他看见鬼子正在岸边架迫击炮。这上边没地儿躲，也来不及下去，但他满意地看到，卧龙盘上戴烨已经分出士兵调转枪口，朝河道里射击。岳峰仰天长啸："父亲，我打鬼子了！"火光一闪，他随同飞来爆炸的炮弹化作了永生。

一九八七年七月，这里举行了庄重的仪式，将孤岗正式改名为"岳峰"，并修建了盘旋而上的木梯，于峰顶勒石记载：为配合戴部伏击日寇，孤胆英雄岳峰于此狙击偷袭的日军，最后壮烈牺牲。

后　记

微信群里传来好消息，由杨晓敏先生主编、沈阳出版社出版的《小小说名家精品文库》丛书就要问世了。当然，我之所以关注，是因为里边有拙作《都市沙漠》。在疫情肆虐的艰难时日，还能往前推进这项工作，我们能够想象责任编辑沈晓辉女士付出了多少心血，这是应该表示感谢的。此时一位朋友打来电话——虽是闻名遐迩的小小说名家，但对人总是那样热心，他说此书还可以将后记发去，于是犹豫一阵后，就有了这几句随想或者说是多余的话。

退休之前曾盼望早日退休好写点好的东西，可真退休了才知道不过是黄粱美梦——作为业余作者和凡夫俗子，退不退都免不了有一些林林总总的杂事，不可能专心致力于文学的吧。再说，年纪越大身体越弱精力越差，还是随心所欲的好——也许是青年时代“割麦便割麦，舂米便舂米”，养就了一生的惰性。然而作为兴趣，对于小小说，在写得动的时候还想写上几篇，给庸碌的人生增加些精神的慰藉。

莫言先生说：“与其发表十篇一般般的小说，还不如发表一篇比较好的小说。”他还说：“我愿意用我全部作品‘换’鲁迅的一个短篇小说：如果能写出《阿 Q 正传》那样在中国文学史上地位的中篇，那我愿意把我所有的小说都不要了。”小小说作家也一样，没有不孜孜以求就能写好写精的。当然，对多数作者来说，没有一定数量，可能也难出精品，但要立得住脚，关键还是在于精，而且判断精品与否，最终只有靠时间来说话。譬如清朝乾隆皇帝写诗歌的数量， 直追《全唐诗》2837 个诗人之作的合计总数，但乾隆是靠帝王之威权，才使得自己 4 万多首诗歌留存在档案资料里，我们绝大多数人并不知道他诗作的任何一首或任何一句，任何文学史也没拿他当诗人说事。唐代王之涣的诗歌只有 6 首绝句存下来，总数不过区区 24 句 100 多个字，却毫无疑问奠定了他一代大诗人之地位。世世代代的人们都会吟诵“白日依山尽，黄河入海流。欲穷千里目，更上一层楼”，也会吟诵“黄河远上白云间，一片孤城万仞山。羌笛何须怨杨柳，春风不度玉门关”。吟诵这些诗句真是美的享受。

作家是时代人生和生活情感的观察者、思想者。好的文学作品是形象的思考，会沉到人的心灵深处，能发掘人的真面目，拓展人性批判的新视野。具有活的灵魂，才具有真正的魅力。然而知易行难，感觉写出精品几乎是可遇而不可求的事。即使是名家大师，处女作或创作初期作品达到很高水平的，也可能以后无论如何努力，也不会再有突破和提高。譬如曹禺出道就是《雷雨》，那年他 24 岁，他 25 岁时《日出》问世，两部剧作奠定了他在现代文学史上的地位；他以后的剧作也许再也没有超越《雷雨》《日出》的。小小说也有类似的例子。

对于在底层业余写几笔的自己，不做那些高大上的梦，倒是一种自由、一种洒脱。但是先哲又有“朝闻道，夕死可矣”的名言。我想，仰望星空总是好的。不求结果，向往和追求的过程就是践行人生的价值。在身体和环境允许的前提下，阅读和学习是令人快乐的事，生活中有了新的体味或兴趣时，写上几笔也是愉快的事，随意就好。

吴冠中先生评价自己晚年画作时说：“反刍之草，沧桑味苦，却更接近人生真味。思往事，往往更概括，更突出了某处眉眼，画面随之而呈现简约，强调创痛，呈现无奈——人生之曲，不凭音色悦耳，当亦有未老、将老或老之知音。”老有老的环境，老有老的感悟。车尔尼雪夫斯基曾言：“任何事物，凡是我们在那里面看得见依照我们的理解应当如此的生活，那就是美的。”无论水平高下，进入暮年，经过了生命和岁月的沧桑，所爱、所怜、所思之沉淀发酵倾注笔端，虽出于同一作者之手，作品风味或许会有所不同的吧？

本书中就有几篇是写老年人的。《都市沙漠》写城乡环境转换导致老年人的矛盾与凄惶；《摆书摊的老人》则写历尽沧桑的老人的本性坚守；至于几篇抗战小小说则是对“抗日神剧”的反讽；《田有才先生》着力于繁芜复杂的抗战阵营里黑白难辨的茫茫迷雾；《岳峰》写抗战中个人心理撕裂的苦痛与面对民族大义的毅然决然；《三哺洼》与《我们都是神枪手》表现战火中的亲情与温暖，也许与普遍的战争题材写作有所不同；《篾匠的儿子》写时代变迁导致父子心灵的碰撞，有可能带给人一缕希望之光吧！不过，作者的想法未必是读者的感受，其中意味及是非曲直，还是交给读者来评判吧。

以上只是一点有关小小说的随想，借出书之际不揣冒昧附录于此，以请杨晓敏先生、沈晓辉女士和各位同道指正，也请广大读者提出批评意见。目前，疫情还在此起彼伏，社会在与病毒的对抗中前行，衷心祝愿我们大家都平安健康。

范子平

2022 年 11 月 29 日于河南省新乡市